Sin indicios criminales

Rafa
Melero
Rojo

Sin indicios criminales

Rafa
Melero
Rojo

Ediciones Destino
Colección Áncora y Delfín
Volumen 1728

Autor representado por EDITABUNDO, S. L., Agencia Literaria

Ediciones Destino, un sello editorial de Editorial Planeta, S. A.
Avda. Diagonal, 662-664, 08034 Barcelona (España)
www.planetadelibros.com
www.edestino.es

Primera edición: febrero de 2026
ISBN: 978-84-233-6928-7
Depósito legal: B. 176-2026
Composición: Realización Planeta
Impresión y encuadernación: Rodesa, S. L.
Printed in Spain - Impreso en España

PEFC Certificado
Este libro procede de bosques gestionados de forma sostenible
PEFC
PEFC/14-38-00305
www.pefc.es

A mi madre, Lucía Rojo Martínez, in memoriam.
Mi ejemplo de coraje, superación y perseverancia
ante las adversidades.
Y una gran lectora.

Mía es la venganza y la retribución; a su tiempo el pie de ellos resbalará, porque el día de su calamidad está cerca, ya se apresura lo que les está preparado.

Deuteronomio 32:35

Prólogo

Dicen que el olor de un cuerpo quemado es similar al de la carne a la parrilla, eso sí, con un toque funesto. No se parece al de un cadáver en descomposición, pero los que lo han olido alguna vez no lo olvidan nunca. De eso hablan dos agentes que están custodiando el coche calcinado que ha aparecido en una zona de El Prat de Llobregat. La *mossa*, más veterana que su compañero, recién salido de la Escuela de Policía, ha escogido una posición a favor del viento y se han colocado delante. Ahora el agente entiende que así el olor se pierde lejos de ellos y, al menos, no tiene que estar pensando en el cadáver del maletero que ha visto hace unos minutos, antes de dar el aviso.

Mientras aguardan la llegada de más unidades y de un mando, la *mossa* le explica que, en realidad, lo que hace que ese olor sea nauseabundo es el saber de dónde proviene, porque, si no hubieran visto el cuerpo, no sabrían si cerca de allí alguien se podría estar preparando una barbacoa.

Aun así, la espera se le está haciendo larga y, como su compañera parece ocupada hablando con alguien, él ha acabado abriendo el móvil y ha tomado unas fotos al cadáver.

Lo han encontrado metido en un Peugeot 405 antiguo. Como no han podido cerrar el maletero después de abrirlo y hallar lo que, en principio, parecía un animal quemado, han tenido que dejarlo abierto. Lo que provoca que de vez en cuando el *mosso* tenga náuseas. Es el segundo muerto que ve, y el primero había sido una muerte natural sin causa criminal aparente. Muchas veces es como observar a alguien durmiendo.

El agente, metido en su teléfono móvil, pasa la fotografía al grupo de WhatsApp de su *Escamot* de trabajo y también a su grupo de amigos, todos policías, de su clase en el curso básico.

La foto le llega a su compañera, que también está en uno de esos grupos, y no da crédito a lo que acaba de recibir.

—¿Qué cojones estás haciendo?

—Nada, estaba enviando una foto al grupo. No creo que los de mi clase hayan visto nunca uno así.

—La que te va a caer si se enteran los de investigación. Puedes tomar fotos del escenario, al fin y al cabo, hemos llegado los primeros y está todo virgen, e igual un día alguien las necesita. ¡Pero no se las debes mandar a nadie, idiota!

—Alto, alto, sin insultar. Solo las he enviado a dos grupos de compañeros, todo está controlado.

—¿Qué mierda vas a controlar, imbécil? ¡Una vez que sale de tu dispositivo ya no controlas nada! —le dice ahora gritando—. ¿Es que no os enseñan nada en la Escuela de Policía?

El agente hace el amago de contestar, pero se detiene y empieza a sopesar las palabras de su compañera. Baja la cabeza.

—Vale, sí, tienes razón.

La *mossa* resopla, lo deja en el lateral del coche y vuelve al maletero abierto. Se queda observando el cuerpo calcinado. Supone que, al haber estado cerrado, la combustión ha hecho de horno y se ha quemado por completo. Recuerda que no ha sido hasta unos segundos después de observarlo cuando han visto el reloj de pulsera, también calcinado, y se han dado cuenta de que era un cuerpo humano.

Entonces, la agente observa algo a escasos centímetros del coche. Al acercarse ve que no es un trozo del coche desprendido por el calor, sino que se trata de una cartera. El hallazgo de una identificación cercana a un delito solo puede significar dos cosas: pertenece al autor o a la víctima. Eso lo resolverán los investigadores. «Y han tenido suerte, los cabrones», piensa ella, porque el DNI no se ha quemado del todo. Con mucho cuidado, y fotografiándolo antes de tocarlo, han podido ver un apellido.

Víctima o autor, parece que el tipo se apellidaba Juárez.

I

Los inicios penitentes

Las gotas de una fina lluvia rebotan en el parabrisas de mi coche. Transmiten tranquilidad. Miro al cielo sentado al volante, veo cómo se mueven las nubes grises y noto que la calma me invade. El repiqueteo me recuerda a mi niñez, ya bastante lejana, cuando mi madre me decía que la lluvia eran lágrimas, que Dios a veces llora por nosotros. Ahora solo son gotas de agua que salpican el parabrisas y sé que Dios, si existe, no llora por nadie. O, al menos, no lo ha hecho nunca por mí. Reconozco que es relajante, pero tengo algo importante que hacer y no debo retrasarlo más. Saco el móvil y me decido a afrontar el camino sin retorno que estoy a punto de encender. Y sí, la palabra es *encender* y es apropiada, porque lo que voy a empezar es lo más parecido a provocar un incendio. Y el que provoca un fuego nunca puede estar seguro de que no le salte alguna chispa. Pero, llegado a este punto, estoy dispuesto a quemarlo todo. Empezando por mi propia alma.

Sostengo el teléfono en la mano.

Me acerco el aparato a la boca y respiro hondo antes de hablar. Lo necesito. Le doy al *rec*:

Hijo, esto que vas a escuchar no es mi testamento. Eso lo hacen los previsores y los que tienen algo que legar. Los perdedores solo dejamos atrás miseria. No me refiero a lo material, que de eso sí te va a quedar bastante, todo lo que he acumulado en mi trayecto vital. No, me refiero al final de esta vida miserable que me ha tocado vivir, y con la que a ti te tocará lidiar lo quieras o no. Me duele tener que llamarme perdedor cuando muchos envidiarían mis posesiones y mi cuenta corriente, pero nada te puedes llevar a ese lugar al que se dirigen mis pasos. Este es mi camino y, a pesar de saber a dónde me conduce, no me pienso desviar de él.

Reconozco que me he ganado muchas de las cosas horribles que me han pasado, pero creo que no es justo que esto me haya sucedido tan tarde. A punto de cumplir los sesenta y cinco, mi margen de error es muy escaso. Le hablo a este puto aparato a solo nueve días de mi cumpleaños. Sí, me he podido permitir unos buenos abogados, que han hecho posible el milagro.

Dejo ir el aire de forma lenta antes de continuar hablándole a mi teléfono móvil.

Sinceramente, hijo, a veces creo que no fui capaz de querer a nadie en mi vida, ni siquiera a vuestra madre, aunque te duela escuchar esto. Yo, en aquella época, solo amaba al próximo trago. Entré en una espiral que por poco me lleva al hoyo. Pero, lo creas o no, todo cambió cuando Olivia y tú vinisteis al mundo. Tú y tu hermana sois lo único que me ha mantenido unido a lo que representa el ser humano, porque he visto tanta mierda, tanta putrefacción y tanta maldad que alguna vez llegué a pensar que nada bueno podría existir en la faz de la tierra. Esta semana voy a dejarte un legado gracias a estas nuevas tecnologías que tanto aborrezco, pero a las que me he tenido que adaptar por fuerza. Quizá son solo las palabras de un padre a un hijo, consciente de que nunca lo atendió de la manera que merecía. Si lo borras sin escucharlo, me lo tendría merecido, pero creo que te irá bien escucharlo. Esto es solo el inicio. Si quieres conocer un poco a tu padre, escucha los audios hasta el final. Estoy grabando esto precisamente para que nadie dude de que tú no sabías en qué mierdas se estaba metiendo tu viejo. Porque al final de esta semana alguien se va a cobrar una venganza, alguien recibirá su merecido y, no lo dudes, hijo, alguien va a morir.

Apago la aplicación de la grabadora del teléfono móvil. Nada de un smartphone rastreable. Un modelo antiguo con llamadas y mensajes, sin más aplicaciones que la cámara y la grabadora de voz. Lo observo, alejando el aparato hasta que consigo ver bien la pantalla, y me aseguro de que esté apagado antes de guardarlo en el bolsillo del pantalón.

Me paso la mano por el flequillo canoso, casi blanco, y me froto los ojos. Me ha costado grabar el mensaje, no por lo que dice, sino por a quién va destinado. Ajusto el espejo interior del coche y observo mi cara delgada a través de unos ojos cansados. Sigo siendo un hombre fuerte a mis sesenta y cuatro años.

Me he obligado a estar en forma como pago a la mala vida que he llevado durante la primera parte de mi existencia y después de superar mi adicción al alcohol. Un grupo de Alcohólicos Anónimos me salvó de mi propia extinción. Tengo los ojos azules casi grises, la nariz respingona y alguna arruga de más por ese pasado de excesos, que además me dejó una delgadez que nunca me ha abandonado. Me gusta vestir traje desde hace ya muchos años, pero esta noche no. He traído ropa más acorde a mi cometido: un jersey de lino azul oscuro, un pantalón de tela elástica y unas deportivas, ambos de color negro. Encima me he puesto un abrigo gris y una gorra tipo boina con visera, que me ayudarán a ocultar el rostro ante una posible cámara de vigilancia.

Dentro del pantalón llevo una pistola Beretta de 9 mm Parabellum.

Respiro hondo de nuevo. Los dedos de mi mano vuelven al flequillo y acto seguido enciendo un cigarro. Doy una calada profunda. No es que esté nervioso por lo que tengo que hacer; de eso estoy convencido. Es lo que vendrá unas horas más tarde lo que me tiene un poco más inquieto. Volver a enfrentarme a mi antigua vida. Eso sí será un reto.

He caminado toda la tarde por una zona que siempre he considerado de las más bellas de Barcelona. Si no arrastrara la pena que llevo encima, habría soltado un par de lágrimas al ver la degradación que ha sufrido el Raval. Suciedad, por no hablar del hedor a orines y mierda de algunas calles empedradas, antes frecuentadas por los vecinos y ahora atestadas de yonquis y borrachos de múltiples nacionalidades.

Desde luego, a este lugar sí que ha llegado la multiculturalidad esa de la que tanto hablan los políticos. Toda clase de personas de ese submundo se mezclan con guiris despistadas. Imagino que van buscando zonas pintorescas mientras callejean con cara de asombro, casi miedo, agarrando con fuerza sus bolsos y mochilas, algunos de los cuales no van a regresar al hotel con sus propietarias. Es fácil perderse por aquí si te sales de la Rambla o, simplemente, si quieres acortar para llegar al Paral·lel. Me parece alucinante que un barrio que alberga el Gran Teatre del Liceu, el mercado de la Boqueria o el MACBA, entre otras maravillas, esté tan dejado. Pienso en aquellas novelas que leía de joven. Si Vázquez Montalbán levantara la cabeza, sin duda, lloraría de pena. Me percato de que un joven inmigrante me observa atento a una oportunidad que, desde luego, no voy a darle. Soy consciente de que, si se reúne una manada, puedo tener problemas. Intentaré evitarlo, claro, aunque sé también que estos grupos de delincuentes callejeros no suelen elegir una víctima que esté atenta. Voy preparado para evitar una circunstancia catastrófica, pero jamás conviene tentar a la suerte. Un encuentro no planeado echaría al traste mis planes.

Paseo por las calles de Santa Elena y Les Carretes, aprovechando que esta última lleva a la iglesia más antigua de Barcelona. Hacía años que no pasaba por ahí, y siento el deseo de verla más de cerca.

Creo recordar que, por puro desconocimiento, el antiguo monasterio de Sant Pau del Camp no suele estar infestado de turistas. Data del siglo XII y supongo que, por la degradación de la zona, pasa bastante desapercibido. Miro la hora y veo que aún es pronto para mi propósito, así que puedo dedicar algo de tiempo a visitarlo.

Durante un instante me permito trasladarme a otro lugar que parece ajeno al ruido de las calles que se ofrecen a pocos metros de allí. Ante el pórtico, construido con piedras colocadas hace más de ochocientos años, uno se encuentra en otra época. Observo un ciprés majestuoso que adorna la entrada antes de acceder al interior, que es más bien austero, ya no me acordaba, y eso le confiere un encanto aún más especial: solo paredes de piedra que acaban en columnas y arcos de estilo románico, con pocos ornamentos, que nada tienen que ver con los edificios góticos que hay en otra zona preciosa de la ciudad.

Me acomodo en uno de los bancos del final del templo y cierro los ojos. Me siento hipócrita por un momento al estar en un lugar donde se supone que intentas congraciarte con Dios y purgar tus pecados. No tengo intención de hacer nada de eso, porque más bien he empezado a acumular otros pecados. Pero el silencio es reparador. Algo es algo.

No pasa mucho rato sin que vuelva a mirar la hora, y decido salir de nuevo a la calle. Lo que tengo previsto realizar en un rato me bloquea la mente, y necesito moverme: comprobarlo todo, repasar el plan, esperar la mejor oportunidad. Antes de irme pienso que quizá regrese a este sitio si la edad y la salud me lo permiten; y si salgo con vida de lo que me espera esta semana, claro.

Camino hasta la Rambla y me pido un bocata de queso en un puesto ambulante para turistas. Es el mejor sitio para pasar desapercibido: sin cámaras y sin que nadie me preste atención. Me lo como de pie, acompañado de pequeños tragos de agua embotellada. Voy a tirar la mitad del bocata, porque ya no me entra nada más, pero antes me fijo en un hombre sentado en la acera con la mirada perdida en mi dirección. Es extranjero, del Este, diría yo. Observo en sus pies unos calcetines gruesos, pero no zapatos. Estoy atento a todo y me doy cuenta de que no me está mirando a mí, sino al bocadillo. Se lo muestro. Él asiente con la cabeza, componiendo una mueca por sonrisa con algunos huecos donde debería haber dientes. Se lo entrego y él pronuncia una palabra que no entiendo, pero que puede que sea algo parecido a un «gracias». Casi no me he girado y ya se lo está zampando con el ansia que solo puede tener una persona hambrienta. Allí lo dejo. Miro la hora de nuevo y decido que debo regresar a la zona que tengo marcada en un papel.

Antes de mi parada en la iglesia he observado el trasiego de drogadictos en varios portales sin vigilancia exterior. Los grupos criminales suelen tener un yonqui de confianza en el interior de cada narcopiso para vender a sus congéneres más enganchados la dosis diaria. A estos grupos les suministran la droga los camellos de nivel bajo. Luego solo han de ir pasando regularmente por cada piso para dejar más material y llevarse el dinero. Así evitan que acumulen mucha droga o mucho dinero. Hay que impedir tentaciones, y, si la policía ejecuta una redada, el perjuicio para el clan mafioso es mínimo. Siempre es el yonqui el que paga el pato. En otros tiempos, hacían las rutas por aquellas callejuelas en moto, pero he observado que los patinetes eléctricos han copado el transporte de los camellos por estas calles.

Pasadas las nueve, y con la bajada de turistas en la zona, la policía se hace más visible, por lo que la zona se está despejando y llega el momento que espero. Además, creo que he tenido suerte al escoger el día, pero eso no es ningún mérito, porque se diría que ya voy a contrarreloj.

Compruebo la dirección. Aquello es lo que vulgarmente se conoce como un narcopiso, como otros que he visto durante la tarde en las direcciones que tengo anotadas. Desde luego, no se trata de uno de esos sitios donde a los yonquis los recibe una enfermera y los conduce a una habitación limpia y decente para que se inyecten la dosis que ellos mismos traen. Y eso que, en el barrio, y no muy lejos de aquí, hay una narcosala de esas. No, donde yo me dirijo es a un sitio muy diferente. Aquí los compañeros de piso de los yonquis son las cucarachas y las ratas. Estancias sucias donde la porquería se acumula sin que nadie tenga la más mínima intención de limpiar nada. Los vecinos que tienen la mala suerte de que les ocupen un piso para ese propósito empiezan una guerra que no pueden ganar, al menos a corto plazo. Se convierten en daños colaterales que parecen importar poco a quienes ostentan la capacidad de legislar. Los policías poco pueden hacer, atados a las estrictas leyes que, en este caso, benefician claramente a las mafias. Estos lugares los acaban frecuentando los últimos seres de una sociedad que intenta obviar que existen. Personas desarraigadas y perdidas. Sus propias familias viven impotentes las adicciones de sus seres queridos. Hombres y mujeres que, a veces, ni siquiera han llegado a la edad mínima para llamarlos así. Muchos solo son chavales que vuelven una y otra vez a estercoleros como este en busca de lo que se ha convertido en su única razón de vida. Como auténticos zombis, tan reales como los de los libros y las películas, a excepción de que a estos los mueve una única cosa.

Una dosis.

Al precio que sea.

De todos esos sitios, he escogido uno en particular porque he visto que es el único que está custodiado. Por mis fuentes de información, eso significa algo importante para el plan. En la puerta hay un hombre joven, fuerte y no muy alto que bloquea el acceso. Solo hay uno, y es la señal que busco. Lo controlo desde la distancia, pero tengo que asegurarme. Opto por acercarme. Las horas anteriores únicamente han entrado yonquis, pero hace un buen rato que el portero, por llamarlo así, no los deja acceder. Veo que se van maldiciendo sin levantar mucho la voz, no sea que les partan la cara. Desde donde estoy, me parece entender que les dice que vuelvan más tarde. Solo ha dejado pasar a una chica que sigue dentro. Hubiera preferido esperar a que saliera, pero está tardando demasiado y el tiempo se me echa encima.

2

Cruzar la puerta

Hay un tipo joven vigilando una puerta. Lo veo mirar al cielo al tiempo que se ajusta el anorak para protegerse de unas nubes negras que avisan de la llegada de las primeras gotas. Lo observo en la distancia.

No tarda en caer una fina capa de lluvia de finales de marzo. El chico se intenta resguardar bajo el arco de entrada al edificio, subido a un escalón. Veo que mira dentro y comprueba que la puerta sigue ajustada. Parece que intenta escuchar algo del interior, pero enseguida vuelve la cabeza hacia la calle.

Aún no me ha detectado, porque donde estoy es difícil que me vea.

Es la hora. Salgo con las manos atrás, caminando tranquilo, protegiéndome la cabeza de la lluvia con una boina con visera. Me ayuda a resguardarme una chaqueta tres cuartos oscura con las solapas levantadas. Al llegar a su altura me paro y levanto la vista hasta cruzarla con él. El chico me mira con media sonrisa. Con esa superioridad que da la juventud combinada con la imprudencia de no saber medir bien el peligro.

—¿Qué se le perdió, viejo? Continúe caminando —me dice el chico de la puerta con un claro acento colombiano. Mueve la cabeza indicando que siga mi camino señalando el final de la calle.

Le ignoro plantado delante de él mientras reviso las señas escritas a boli en un papel arrugado y busco en la pared del edificio el número, que alguien ha arrancado tiempo atrás. En su lugar han pintado un dieciocho en letras rojas. Coincide con la dirección que busco y, estando allí aquel tipo custodiando la entrada, no tengo dudas de que he llegado a mi destino.

—¿No me ha oído, viejo? Que se largue.

Cierro los ojos un momento para abrirlos al instante y no perder de vista al tipo. Saco el aire acumulado como me ha enseñado mi maestro de yoga. Ha llegado el momento. Aunque el plan se inició hace seis meses, es en este lugar donde se desatará el infierno. Respiro para prepararme. No tengo ninguna duda de cuáles serán mis siguientes pasos.

Veo su cara de asombro mientras realizo un movimiento rápido con la mano desde mi bolsillo derecho. Al mismo tiempo le pego con el pie a la altura de la rodilla izquierda. Lo hago con velocidad y toda la fuerza que tengo para cogerlo de improviso. Casi me desequilibro, pero lo consigo. El tipo no ha calibrado bien la amenaza ni esperaba que un vejete pudiera realizar esa acción sorpresa. Nunca subestimes a nadie. Una lección que el joven va a aprender demasiado tarde. El golpe seco en la rodilla lo derrumba hacia delante con un dolor intenso mientras se oye un crujir espeluznante de huesos rotos. El aterrizaje es aún peor, porque está subido a un escalón de la entrada al edificio. Cae de rodillas y nota que una de ellas está rota. Dolorido, alza la vista y ve aterrorizado cómo la porra extensible que he sacado del bolsillo se aproxima a su cabeza. Su expresión es de sorpresa y, quizá, miedo. Es un instante, porque enseguida siente el porrazo en el lado izquierdo de la cara. En la calle vacía se oye otra vez el crujir de huesos. Supongo que son de la mandíbula y de algún diente. Intenta levantarse ensangrentado, pero nada puede hacer ya frente a una sombra que de nuevo baja con rapidez. El chaval es más fuerte de lo que pensaba, pero está vencido. Un fuerte golpe en la cabeza lo deja tendido en la acera.

Observo el cuerpo en el suelo, la sangre saliendo de la boca y una herida abierta en la base del cráneo. Veo que respira a duras penas. Su juventud lucha por sobrevivir. Lo arrastro por los brazos dentro de la entrada hasta dejarlo tendido en el suelo con los ojos cerrados y la respiración entrecortada. Cómo pesa el cabrón. Recupero el aliento y lo ato con cinta americana. Intento normalizar mi respiración. En la acera el agua de la lluvia me da un respiro y limpia lo que ha sucedido allí. Lo registro, saco una cartera del bolsillo y encuentro una especie de puñal que guardaba en la espalda. De la cartera me quedo con el NIE y con ochenta euros en billetes de veinte que no necesito, pero que tengo que coger. Después tiro a su lado la billetera. Para quien lo encuentre o para la policía, no será más que otro robo, o, al menos, otra línea de investigación. Aunque es posible que esa teoría se desmonte en cuanto crucen la puerta como estoy a punto de hacer yo. Sopeso si es prudente que un testigo me pueda identificar, pero estoy seguro de que el contacto ha sido mínimo. He procurado que apenas me viera la cara y, además, sabiendo lo que van a encontrar dentro, un tipo como este nunca colaborará con la policía por la cuenta que le trae a él y a su familia.

Lo dejo atrás. No, no soy un sicario ni un asesino, me digo antes de traspasar el portal.

A veces el que se equivoca es uno mismo.

Guardo el puñal en el cinturón y saco de la parte de detrás de la cintura la Beretta de 9 mm. Compruebo que tengo una bala en la recámara. La pistola está lista para disparar en simple acción. Necesito estar preparado para lo que me espera dentro. Por mi vida anterior, sé bien lo que es un arma de fuego, pero ha sido con el paso de los años y la aparición de las arrugas a lo largo del tiempo cuando he aprendido de verdad qué significa cargar con una en la cintura. Hasta hoy solo la he utilizado dos veces. Siempre me bastó el mero hecho de poseerla y, en alguna ocasión, de mostrarla. La que llevo ahora no es más que un hierro con unos engranajes precisos y una numeración borrada. Aun así, soy consciente de que poseerla significa poder y muerte.

Paro un momento en el pasillo. Hace ya tiempo que comprendí que, al cruzar esa puerta, mi camino será irreversible. Salgo al portal para comprobar que nadie se ha percatado de lo sucedido y observo la calle vacía. Miro al cielo mientras sigue cayendo la lluvia sobre la acera, ahora con algo más de intensidad.

Accedo al interior de nuevo.

Aunque imagino lo que voy a encontrarme ahí, en realidad sé que no soy capaz de prever lo que de verdad se halla detrás de estas paredes cochambrosas.

Un paso más en el plan.

Me llamo Manuel Longán y estoy a punto de cruzar las puertas del infierno.

3

Alguien va a tener un mal día

Julián Juárez es un tipo peligroso. Tiene la complexión de un culturista por su afición al gimnasio, que combina con clases de *kickboxing*. Lleva el pelo al uno, tiene los ojos verde oliva y lleva tatuado en el brazo izquierdo un gran dragón cuya cabeza le asoma por el cuello. Viste bien, aunque le falta estilo. Hoy combina una camisa de dibujos suaves con unos vaqueros azules, y le gusta tener oculta un arma cargada. Es un delincuente que no tiene inconveniente en llevarse por delante a quien haga falta, policías incluidos. Ha aprovechado la oportunidad que se le ha presentado para hacerse con una parte del negocio de la marihuana y del hachís. Una parte pequeña si se compara con el todo, porque el pastel es enorme cuando el país entero se ha convertido en el huerto de Europa.

Julián, que es el mayor de dos hermanos, apenas pasa de los treinta años y es el jefe del clan Juárez. A su vez es padre de un hijo al que adora y tiene una mujer que le acompaña desde los diecisiete. En su ascenso al poder ha adquirido varios narcopisos en Barcelona, e incluso un prostíbulo. En este caso la palabra *adquirir* es un eufemismo de «arrebatárselo a otros». Por las buenas, por las malas o por las balas, aunque en el caso del prostíbulo fue por un arreglo con los Casuals de Barcelona.

Un día comprendió que para llegar a donde quería en el submundo que habitaba no hay mejor aliado que el miedo. El que cualquier persona le tiene a la tortura o, en el peor de los casos, a la muerte de sus amigos y sus familias. Hasta ese último punto no ha llegado, porque lo de tocar a mujeres y niños le parece de monstruos y él no lo es. Eso cree Julián. O más bien esa es una línea que, de entrada, no está dispuesto a traspasar. Pero eso es de puertas para dentro, porque el verdadero miedo viene cuando alguien te cree capaz de hacerlo. A veces se pregunta si algún día tendrá que poner en práctica esas amenazas. En caso contrario, no será bueno para su reputación que alguien piense que no es capaz de eso y de más. Amenazas a los familiares de sus enemigos no faltan cuando la situación lo requiere. Pero ahora esa no es su preocupación. Llegado el caso ya pensará en ello. Julián es consciente de que él también tiene mujer y un hijo y eso le hace vulnerable. Para evitar tentaciones tiene que ser despiadado, y lo es. O eso piensan de él sus socios mientras oyen los gritos de dolor del hombre que tiene atado a una silla. Julián observa el trozo de oreja que le acaba de amputar con unas tijeras de podar y que sostiene en la mano.

El tipo, más bien bajo y bastante gordo, llora de dolor, con la desesperación de no saber cuándo va a acabar la pesadilla que está viviendo, pero, sobre todo, llora de miedo. El que provoca no saber si solo va a salir de allí sin una oreja o si la próxima amputación le va a dejar menos hombre, tal y como amenaza el tipo corpulento que lo ha atado y que se parece, por sus rasgos, a Julián, del clan Juárez. Está aterrado y no los distingue, pero sabe que son hermanos. Todos los que se dedican al negocio lo saben. Con ese panorama aún está más aterrorizado. Le han dejado solo con el pantalón, sin camiseta y descalzo. La sangre cae desde la herida de la oreja derecha por el pecho hasta el ombligo.

Julián sigue mirando el pabellón auditivo que tiene en la mano sin decir nada. Hasta ese momento no ha abierto la boca a pesar de ser el jefe y ha dejado las amenazas a su hermano. Le mira, vuelve la vista a la oreja amputada y por fin se decide a hablar.

—Está llena de pelos, qué asco, por Dios. Hay una cosa que se llama pinzas, colega. No cuesta tanto.

Sus compinches ríen a carcajadas con la imagen de Julián hablándole a la oreja. Pero las risas se van apagando. Entonces se pone serio y se dirige al tipo de la silla, que acaba de orinarse encima. El pis le cae por el interior del pantalón, dejando una mancha en la pernera, para llegar al suelo, donde se forma un charco de color amarillento.

Más risas.

—Está bien. Ya has visto lo que hay. Ahora me vas a decir qué sabes de mi primo Lucas, y, ya de paso, nos hablarás de la plantación en Hospi. Ese terreno es nuestro y no permitimos intrusiones. Sé que está cerca de uno de mis negocios en el polígono Gornal, pero necesito una dirección. Y no nos olvidamos de la plantación de Cornellà. Quien nos haya atacado lo va a pagar. ¿Lo entiendes?

—Sí, por favor, no me haga más daño.

—¡Habla! —grita Julián.

—No sé quién es ese Lucas, lo juro, pero sí le diré todo del huerto de L'Hospitalet. Usted pregunte. Por favor, no me haga más daño. No sé nada de Cornellà.

—¿Lo veis?, es efectivo. Primero dolor y después las preguntas.

—¿Creéis que miente con lo de Lucas? —les pregunta a sus dos compañeros.

Abel, el hermano de Julián, sonríe mientras observa divertido la escena. Es un pelín obeso y ese ha acabado siendo su mote. No es el que le gusta, claro, pero sí por el que se refieren a él en la calle: el Gordo Juárez. Lleva el pelo algo más largo que su hermano, pero también rapado. Sus ojos no tienen el color verde oliva de los de Julián, sino un negro profundo. Tampoco le ayuda la nariz desviada, que le quedó torcida a raíz de una pelea de niños después de la cual no le llevaron al médico. No había dinero para eso en aquel tiempo. Para acabar de rematarlo, siempre viste con chándal, cosa que su hermano no soporta.

El otro tipo que está con ellos no ríe tanto y solo muestra alguna mueca de vez en cuando, aunque lo de la oreja le ha hecho gracia. Es un buen amigo de Julián desde la infancia, y su verdadera mano derecha. Le apodan la Mole. Se llama Jesús Contreras y, técnicamente, se podría decir que ha sido un psicópata desde niño. Matar gatos, ratas, perros y pájaros

—o cualquier bicho que se cruzara en su camino— era una diversión que no cambiaba por nada en aquella época. Sus amigos se morían por una bici y él soñaba con una escopeta de perdigones, que tuvo con once años. En esa época fue el azote de las mascotas que se pusiera a tiro. No era un idiota descerebrado. Lo hacía siempre sin llamar la atención. Lo que le quitaba el gusanillo era ver cómo aquellas bestias se retorcían de dolor agonizando hasta que dejaban de respirar. Entendió bien joven que no era conveniente que nadie lo relacionara con aquello y su madre le quitara su tesoro más preciado. Ahora, con veintisiete años, ya no maltrata a los animales, porque al crecer descubrió que lo suyo, para según qué negocios, es un don de Dios o de quien sea. Es lucrativo hacer eso mismo a personas por algo de guita y lealtad a su amigo Julián. Uno acaba dedicándose a lo que más le apasiona si tiene la suerte de que eso le dé pasta. Y Julián sabe ser generoso con sus socios, pero sobre todo con quien él considera su familia. Entre delincuentes no hay mayor lealtad que el miedo y el dinero. Combinarlos da los mejores resultados. Aunque algo ha cambiado en el gran amigo de Julián. Espera que eso no afecte al negocio, porque, sin buscarlo, la Mole ha encontrado a una mujer de la que se ha enamorado. Una sensación que no había experimentado desde que era niño y le rechazó una chica del barrio. Quizá por eso lo lleve en secreto. Uno que no comparte ni con su amigo del alma.

Antes de que aquel pobre diablo siga hablando suena el teléfono de Julián. Este deja la oreja en una mesilla junto a las tijeras de podar y contesta a la llamada.

Por su semblante, algo no va bien.

El tipo atado a la silla empieza a temblar.

—Algo pasa en el narcopiso del Raval. No contesta nadie, *bro* —le dice una voz al otro lado de la línea.

—¿Cuánto hace que no contestan?

—Hace media hora que llamo, pero nadie coge el teléfono. Estos putos sudacas ya sabes cómo van. Llegan tarde, a veces no contestan, no sé... Estoy yendo para allá, aunque estoy lejos.

—Yo no puedo ir ahora; además, igual alguien ha llamado a emergencias y está allí la pasma.

—No lo sé, Julián. Has cabreado a mucha gente, y eso tiene consecuencias. ¿O crees que los demás son mancos y cojos? No hace ni dos días que atacaron la plantación *indoor* en Cornellà y aún buscamos a los dos jardineros. Si tuviera que apostar, te diría que están criando gusanos en alguna fosa.

—Llama al amigo de mi primo Lucas, él sabe cómo enterarse de si hay un problema allí. Tiene un contacto muy bueno en los Mossos y, aunque Lucas no esté, él sigue cobrando.

—Ya lo he hecho. No contesta y tiene el teléfono apagado.

—Mierda. Se habrá acojonado, el muy cagón.

—Te diré algo si lo encuentro.

—Que me llame de inmediato.

Cuelga el teléfono y coge de nuevo las tijeras. Las observa con calma. Tienen restos de sangre que empiezan a secarse.

—¿Qué ha pasado, Julián?

—Algo en el piso del Raval.

—¿Los moros?

—No lo sé. Primero nos atacaron una plantación de marihuana y ahora esto.

—Y ya empieza a mosquear que nadie sepa nada de Lucas. Hace demasiado tiempo —dice Abel.

—Alguien hablará tarde o temprano —dice mientras ve que sus socios empiezan a recoger sus cosas—. Aquí vamos a ir terminando. Iremos a su piso a ver si allí encontramos algo que nos dé una respuesta.

Se gira hacia el hombre, que observa sin saber qué pasa, y le clava las tijeras en la rodilla. En ellas descarga toda la rabia que lleva acumulada encima.

Se avecinan tiempos difíciles, pero Julián ya lo había previsto. Cuando uno crea un imperio, lo más difícil no es conseguirlo, sino mantenerlo.

Los gritos de dolor del hombre aún se oyen cuando se alejan del almacén después de haber logrado que les diga todo lo que querían. Todo menos qué diablos le ha pasado a su primo Lucas. Es lo que tiene el negocio; para bien o para mal, hay que aceptarlo. Lo que significa que requerirá una buena respuesta.

Cuando llegan al coche aún pueden oír los gritos de dolor del hombre al que han dejado atado a la silla. Se van de allí antes de que el lugar se llene de policías.

Al tipo lo encuentran con las tijeras clavadas en la rodilla cuando llegan los servicios de emergencias. Los han alertado unos chiquillos que han oído los lamentos de alguien dentro del almacén.

Algunos van a gritar todavía más por haber atacado la organización de Julián si se confirma lo del narcopiso del Raval y, si alguien le ha hecho algo a su primo, la respuesta va a ser contundente.

Palabra de Juárez.

4

El narcopiso de las ratas

Estoy seguro de que el vigilante, que está inconsciente en la entrada, no va a suponer un problema. Ni en este momento ni cuando sea capaz de articular una palabra de nuevo. Como pronto, en unos cuantos meses, a juzgar por cómo ha quedado su mandíbula. Es tiempo suficiente para haber terminado el plan. Además, sé bien que la descripción de alguien al que apenas has visto unos segundos no es un peligro para quien sabe esconderse.

Entro en el edificio. El lugar es un auténtico basurero. Mierda, literal, envoltorios de comida basura y toda clase de residuos bordean el pasillo central. A mi derecha hay unas escaleras que ascienden al piso superior, donde una puerta antiokupación bloquea el acceso. No me preocupa. Por lo que sé, no tengo que derribar ninguna puerta. Unas voces al fondo de la propia planta baja me alertan. Camino lentamente y con paso firme hacia ellas. Primero oigo un murmuro, después voces de hombre. Al acercarme, resulta ser el lamento de una mujer, de una mujer muy joven. Me tenso. Como todo en la vida, este gesto se basa en la repetición, como hacen los atletas cuando entrenan. Ya he afrontado demasiadas escenas de miseria en las que mi vida dependía de saber leerlas, así que mi pulso apenas se ha acelerado. Miro y compruebo una vez más mi arma y la bala en la recámara. Me dirijo a la puerta intentando no hacer ruido. Le doy la vuelta al bombín y veo que no tiene seguro ni pestillo. Para qué, si tienen un hombre en la puerta de acceso como disuasión primera ante las bandas rivales y allí los clientes son yonquis que apenas pesan cincuenta kilos. La abro poco a poco.

Me encuentro con una estancia bastante grande a la que le han quitado las paredes, parece que a martillazos. Solo han dejado en pie las que imagino que supusieron que eran las paredes maestras para que no se les cayera el edificio encima. En este sucedáneo de sala para yonquis hay a ambos lados algunas camas con colchones finos y sofás roñosos llenos de manchas y mugre acumulada. Paro, me refugio detrás de un trozo de pared y escucho. Oigo sonidos al fondo. Observo movimiento en este espacio sin intimidad. Allí están aquellos a los que he ido a buscar.

Pero no están solos.

Al principio solo veo a un grupo de personas, calculo que no más de tres, que ríen y beben, pero hay algo más y tengo que acercarme para ver el cuadro entero.

El cuarto miembro es una muchacha tumbada en una especie de mesa alrededor de la cual esos tipejos gritan y ríen. No me hace falta acercarme más para entender lo que ocurre. Parece que se lo están pasando en grande. Ella no. Cierro los ojos y la rabia me invade de nuevo, como me pasó años atrás, lo que me costó el trabajo. Aunque esta vez es diferente. Lo que hay dentro de mí ya no es solo rabia. Es también furia. Vuelvo a respirar para mantenerlas bajo control.

La sorpresa solo se da cuando el otro no te espera. Así que aprovecho que los tres tipos que hay al final de la sala están entretenidos con la chica para situarme detrás de otro trozo de pared que hace de columna. Aguzo el oído para tratar de captar lo que sucede a escasos metros de mí. Oigo nítidamente el lamento de la muchacha.

—El palo, güey, el palo por el culo —oigo que dice uno de ellos entre risas.

Tenso la mandíbula sin ser consciente. Tengo que relajar el gesto, no conviene dar pasos con demasiada rigidez.

—¿Lo quiere? ¿Quiere un *pollo*? Pues gáneselo, puta —distingo que dice otra voz.

La chica, que debe de ser menor de edad, no responde. Solo solloza y llora de dolor, pero no grita. Entonces uno de ellos oye vibrar su teléfono móvil y contesta la llamada.

—Hola.

—...

—¿Cómo que no contesto? Estaba meando, *bro* —miente a su interlocutor.

—...

—No, no había oído el celular, bueno, es que estamos liados —contesta con una sonrisa mirando a la chica, que está siendo violada por uno de sus amigos.

—...

El tipo cambia el semblante.

—¿Que le ha dicho a Juárez que no contestábamos? ¿Por qué ha hecho eso?

—...

Intenta excusarse con quien supongo que debe de ser su jefe. Y yo sé quién es su jefe. Esa llamada me recuerda que no puedo demorarme, pero espero a que acabe. Asomo la cabeza desde la columna preparado para responder si me detectan. Veo que el hombre guarda el teléfono y se dirige a uno de sus acompañantes. Ubico la posición de los tres tipos y amplío la visión por el resto de la nave obligándome a eliminar el efecto túnel. Logro mi objetivo. Solo están estos tres tipejos y están demasiado ocupados con la chica. Salgo de mi escondite apuntando a los hombres. Ya no tengo dudas de lo que voy a hacer. Camino con paso lento y concentrado. Las dos manos sujetando la pistola para no perder precisión: llevo años sin hacer prácticas de tiro. Como voy a comprobar en breve, a corta distancia, eso no se olvida. Es como montar en bicicleta.

Los hombres no han sido capaces de ver que alguien se les acerca hasta que ya es demasiado tarde. Un tipo gordo y con el pelo corto está penetrando a la chica con movimientos bruscos. Suda y resopla, más por esfuerzo que por placer. Otro, de piel muy negra y con una gorra de los New York Yankees, es el que ha contestado la llamada y está a su lado pensativo, imagino que por lo que le han dicho. Parece que le han cortado el rollo. El tercero jalea al gordo mientras se abrocha los pantalones y bebe una lata de cerveza.

Calculo las jerarquías y aprieto el gatillo.

Varias veces.

El que acaba de subirse los pantalones aún tiene la boca abierta al ver cómo algo le atraviesa la cabeza al gordo cuando otra bala, casi seguida, le perfora a él el pecho. Estalla la confusión y, ahora sí, se oye un grito de la chica al caerle el tipo gordo encima con los ojos aún abiertos. El sujeto de la gorra, desconcertado, gira la cabeza en mi dirección, pero solo ve una figura que sale de las sombras sin saber bien qué hacer. Mientras, su amigo, sangrando por el pecho con los pantalones otra vez por las rodillas porque no ha acabado de apretarse el cinturón, recibe otro balazo y cae a plomo. He abatido al segundo tipo y solo queda uno del que preocuparme. Se hace un silencio que rompe el gordo al caer al suelo, dejando a la chica encima de la mesa. Esta no parece reaccionar. Ha entrado en shock. Mientras avanzo sin dejar de apuntar al de la gorra, observo para mi sorpresa que la chica no está atada a ningún sitio como yo pensaba. Quizá está allí por voluntad propia. Supongo que para costearse, del único modo que puede, una dosis. Tiene que estar aterrorizada por no poder escapar de tres hijos de puta. Pero no grita. Solo lo ha hecho una vez al caerle encima el tipo gordo.

Vuelvo a mi objetivo.

—Tira aquí el teléfono —le ordeno.

Lo hace como puede, ya que sus dedos temblorosos apenas aciertan a sacarlo del bolsillo. Tengo la situación controlada.

A escasos dos metros, aún tumbada sobre la mesa, observo a la chica. Es morena, de piel blanca como la leche, con la ropa sucia y rota. Se intenta tapar la cara con las manos manchadas con gotas de sangre, sin duda de las salpicaduras por la bala que ha recibido el gordo. Veo que del ano le sobresale un trozo de palo de escoba. Sigo apuntando al que queda, que está bloqueado, mientras compruebo el estado de la muchacha. Ella aparta las manos y me mira. No sé interpretar qué transmiten esos ojos negros. No parecen verme a mí. Son unos ojos vencidos por la vida que parecen buscar algo que solo ella ve. Quizá esperanza. Si es eso, en mí no la va a encontrar. La perdí hace demasiado tiempo. La chiquilla saca poco a poco el objeto que estos putos salvajes le han introducido por el recto, ni siquiera por placer, y que sin duda le provoca mucho dolor. Una vez fuera, también veo el rastro de sangre que deja. El tipo que queda, de complexión fuerte, piel negra y unas rastas hasta media espalda, sigue perplejo sin saber qué hacer y con las manos alzadas de manera instintiva. No para de mirar hacia una mochila que está a unos metros de él, pero no parece atreverse a recorrer ese espacio a la vista de lo que les ha pasado a sus amigos.

—Vale —le digo—. El de allí se estaba subiendo los pantalones, así que ya había terminado con la chica. El gordo este no tenía pinta de líder, ni siquiera del equipo de zampabollos de su barrio, así que le tocaba el último turno, por lo que tú fuiste el primero en aprovecharte de ella. Eso me dice que eres el jefe de esta mierda de banda y me sirves. O puede que me haya equivocado en mis cuentas y, en ese caso, eres hombre muerto.

—No, no, no, yo mando aquí, patrón, pero esto no es mío, güey. No nos aprovechamos, ella se deja, yo le pago, ¿ve? —me dice enseñándome un par de *pollos* de cocaína, o vete a saber qué mierda se chuta esa niña.

—Ah, ¿crees que vengo por la chica? No, hombre, no sé quién es ni me importa. Así que, si contestas a mis preguntas, igual te vas de aquí conservando el pellejo.

—Sí, yo le digo todo, güey. Pero usted no sabe lo que hace. Esto es de los...

—De los Juárez, sí, lo sé.

A pesar de que allí no hace calor, una gota de sudor empieza a resbalar por la frente del hombre.

—Bien, gírate. Poco a poco.

El tipo obedece, permitiéndome comprobar que no lleva armas. Lo registro desde la espalda sin dejar de apuntarle, poniendo el cañón de la pistola a la altura del corazón. Solo le descubro una navaja tipo mariposa que lanzo lejos. Después de eso, le obligo a dejar el teléfono en el suelo y le ordeno bajar las manos.

—No sabe lo que está haciendo, güey. Esto es de los Juárez. Usted ya lo sabía. No les va a gustar. Los dos estamos muertos —acaba diciéndose a sí mismo.

—Preocúpate por salir vivo ahora y después te preocupas de tus jefes. ¡Eh! —le grito provocando que el tipo vuelva a mirarme—. Te voy a hacer dos preguntas, y por tu bien espero que aciertes las respuestas.

—Yo le digo nomás.

—¿Qué me puedes decir de Julián Juárez? ¿Viene por aquí?

—No, no sé quién es.

—¿Cómo cojones no lo vas a saber si me acabas de decir que esto es de los Juárez?

—Pero no sé quién es ese, señor. No los distingo. A veces viene un hermano, el Gordo, creo que se llama...

—Abel.

—Sí, eso, Abel —dice casi aliviado de no haber errado.

—Está bien. Aquí va la segunda.

Saco una fotografía del interior del abrigo. En ella se ve a dos hombres esposados conducidos por tres *mossos d'esquadra* de uniforme. Está sacada de una noticia de prensa, pero el tipo no puede leer el titular, que tapo con el dedo pulgar.

No parece entender.

—Quiero que señales al que te entrega el material. Y no me mientas, porque sé quiénes son y ya has visto que no me van los juegos.

El hombre observa la fotografía y puedo ver que le tiembla el dedo índice al acercarse al recorte de prensa. El hombre me mira y mueve la cabeza afirmativamente antes de señalar a uno de los tipos que aparecen en la fotografía.

—¿Estás seguro?

—Sí, patrón.

—Le has visto bien. ¿No te equivocas?

Mueve rápido la cabeza.

—No, se lo juro, hace unos meses venía con el primo del *boss*. Esa foto parece vieja, pero le conozco bien. Un día me retrasé en el pago y me hizo esto —dice señalándose una cicatriz en la ceja.

—Estupendo, me has ayudado mucho. Vete. Y rápido, no sea que me arrepienta.

El sujeto duda, mira la bolsa que para salvar la vida tiene que dejar atrás y opta por seguir respirando. Aunque sea unas horas más. Sabe en el lío en el que se mete dejando allí el resto de la droga, que tendrá que pagar sin poder venderla. Pero no le doy opción. Además, sabe que me ha visto bien y que su jefe no tolerará un robo, así que debe de pensar que ya ajustará cuentas con el hijo de puta que ha matado a sus amigos. Así es la vida que ha elegido. Tiene que aceptarla.

Yo también.

Sale corriendo hacia la salida.

No recorre tres metros cuando aprieto el gatillo y una bala le atraviesa el corazón por la espalda. Cae al suelo fulminado y el silencio reina en la sala.

Miro los tres cuerpos tendidos en el suelo. Es extraño. No siento nada. No sé bien cómo procesar esta indiferencia, pero lo dejo para más adelante. Me dirijo a la chica, que apenas es capaz de mantener los ojos abiertos. Esta puede ser perfectamente la mirada de un cordero que va al matadero. Uno que sabe, sin entenderlo, que de la cinta transportadora no saldrá vivo, ni él ni ninguno de sus congéneres. En el caso de ella, es una mirada que busca una compasión que no ha hallado en sus seres queridos, hartos de sus recaídas con solo un puñado de años de vida y dolor.

Nuestros ojos se encuentran.

Llevo demasiado tiempo en esta sala, y otro yonqui estará a punto de entrar a comprar una dosis, o puede que alguien haya oído los disparos.

—¿Cómo te llamas?

Ella no parece verme, aunque de sus ojos brotan lágrimas de derrota. Intenta responder con un hilo de voz.

—Claudia.

—¿Claudia qué?

—Claudia Fernández, señor.

La observo unos instantes y la dejo allí tumbada. Voy hasta la bolsa que el jefe de la sala ha dejado atrás intentando salvar la vida. La registro y encuentro un paquete de un kilo y pico de lo que seguro que es cocaína. Que el local estuviera protegido y en lugar de un yonqui hubiera tres de estos sujetos era buena señal. Aquí tenía que realizarse un intercambio. También hay un sobre con dinero. Cuento por encima unos siete mil euros. Introduzco de nuevo todo en la bolsa y me la cuelgo al hombro. Me giro y vuelvo a la mesa, donde la chica aguarda órdenes. Se ha acostumbrado a ello. Lo que sea por conseguir una dosis que la aleje, aunque sea por un rato, de esa realidad de mierda que le ha tocado vivir o que se ha labrado a base de malas decisiones. Veo una especie de mueca parecida a una sonrisa que no me dedica a mí. Quizá esté recordando una época de su vida, no muy lejana, en la que fue una niña con unos padres que la querían; unos padres a los que años después habrá llevado casi a la locura y, finalmente, al rechazo por pura supervivencia, si es que se puede sobrevivir después de tener que repudiar a una hija. Brota una lágrima que cae por su mejilla.

Ya no recuerdo lo que es ver surgir una lágrima por mi cara. Creo que las gasté hace casi seis meses, cuando mi vida cambió para siempre. Cuando empecé a comprender que todo lo que había conocido se había terminado. Cuando supe que llegaría hasta donde estoy ahora.

La observo en silencio, consciente de que tengo que abandonar este lugar de inmediato. Sonrío a Claudia de la mejor manera posible, forzando un gesto que hace demasiado que mi cara no muestra. Ella no reacciona. Miro mi arma, en la mano izquierda, doy una respiración profunda y cierro los ojos. Me digo a mí mismo que los testigos no son nunca una buena compañía.

No sé de qué cojones intento convencerme.

Mierda.

Primera parte

Hace seis meses

Dicen que la mejor de las suertes es morir en el momento adecuado.

Número 5, segunda temporada de *The Umbrella Academy*

5

Reencuentros obligados

Julián Juárez respira hondo el aire que, aunque es frío, le parece lo mejor que ha entrado en sus pulmones en la vida. Se ajusta el abrigo, se cuelga la bolsa al hombro y empieza a caminar sin mirar atrás. Deja a su espalda los muros infranqueables de la cárcel donde ha estado preso con la firme intención de no volver jamás a pisarla.

Es un delincuente condenado en dos ocasiones. La primera fue corta, pero la segunda le tocó cumplir una pena de tres años, de los que cumplió dos años y dos meses, antes de salir en libertad condicional. Ese tiempo lo aprovechó para establecer contactos. Ya solo con la conformidad en la sentencia se ahorró unos posibles ocho años, puesto que la Policía Nacional le había pillado en Zaragoza después de un alunizaje con fuga. Su buen comportamiento le ha valido para salir antes con la condición de no volver a delinquir durante el resto de la pena y de ir a firmar al juzgado cada quince días. Ese es el sentido literal de la expresión *libertad condicional*. También le ayuda tener un contrato de trabajo en una tienda propiedad de su madre, que, como todo, paga él.

Aquellos son sus primeros minutos en libertad. Mira al cielo y observa el horizonte libre de muros. Oye cómo se cierra la puerta detrás de él. Un sonido maravilloso. Se abrocha la chaqueta y se ajusta la bolsa de nuevo. Empieza a caminar hacia el aparcamiento.

Una vez allí no le cuesta identificar el BMW 530 gris que, con toda seguridad, conducirá su hermano Abel. De la parte de atrás sale su amigo Jesús, alias la Mole, y le da un abrazo. Después recoge la bolsa y la mete en el maletero. Julián se introduce en el coche. Le ceden el asiento del acompañante. Su hermano, que, efectivamente, está al volante, le choca la mano y le da un beso en la mejilla. Acto seguido le ofrece un cigarrillo, que enciende dando una calada profunda. Aunque no es un fumador habitual, aquella calada de nicotina sabe a libertad.

—¿A dónde?

—Al bar.

Abel no dice nada. Solo arranca el coche y salen del aparcamiento de la prisión de Lledoners casi derrapando. Poco más de tres cuartos de hora es lo que dura el trayecto desde Lledoners hasta el bar Astérix, en la calle Cervantes de Badalona. Allí trabaja Braulio Ramírez, un amigo de la infancia de Julián con el que se crio en L'Hospitalet de Llobregat.

El viaje, amenizado por Estopa, le parece corto. Enseguida están entrando por la avenida Marqués de Mont-Roig. Es entonces cuando Abel pregunta:

—¿Seguro que es a él a quien quieres ver primero? Tu mujer y tu hijo están...

—Enseguida estoy con ellos —corta Julián—. Hay prioridades. Los amigos siempre primero.

Al llegar, aparca en la acera de enfrente. Abel apaga el motor y se enciende un cigarro. Le ofrece otro a la Mole, que lo rechaza porque no fuma, pero Abel siempre se lo ofrece.

Julián se baja del coche y entra en el bar, donde hay pocos clientes. Busca a su viejo amigo, que no se ha percatado de su presencia, entretenido en atender a unos clientes en una mesa al fondo. Lleva puesto un delantal negro y escribe en una libretita el pedido de unos clientes.

Julián lo mira y su infancia desfila por su mente en una sucesión de imágenes que evocan ilusión, aspiraciones y deseos, muchos de ellos frustrados por la dura realidad de la propia vida. Pero allí están, juntos de nuevo.

Su amigo se gira hacia la barra para que le vayan preparando el pedido de una mesa y ve que Cristina, la otra camarera, que atiende desde allí, está mirando hacia la puerta. Braulio se gira y se queda parado ante la presencia de alguien a quien no esperaba ver en mucho tiempo. Sus caminos se habían separado hacía demasiado.

No hay palabras.

Ninguno de los dos sabe qué decir.

Julián dispara a Braulio los seis tiros disponibles en su revólver, que la Mole le ha pasado disimuladamente al abrazarlo cuando ha salido de la prisión. No tiene tiempo ni ganas de rememorar demasiadas cosas. Desde la puerta, mira con desprecio el cuerpo que yace sin vida en el suelo. Por su cabeza pasa la imagen de Braulio testificando en el juicio contra él para asegurarse de salir indemne a cambio de venderlo. Este le explicó que no tuvo opción porque los maderos lo tenían cogido por los huevos por un tema de una estafa. De todas maneras, era una traición en toda regla, que solo se podía cobrar con el más alto precio. Un mensaje alto y claro para futuros testigos. Y cuando uno llega al convencimiento al que ha llegado Julián Juárez, ya nada importa.

Se gira hacia la calle sin mirar atrás. Sale caminando con tranquilidad hasta subir al coche con el revólver aún humeante en la mano. Su hermano Abel arranca el BMW y acelera hasta perderse calle abajo mientras los clientes aún no osan salir de debajo de las mesas o de levantar la cabeza del suelo para comprobar si el peligro ha pasado.

Los Mossos van a tener claro desde el principio quién ha apretado el gatillo. Sin embargo, aunque el asesino haya actuado con la cara descubierta, los clientes no acertarán a dar una descripción que los ayude, ni siquiera la camarera, que no se recuperará de una crisis de ansiedad casi permanente. Ninguno tendrá la valentía de reconocer a nadie entre las fotografías que les mostrarán.

Julián Juárez ya está a punto para emprender el camino que se ha marcado. En los últimos días, cuando aún estaba preso, se ha visto envuelto en dos altercados que está seguro de que han sido provocados por una banda rival. Y no una cualquiera: los Macarenos están detrás, lo tiene claro. No asumen que unos tíos de barrio ocupen más poder que ellos, pero no tienen ni idea de lo que Julián Juárez es capaz de hacer.

Julián, en ese momento de calma en el coche, huyendo del lugar, rememora sus recuerdos de niño con Braulio. No los busca en su mente, pero, por algún motivo que no entiende, le vienen a la cabeza. Los desecha rápido, como lo ha desechado a él, porque de una cosa está seguro: ha salido de prisión con la firme promesa de no volver jamás. No le importa la advertencia de sus abogados de que no se meta en líos mientras tenga una parte de la condena pendiente.

Julián ha recorrido en tres cuartos de hora el trayecto desde la prisión de Lledoners hasta el bar Astérix, donde trabajaba el que fuera su amigo. El que le había vendido a la pasma haciendo que fuera a la cárcel. Había prometido a sus abogados, a los psicólogos y educadores del centro, al juez de vigilancia penitenciaria y a todo el que había querido creerle que si salía de prisión era para eso que ellos llaman *reinserción*. Su comportamiento había sido ejemplar.

Julián apenas ha tardado cuarenta y cinco minutos en volver a sus negocios después de salir de la cárcel.

6

¿Quién soy o quién era?

Miro mi DNI y leo el nombre que lleva impreso: Manuel Longán Martínez. No sé si a nadie le gusta su propio nombre, pero yo he aprendido a apreciarlo. Es quizá la única herencia de los padres que nadie puede arrebatarte. En el presente que tengo ante mí, se podría decir que, después de muchas penurias, todo me sonríe; o lo hizo hasta hace poco, claro. Pero llegar hasta aquí no ha sido gratis. Mi adicción al alcohol casi se me lleva por delante, como hace y sigue haciendo cada día en el mundo a miles de personas. Y lo peor del caso es que uno no elige ser alcohólico. Eso se lleva en los genes y, para mi desgracia, yo llevo de serie los de ser adicto a la bebida. Hace más de veinte años que no pruebo una gota, pero, aun así, sigo asistiendo a las reuniones de mi grupo de Alcohólicos Anónimos. Lo seguiré haciendo toda mi vida, aunque tengo que reconocer que ya no lo hago con la misma perseverancia y frecuencia que en los primeros años.

Soy propietario de una empresa de seguridad y servicios. Tuve que abandonar mi otra vida, la que de verdad me llenaba, por el mismo motivo por el que tuve que abandonar a mi familia: el abuso desmesurado del whisky, la cerveza, el vino o, al final, cualquier bebida con alcohol que me pasara por delante. Pero, por suerte para mí, no tengo un pelo de tonto, así que, solo y en la ruina, y gracias a mi grupo de apoyo, hice un cambio de rumbo y salí adelante.

Fui sargento de los Mossos d'Esquadra y estuve quince años en el cuerpo. Hasta que me expulsaron. Ejercer de policía me sirvió para ver que siempre hay negocio en la protección de personas. Sobre todo, para los ricos. Y no es que sean malas personas, que también las hay, es que quieren estar a salvo y el dinero llama la atención de mucha gente que no lo tiene. O que lo tiene y quiere más. Porque, una vez que entras en ese mundo, si eres discreto y haces bien tu trabajo, el negocio te va a ir bien. Y nadie mejor para asesorar en temas de seguridad que un expolicía: somos individuos cuyo trabajo consiste en ver todas las vulnerabilidades de las personas o de sus bienes materiales. Tuve la suerte de conocer, a través de un contacto de mi grupo en Alcohólicos Anónimos —en estos grupos hay de todo—, a una estrella del Barça. Le aconsejé con una de sus casas y le instalé un buen sistema de protección. Esto hizo que recibiera la llamada de otro futbolista del primer equipo. Este me pidió que revisara el que tenía, que no era nada malo. Al final, lo que necesitaba era protección durante unas vacaciones en su país, donde precisamente la seguridad sí era un bien de primera necesidad. En según qué zonas de Argentina te pueden matar para robarte una bicicleta. Hice aquel viaje con él y su familia y, al regresar, con un buen cheque y una buena propina por parte del jugador, empecé a recibir más llamadas y más encargos. No tuve más remedio que contratar personal, primero sin contrato ni nada parecido, pero le vi futuro al negocio, así que me formé con varios cursos oficiales de dirección de empresas. Mi nueva vida estaba en marcha, y una vez encarrilada y yo temporalmente redimido de mi adicción, intenté volver con mi familia.

Mi mujer, que había pasado un calvario, se negó, y no solo eso, puso a mis hijos en mi contra. Años después entendí que no había tenido otra opción. Una cosa que aprendes en recuperación de adictos es que la culpa es toda tuya. Así que tenía dos hijos, pero ninguno quería saber nada de mí. Es paradójico, porque me hice rico, pero seguí siendo pobre. No iba a tener el cariño de mi descendencia, así que me juré que, cuando mis hijos fueran mayores, intentaría un contacto que no había podido hacer en su infancia.

Pasados los años, lo conseguí. Al menos con uno de ellos. Mi hija aceptó un acercamiento, algo que mi hijo sigue rechazando. Aunque a medias, había empezado a recuperar aquello que había perdido años atrás. La vida me sonreía, y si lograba que mi hijo me volviese a aceptar, se podría decir que tenía una vida plena, aunque fuera pasados los sesenta. Como el dinero no era un problema, esa se convirtió en mi única motivación vital.

Con mi ex había poco que hacer y tampoco yo lo quería. Los dos habíamos pasado página. Ella se había casado, y había enviudado años después por la jodida ELA, que se llevó a un buen hombre que me consta que se había portado muy bien con mis hijos. Yo, desde hace varios años, salgo con alguien, pero, a mi edad, nada serio.

Y sin ser un adivino tengo el presentimiento de que mi existencia va a cambiar de manera drástica.

Porque así es la vida. Como una auténtica montaña rusa.

Y en ella también va montado, aunque yo aún no lo sepa, un tipo llamado Julián Juárez.

7

Los planes de futuro

Dos días después de ajustar cuentas con Braulio, Julián reúne en un bar de L'Hospitalet al que va a ser su núcleo duro en la organización.

La camarera se marcha con la cuenta pagada y los cuatro hombres esperan a que esté lejos para seguir conversando sobre sus planes. Su hermano y su primo Lucas son su círculo de confianza absoluto junto con su amigo Jesús, apodado en el barrio como la Mole. La sangre que nunca te puede traicionar y la amistad fraguada en la lealtad absoluta.

Julián se pasa la mano por la cabeza y se acaricia el cráneo rapado. Se dirige a su primo Lucas, que solo se une a aquellas reuniones muy de vez en cuando.

—¿Estás seguro?

—Fíate, primo. La información es buena. Cuando me hice a la pava no sabía dónde curraba, pero te aseguro que es buena *info*.

Lucas hace una mueca que intenta ser una sonrisa seductora y que Julián le ha visto hacer desde niños. No le hace ni pizca de gracia, pero, según él, es un reclamo para las mujeres.

Julián parece dudar. Su hermano Abel no opina

porque ha asumido hace años que el mayor siempre lleva razón y sigue creyendo que su misión es cuidar de él. Abel lleva el pelo corto y engominado hacia atrás y el chándal del Real Madrid. Se ve a sí mismo como un tipo fuerte, y eso le lleva a pensar que la gente le tiene miedo. Así que Abel se cree una especie de guardaespaldas de su hermano, cuando en realidad es al contrario. Julián siempre intentó protegerle de las palizas de su padre cuando eran pequeños recibiéndolas él. Sobrevivieron a la crueldad con más crueldad.

—¿De cuánto hablamos? —pregunta Julián a Lucas.

—Creo que podemos sacar cincuenta. Bueno, quizá más. A veces el bingo hace más caja durante la semana. Los hierros que necesitas para lo que has contado no son baratos. Sin eso no se puede iniciar nada.

—Sí, lo sé. Si no nos hacemos con buenas armas, no asustaremos a nadie. Los gitanos están bien armados y los colombianos también. A los *pakis* les podemos meter bien, pero a los moros hay que asustarlos de verdad.

—¿Y los Casuals?

—A esos los dejamos de momento. Conocí en prisión a uno de los cabecillas y nos puede ir bien en el futuro tener alguna alianza. Además, han metido en el trullo a la cúpula y podemos hacer algún trato con ellos. Les podemos mantener alguno de sus negocios y darles una parte.

—El de las putas —dice Abel con entusiasmo.

—Puede que sí.

Julián se queda pensativo un momento. Apenas pasa de los treinta, pero lleva muchos tiros pegados, algunos de forma literal. Se masajea la cabeza de nuevo.

—Si conseguimos las armas largas, podremos expandir el negocio. No podemos ir dando palos. Es muy arriesgado, y teniendo a mano el negocio de la maría, mejor lo ampliamos todo. Solo con pipas no podemos enfrentarnos a los otros. No, no podemos ir dando palos, con el riesgo que conlleva eso —razona mientras sus compañeros escuchan—. Y más sabiendo que con la maría, pagando un buen abogado, no vas a la cárcel.

Se hace un silencio que aprovechan para echar un trago a las cervezas.

—Va, enséñame las tetas de la piba —interviene Abel.

Lucas sonríe a su primo y saca el teléfono móvil del bolsillo. Rebusca entre sus fotos y vídeos hasta que encuentra lo que busca. Se lo muestra sin darle el teléfono.

—Buah, primo, pero si se te ve la tranca. —Ríe a carcajadas sin dejar de mirar el vídeo que le enseña.

—¿Qué polla quieres que haya en un vídeo mío, Abel? —le dice con sorna y orgullo.

Los dos primos ríen. La Mole los ignora. Abel se percata y, sin darse cuenta de que quizá tendría que dejar de tomar cervezas, se dirige a él.

—Oye, Mole ¿por qué pones esa cara? ¿A ti no te van los chochitos?

La Mole tensa la cara. No es la mejor persona a la que provocar, aunque seas el hermano del jefe.

—No te enfades, tío. Es que no te he visto nunca con una mujer.

—Deja a Jesús tranquilo. Además, sé que tiene algo por ahí, que a mí no me puede ocultar nada.

La Mole no hace gesto alguno. Parece que relaja el rostro, para alivio de Lucas, que ha seguido ese último tramo de la conversación sin decir nada. Se da cuenta de que Abel ha bebido demasiado e intenta no entrar en la pulla dialéctica que parece que Julián ha terminado.

—No te enfades, primo —le dice Abel a la Mole—. Ya sé que eres un machote, hombre, era broma.

Se hace un breve silencio que Lucas agradece. Él no es como sus primos. Se dedica a otras cosas.

Lucas es un tipo de los que se dicen guapos: rubio, con los ojos azules, un mechón de pelo siempre en el flequillo y un carisma que le ayuda en las estafas y las tretas de las que vive. No es como su primo Julián, capaz de encañonar a alguien y, si hace falta, apretar el gatillo. Él se sirve de los engaños y de su físico para conseguir todo lo que quiere.

A veces esos vídeos le sirven para extorsionar a sus amantes, que, llegadas a ese punto, pasan a ser sus víctimas. Son todas chicas jóvenes y manipulables o mujeres de mediana edad que, desengañadas de la vida, casadas, separadas o divorciadas, buscan una aventura que hace años que no viven o que nunca han vivido. Para ellas, Lucas es lo más parecido a un Brad Pitt que van a poder conocer. No engaña a todas, claro. De hecho, son muchas más las que lo ven venir, pero, como buen estafador, es un experto en detectar los perfiles más vulnerables. Por ejemplo, el de la mujer despechada que ha sido siempre fiel y a la que el marido le ha puesto los cuernos. Entre eso y su encanto, algunas de ellas acaban pagando la vida de excesos y lujos de un hijo de puta con mayúsculas bajo la amenaza de colgar en las redes sociales sus fotografías y vídeos íntimos. Otras simplemente le dan el dinero creyendo sus engaños y promesas de devolverlo en un futuro compartido.

—No sé cómo se dejan grabar esas zorras, pero en este caso nos irá de perlas —le dice Julián, que ha ignorado el vídeo, pero que intenta destensar el ambiente que ha creado su hermano.

—Soy muy convincente —dice Lucas, riendo y señalándose el paquete con los dedos índices a la vez que muestra otra vez aquella mueca ridícula.

Julián sonríe, pero deja las risas para sus amigos y bebe un trago de cerveza. En su cabeza hay cosas más importantes que calentarse viendo cómo la incauta de turno se lo pasa en grande con el miembro de su primo Lucas.

Aquello es una puerta a la cima. No va a ser fácil, pero con el dinero que van a conseguir con ayuda de Lucas podrían comprarle a los Jaranovich las armas y municiones que se necesitan para iniciar una guerra. Y aquello que los Juárez van a iniciar a pequeña escala va a ser, desde luego, lo más parecido a una guerra. Pero toda guerra necesita soldados. Y esa es la segunda labor de su plan: ampliar el clan. Julián tiene claro que se va a servir de gente del barrio, pero también que va a acoger a algunos de los que le juren lealtad cuando él se quede con sus negocios. Estos no van a ser de fiar, claro, pero, como bien sabe, el miedo es un aliado cojonudo para estos nuevos colaboradores. Y él sabe mucho de eso. Lo aprendió de niño. Una lección que nunca ha olvidado y que ahora le servirá para sus objetivos de expansión.

Todos brindan con sus cervezas. Aquel es el germen de lo que va a venir en breve.

Los Juárez están allí. Tienen un plan y un futuro por delante.

Y este va a ser suyo.

8

El golpe casi perfecto

Eduardo mira a su compañero Alfredo, que va delante con las sacas de las monedas, mientras a la vez controla la calle. Es el día de la semana más complicado en su trabajo, porque les toca recoger las ganancias del bingo. Hay que tener precaución, porque las bolsas, que habitualmente llevan de diez a doce mil euros, ese día contienen hasta cuarenta o cincuenta mil. Algunos viernes incluso más. Por eso Alfredo está más nervioso. Siempre lo está los viernes. Y hoy ya les han informado que transportarán una buena recaudación. El tercer miembro del equipo, Rubén, el conductor del furgón blindado, no parece incomodarse nunca por eso. Ha pasado de los sesenta y ya solo está pensando en la jubilación. La energía se le acabó hace años y ahora conduce su ruta sin mucho entusiasmo: solo está al volante y espera acabar la jornada pronto para ir a buscar a sus nietos al colegio. Observa, estacionado en la acera, a escasos metros de la puerta del establecimiento, cómo se alejan sus compañeros, a quienes les espera el responsable de la sala, que les franquea la entrada al bingo. Gira la vista hacia los retrovisores y no ve nada extraño. En treinta años de oficio nunca ha sufrido un percance de importancia. Hoy en día, los atracos a furgones blindados son casi inexistentes, y los delincuentes prefieren otras opciones menos peligrosas que intentar asaltar un vehículo a prueba de balas.

Ajenos a los pensamientos de Rubén, los dos miembros jóvenes de la empresa caminan con toda la tranquilidad del mundo. Nadie sabe con exactitud cuándo van a transportar la mayor cantidad de dinero, así que el peligro se reduce bastante, aunque nunca es cero. Son pocos los que tienen constancia de las ganancias del bingo, pero, por muy pequeña que sea esa cifra de *conocedores*, el mero hecho de que existan significa que siempre hay alguien que puede obtener esa información.

Y hay alguien que la ha conseguido.

Los hermanos Juárez no son tontos. Sobre todo Julián, el mayor y el cerebro de todas las operaciones que llevan a cabo. Es consciente de que no tienen herramientas ni formación para atracar con garantías un furgón blindado, pero esa no es su meta. Lo que sí saben es la cantidad de dinero que va a salir ese día del establecimiento, y también la hora del transporte; incluso se han estudiado la ruta del furgón, así que todo se reduce a esperar el mejor momento para llevarse ese botín que les ha caído del cielo. Su primo Lucas, que no suele aportar demasiado a la familia, ha conseguido el contacto dentro del bingo. A partir de ahí, solo se trata de pedir la información que necesitan.

—Han entrado. Preparaos —ordena Julián desde una distancia prudencial.

Su hermano Abel y Jesús, la Mole, se suben las mascarillas. Eso, junto a unas gorras de béisbol, equivale a un pasamontañas, con la diferencia de que no llaman demasiado la atención gracias a la herencia de la pandemia. Ya casi nadie las usa, pero no son un elemento extraño ni lo es que alguien las siga llevando por la calle de vez en cuando. Los delincuentes siempre encuentran la manera de sacarle partido a las desgracias.

Se acercan a la puerta del bingo caminando con tranquilidad. Julián y Jesús por un lado de la acera. En sentido contrario, su hermano Abel espera para darles apoyo y hacer un movimiento de pinza evitando la posible, aunque remota, huida de los objetivos.

Casi les parece que lo han programado al milímetro, porque llegan a la entrada, en el mismo momento en que el jefe de sala abre la puerta, dejando pasar hacia la calle al primero de los vigilantes, que lleva dos sacas. Al compañero de este, que le cubre a dos metros de distancia por detrás, no le da tiempo a reaccionar cuando llega al exterior y comprende lo que sucede.

Los dos vigilantes van armados con su revólver de dotación, que llevan en el cinto. Solo uno de ellos consigue poner la mano en la empuñadura cuando se encuentra con el cañón de un arma en la sien. Se queda inmóvil en esa posición. A su compañero le hacen la misma maniobra y, viendo que están en inferioridad, no hacen ningún gesto. Sus caras son de decepción al ser conscientes de que su carrera en el sector deja de estar inmaculada y llevarán para siempre el sambenito de haber sufrido un robo. Ese pensamiento absurdo, en caliente, aderezado por la adrenalina, es la posible explicación del gesto que desata la tragedia.

No tenían los Juárez la intención de salir de allí con un par de fiambres a sus espaldas, pero no son gente dispuesta a permitir que nada ni nadie se interponga entre ellos y sus objetivos.

El movimiento de Alfredo, el más joven de todos, es leve, casi un gesto inapreciable y quizá involuntario, pero es suficiente para que Julián perciba un mínimo instante de peligro, así que de manera casi instantánea aprieta el gatillo. A bocajarro en la cabeza, le abre un boquete en la nuca.

Jesús, la Mole, actúa casi por inercia. Al oír el estruendo del arma de su amigo, él hace lo mismo. No se arriesga a ver qué pasa y aplica su lema, «dispara primero y mira después»: si no se hace en ese orden, puede que no seas tú el que mira la escena al final. El responsable del bingo no se atreve a levantar la cabeza del suelo, donde se ha tirado al oír el primer disparo.

Rubén, desde la cabina protegida del furgón, observa la escena con horror. Sabe que no puede salir de allí para ayudar a sus compañeros, y eso le provoca una sensación de impotencia indescriptible. El hombre de la gorra roja se acerca con calma al parabrisas del furgón mientras sus dos compinches huyen por la calle de atrás con las bolsas de dinero. Le mira a los ojos y le apunta a la cabeza. Desde dentro de la cabina, Rubén no puede identificar el color de aquellos ojos, solo que parecen claros. Hubiera jurado que son verdes, pero lo que ve es la explosión que sale del cañón de la pistola. Rubén hace el gesto instintivo de protegerse la cabeza con los brazos a pesar de que sabe que el cristal antibalas detendrá el proyectil sin problemas, como efectivamente ocurre, dejando una marca en el vidrio. Cuando baja los brazos observa la marca que el proyectil ha dejado en forma de círculo diminuto, pero lo que le cala, hasta grabarse en su alma, es la mirada del atracador que sigue allí mientras baja el arma. Nunca podrá olvidar esos ojos. Unos ojos que le advierten sobre quién es el tipo de gente que ha matado a sus compañeros. Rubén sabe que serán capaces de lo que sea si tienen que encontrarlo. Finalmente, observa inmóvil cómo se sube a un coche que para a su lado y huye a toda velocidad calle abajo.

Una bala.

Un mensaje.

Captado.

El Ibiza azul robado y conducido por Abel Juárez se pierde entre las calles para alivio de los pocos testigos, que acaban de vivir una de las peores experiencias de su vida. Porque lo que para policías y delincuentes es rutina, para aquellos que no viven en ese mundo, un encuentro a tiros en la España del siglo XXI no es algo cotidiano, aunque la prensa y, sobre todo, los vídeos virales muestren como casi cada día apuñalan a alguien en cualquier lugar del país.

Julián, en el asiento del acompañante y con las sacas entre las piernas, tiene una sensación increíble. Algo que jamás ha experimentado. Y no tiene que ver con haber arrebatado la vida a uno de los dos vigilantes de seguridad. Sobre eso no tiene el más mínimo remordimiento. Si hubiera sentido la necesidad de que le visitase un psiquiatra, es probable que le hubiese diagnosticado algún tipo de sociopatía, pero esas visitas solo las realizan quienes son conscientes de que algo no carbura bien en sus cabezas. Y, para Julián, esta mañana ha resultado de lo más excitante y, sobre todo, muy productiva. El resultado, a falta del recuento, es mejor de lo esperado, y su guerra por el territorio de otro clan va a desatarse antes de lo previsto. En esos pensamientos de expansión y muerte se halla el líder del grupo cuando algo fuera de lo programado ocurre. El coche empieza a detenerse.

—¿Qué cojones pasa?

—El coche se para —dice Abel intentando arrancar el vehículo, que sigue en marcha por la inercia mientras le da al contacto de manera insistente.

—¡Arranca, joder! —grita Julián, girándose para ver si alguien los sigue.

—¡Eso intento! —grita también Abel, fruto de la desesperación.

Jesús, la Mole, permanece impasible ante la discusión entre hermanos que se desarrolla en la parte delantera del coche. Poco puede aportar mientras espera que se pongan de acuerdo.

—Vale, déjalo llegar hasta allí —le dice Julián a

su hermano, indicándole un hueco en el que estacionar que tienen a mano derecha, al que pueden dirigirse aprovechando que el vehículo aún sigue rodando cada vez más despacio.

—Aquí no podemos quemarlo.

—Nos llevamos todo y lo dejamos aparcado. No hagáis movimientos bruscos. Esto no estaba en el plan y aquí es donde nos pueden pillar si no estamos atentos.

Abel detiene el vehículo en ese hueco, ocupando parte de un vado, y los tres ocupantes bajan con las bolsas de deporte, donde han puesto las sacas robadas en el atraco y la ropa con la que se han tapado. Algunos transeúntes los miran, pero en general no les prestan demasiada atención. Se alejan y caminan en dirección a la Ronda Litoral, donde, a un par de kilómetros, les espera el coche que tenían preparado para huir. Les toca caminar.

—¿Estás seguro de no prenderle fuego, aunque sea aquí?

—Sí. Es mejor no llamar demasiado la atención después del atraco. No nos arriesguemos a que se líe aquí la de Dios. Los *mossos* estarán esperando el aviso de un coche en llamas y estamos demasiado cerca. Además, tiene las placas dobladas, y, como la marca y el modelo coinciden con la matrícula, en un día o menos estará en el depósito municipal. Con algo de suerte estará acumulando polvo hasta que lo desguacen. Poco más podemos hacer.

Los tres hombres se pierden calle abajo. Una sensación agridulce se ha instalado en el ánimo de Julián, pero no puede ocultar la satisfacción de saber que la cosa ha salido casi a la perfección. Inician la andadura hacia la cumbre con una victoria.

La primera de muchas en un mundo donde las desgracias de unos son los éxitos de otros.

9

Un mazazo en toda regla

Olivia cierra los ojos. Primero, un poco desconcertada. Después viene el estupor. Luego, los lloros y la rabia. Y, por último, el baño de realidad que nadie quiere aceptar cuando se está viviendo en una mentira de la que no se es consciente.

Su cabeza no paraba de repetirle que era necesario parar y desconectar. Lo necesitaba desde hacía ya unos meses, pero su jefe no le había podido dar ese descanso hasta la semana anterior. En cuanto supo que tenía unos días libres, reservó un par de noches en el balneario de Caldes de Malavella y se fue allí a pasar de todo. Una semana sin noticias, sin apenas contacto con nadie más que con su madre y su hermano. Olivia es una chica de treinta años recién cumplidos a la que la vida, a nivel emocional, no ha tratado demasiado bien. De carácter reservado, le ha costado siempre formar nuevas amistades, y por eso se sorprendió cuando, al conocer a aquel chico tan guapo y amable, se había abierto de aquella manera. No es una mujer excesivamente guapa, pero tampoco fea. Se mantiene en forma y tiene una mirada felina que intimida a los hombres. No deja de ser una paradoja, pero Lucas era tan guapo y encantador que no parecía real.

Y no lo era.

Ha descubierto tarde que, como siempre, se ha equivocado. Otra vez. Un error que la ha llevado a retirarse a Caldes para intentar afrontar esta realidad que no sabe bien cómo va a superar.

Cuando recibió el mail con el vídeo, no podía creer lo que estaba viendo. No podía creer que hubiese aceptado que la grabara. Fue como si aquel hombre atractivo la hubiera hechizado, porque era algo a lo que jamás pensó que consentiría. No se le pasaron por la cabeza las consecuencias que podría tener para ella. Es de suponer que en eso no piensa nadie que consiente ser grabado manteniendo relaciones sexuales. Ahora comprende que en aquel momento estaba enamorada, o, de lo contrario, le hubiera parecido una locura. Lucas le dijo que, cuando estuvieran separados por sus trabajos, con ese vídeo pensaría en ella.

Le creyó.

También creyó que nadie más vería jamás esa filmación.

Le mintió.

Al principio estaba confusa. No entendía qué significaba aquel mensaje de correo electrónico. Aquel «necesito que hagas algo por mí». No había una amenaza explícita de difusión. Esta llegó al siguiente, cuando ella le preguntó qué significaba aquello y le dijo que jamás sacaría dinero de ella, no lo tenía; apenas un par de miles de euros ahorrados, lo justo para ir viviendo más o menos bien, y él lo sabía. Pero no le pedía dinero. Necesitaba información. Se encontró, de la noche a la mañana, entre la espada y la pared. O colaborar o ver su vídeo enviado a sus contactos y colgado en todas las páginas porno de internet.

Había vendido su intimidad por nada. Por unas palabras bonitas, por un amor que pronto descubrió que no existía, por unas promesas que se disolvieron con el viento. Y ahora estaba atrapada en aquella espiral, sintiéndose violada. No literalmente, claro. Él había sido siempre encantador y todo había sido consentido. Hasta la grabación lo era. Ahora se exponía a que el mundo entero tuviera acceso a verla practicando sexo. Estaba acorralada y solo era capaz de pensar en maneras de arreglar algo que no tenía arreglo.

Y quizá por eso, cuando enciende el televisor y ve las noticias, su mundo se viene abajo. Se va hasta el ordenador y escribe un mail. Lo hace como si una mano la guiara porque, de repente, la embarga una neblina. Su mente no puede asimilar la realidad. Lo acompaña de un archivo. Uno que para ella es una condena. Pero no lo envía. Lo deja en el borrador de su cuenta de correo. La desesperación la empuja a acudir a donde nunca pensó que tendría que recurrir. Porque, en aquel momento, no ve horizonte alguno en su vida.

Necesita encontrar un rumbo que la ayude a maniobrar en un mar de tempestades.

10

La escena del crimen

El escenario que hay en la puerta del bingo lo hubieran firmado para sus películas Michael Mann o Quentin Tarantino sin quitar una mota de polvo de ningún rincón.

La comitiva judicial acaba de llegar al lugar y aún se está saludando cuando llega Manel Márquez.

La jueza de guardia y la fiscal le saludan. Le conocen de sobra de otros muchos casos. Se trata del jefe del Área de Investigación Criminal de Barcelona.

La jueza de guardia, Julia Amposta, ordena a la forense que se acerque ya a la escena del crimen para ir avanzando. Julia, de pelo castaño y ojos verdes, siempre va muy elegante. Combina muy bien una falda hasta la rodilla de color azul marino y una blusa a juego. La fiscal, Alexandra Blai, rubia y con los ojos de un azul muy intenso, viste más informal, pero también muy elegante. Lo cierto es que en una escena del crimen se puede ver quién manda por su atuendo. Detrás de una cinta de baliza policial, además de los policías, siempre hay personas bien vestidas que contrastan con las víctimas y familiares, que acuden al lugar con lo puesto cuando los avisan, y, en pleno choque emocional, nadie sabe qué ponerse para afrontar esa tragedia. En un lado, algo apartados, se encuentran algunos de los familiares de los dos fallecidos, que son atendidos por psicólogos del SEM. En otro, se ven los flases de las cámaras de la policía científica.

—Y bien, Manel. ¿Quién va a llevar esto? No he visto a Xavi por aquí —dice la jueza.

—No, está liado con otra cosa.

—¿Y entonces?

—Mire, señoría. Creemos que esto es obra de los Juárez, tiene toda la pinta; y nos tememos lo peor: nunca se habían atrevido con algo así.

La jueza asiente. Tiene una memoria prodigiosa para nombres y fechas, y relaciona a Julián Juárez y su clan enseguida, a pesar de que en su juzgado no existen causas pendientes contra él. Pero las ha tenido.

—Vamos a crear un grupo especial que se encargará de la investigación de los Juárez. Nos constan varias órdenes de detención contra Julián y creemos que es autor, por lo menos, de un homicidio en un bar, aunque aún no podamos demostrarlo. Que hayan atracado un bingo ya le digo que no es una buena noticia. Su lista de muertos aumenta y lo seguirá haciendo.

—Vale, conozco a los Juárez, pero... —duda—. ¿Ya saben quién es el autor de esto? —pregunta sorprendida.

—Señoría, el furgón tiene una cámara delante que ha grabado a uno de los autores. La han visualizado los del grupo de atracos. Lleva una gorra roja y una mascarilla, pero el sargento del grupo me ha dicho en cuanto lo ha visionado que, aunque no sirva en un juicio esa identificación, está convencido de que es Julián Juárez. Como ya está en busca y captura, por otros juzgados, esto nos hace tomar medidas. Buscaremos las pruebas, no se preocupe, pero solo queríamos informarla *in situ* de lo que vamos a hacer de manera inmediata.

—¿Quién va a formar parte del grupo?

—Aún no tenemos confirmación oficial, pero será un equipo con la Guardia Civil. El Cuerpo Nacional de Policía estará al corriente y no descarto que se apunten al final, pero están liados con algo que desconozco. Ya sabe cómo estamos todos con la falta de efectivos.

—Ya, no le explico el tema del personal en el juzgado para que no lloremos todos aquí. Bueno, hagan lo que vean necesario, pero no sé si este caso me tocará a mí en el reparto. Hasta entonces, pídanme lo que necesiten.

—Vengan a verme a mí si necesitan algo —dice la fiscal—. Yo sí me lo voy a quedar.

—Claro, señoría. —Manel Márquez se dirige a la fiscal—. La mantendremos informada también, no lo dude.

En ese momento ven que se acerca un *mosso* con un traje EPI de color blanco. Es el cabo de la científica, que les dice que ya han acabado con la inspección ocular y que, si dan la orden, se dispondrán, junto con la forense, a mover los cadáveres para acabar de hacer las fotos de rigor.

Los cuatro recorren los escasos metros que los separan de la acera donde se ha producido el siniestro, y que ahora tapan unas lonas azules que los *mossos* han colocado para evitar que ningún curioso saque fotografías de los cuerpos. Allí, en primera línea, ven a un agente de paisano que observa la escena en cuclillas. Es delgado, está rapado al cero y lleva una perilla frondosa.

—Ha sido casi una ejecución —dice Manel Márquez, al llegar al lugar, dirigiéndose a la jueza y la fiscal—. ¿No es así, sargento?

Este se incorpora y mira a su inspector y al resto de los acompañantes. Aunque no las conoce, no le hace falta para saber quiénes son esas mujeres que le acompañan.

—Así es, inspector. Señorías —saluda a la comitiva judicial—. Soy el sargento Óscar Miralles. A sus órdenes.

Todos responden al saludo con un gesto. El *mosso* viste con tejanos y una chaqueta tipo bómber azul que deja ver una camiseta blanca y la placa de policía colgando de una cadena en el pecho.

—Aún tenemos que analizar la escena, pero casi les puedo garantizar que los autores son Julián Juárez y su banda —les informa.

—Sí, ya nos ha puesto al día su jefe —dice la jueza.

—Señoría, no sé qué se proponen —sigue el sargento Miralles—, porque atracar un bingo requiere preparación y es tentar mucho a la suerte. Los vigilantes... —señala los cuerpos—, pueden ver que van armados, aunque estos ni siquiera desenfundaron.

No tuvieron tiempo. —Se para y se gira de nuevo hacia la comitiva judicial—. Aunque si tienes claro que vas a llevarte por delante a quien sea, todo es más fácil, ¿no les parece?

Todos se miran sin saber qué responder ni a qué viene aquella afirmación. La jueza toma el mando.

—Por mi parte, pueden proceder. ¿Te parece bien? —le pregunta a una mujer morena y pequeña que estaba junto a los cuerpos sin vida.

La forense se gira y le sonríe. Estaba absorta en su trabajo y no los ha visto llegar.

—Sí, Julia. No creo que en la autopsia salga más de lo que vemos aquí, así que será más importante la inspección ocular que el propio examen *post mortem*. Si te parece, me quedaré con la científica. Puede que eso me ayude después.

—Claro —responde la jueza—. Le dejamos trabajar, sargento. Ya me irán diciendo.

—De acuerdo, señoría, así lo haremos. Yo también me voy a darles el parte a mis jefes, porque ya están aquí las televisiones y esto saldrá en todas las cadenas —concluye el inspector Márquez.

La comitiva judicial se marcha del lugar junto al inspector Márquez. A los investigadores les quedan unas cuantas horas allí, pero el sargento Miralles tiene claro cuál va a ser su objetivo las próximas semanas, puede que meses. Se va a encargar de la captura de Julián Juárez. Sabe mucho de él. Tanto como el propio delincuente del sargento. Se criaron en el mismo barrio, e incluso jugaron juntos de niños en alguna ocasión, aunque nunca fueron amigos. Por eso no le costó saber, en cuanto se topó con Julián en sus primeras detenciones, que aquel chico del barrio con el que creció se había instalado al otro lado de la ley. Por eso tampoco a Julián le supuso mucho trabajo hacerle llegar una amenaza al sargento cuando este estaba en un destino de trabajo que hacía que sus caminos se cruzaran. Fue en esa época cuando Julián le recordó a Miralles que sabía bien quién era y también dónde estudiaban sus hijos. Así de crudamente se transforman unos recuerdos amables de niños en una realidad dura e incierta. Eso propició que Miralles cambiara de destino. Una cosa era que lo amenazara a él, que también iba armado y sabía defenderse, y otra que fueran sus hijos los que se llevaran esa amenaza. No dudó un segundo. En aquel tiempo se apartó y no le importó que aquello fuera una victoria de Julián Juárez. Sabía que otros compañeros ajenos a su relación personal lo perseguirían sin descanso. El tiempo ha hecho que, por otros motivos, se separara de su mujer y con ella de sus hijos, a los que ve poco. Pero eso no importa: con aquella amenaza pasada Julián Juárez sobrepasó todos los límites y se ganó a un enemigo que lo odiaba a muerte. Y, quizá por eso, cuando desde la distancia ha visto la oportunidad de saldar cuentas, Miralles se ha presentado voluntario para liderar ese grupo que ha de dar caza a los Juárez. Han pasado años y cada uno ha hecho su vida, pero la herida no se ha cerrado. No va a desaprovechar la oportunidad. Pero él no solo quiere darle caza. Se va a cargar a todo el clan. Y si en lugar de ponerle unas esposas le puede meter una bala en el cuerpo, mejor.

Ese es el único pensamiento que le ayuda a dormir por las noches. Sabe bien que, si un día Julián y él se encuentran cara a cara, uno de los dos no verá otro amanecer. Solo por tener esa oportunidad vale la pena correr ese riesgo.

11

La vida sigue

Olivia sale al balcón del hotel y mira el cielo estrellado. Es precioso y a la vez triste, porque, a ratos, le cuesta enfocar la vista por las lágrimas, que no puede contener. Estas vistas no te las dan las ciudades, con toda la contaminación lumínica que arrastran. La luna en cuarto creciente brilla con fuerza. Es una noche muy bonita. Oye el murmullo de la gente que, en el otro lado del establecimiento, cena y vive sus vidas ajenas a los males que acechan a otras personas. Quizá también sufran, pero han aprendido a sobrellevarlo mejor que ella.

Respira hondo. Cierra los ojos y sonríe. Una leve y agradable brisa le acaricia la cara. Parece que eso la recarga de energía.

Lo primero que impacta contra el suelo es su cara, para seguidamente oírse el crujir de huesos. Los dos brazos, la columna y el cuello se rompen al instante. Por lo menos, al haber caído desde un tercer piso, la muerte es instantánea.

Dentro de la habitación sigue puesta la televisión. Están dando las noticias. Una taza de té a medio beber aún humea en una mesilla al lado del sofá. El ordenador portátil de Olivia sigue encendido mostrando las búsquedas del navegador.

A lo lejos se oyen sirenas de equipos de emergencia acercándose al balneario, que esa noche va a conceder poca tranquilidad a sus huéspedes, que precisamente están allí en busca de eso.

Unos minutos después, dos *mossos d'esquadra* de uniforme intentan poner orden y sacar de la habitación a los empleados a la espera de que lleguen sus compañeros de la Unidad de Investigación. La televisión sigue encendida dando en bucle las noticias. El presentador habla de terremotos en países donde parece que no son capaces de sobreponerse a las calamidades, del paro en España, que parece haberse estabilizado, y, en las noticias de sucesos, de un atraco a un furgón blindado que ha acabado en tragedia.

Un agente encuentra una carta dirigida al hermano de la víctima. Está doblada, sin cerrar, así que la abre y la lee. En ella no cuenta los motivos de su decisión, pero sí habla de la suerte en la vida, de que su madre no lo va a entender, pero que la quiere más que a nada en el mundo. En esos momentos de agonía mental se ha preguntado si ella la iba a perdonar, si su hermano lo haría, y les ha rogado que lo hicieran.

En la televisión, el presentador repite, a intervalos de media hora, las noticias más relevantes del día. El *mosso* de la patrulla busca el mando a distancia para, al menos, bajar el volumen de la televisión; sin embargo, antes de hacerlo, oye una noticia que para un policía siempre es de interés. La reportera, a pie de calle, detrás del cordón policial, dice: «Se estima que el botín asciende a unos cien mil euros. El balance es de dos vigilantes de seguridad muertos. Uno de ellos iba a ser padre el mes que viene y su compañero deja mujer y dos niños pequeños».

El otro *mosso* registra el monedero de la chica y saca el DNI.

—¿Cómo se llamaba la mujer?

—Lo han de contrastar los de investigación. No sirve solo el documento.

—Bueno, ya. Pero ¿qué nombre pone ahí?

—Olivia Longán.

12

La peor noticia del mundo

No creo que haya noticia más devastadora que la muerte de un ser querido. Y si se trata de un hijo, la desolación es total.

Vago por las calles como alma en pena. Es como si me hubieran arrancado, casi de manera literal, una parte del cuerpo. No pensaba que ya pasados los sesenta la vida podría castigarme de esta manera.

Entro en casa y me dispongo a dejar las llaves en la repisa de la entrada. Se me caen al suelo sin querer y, antes de agacharme a recogerlas, las contemplo sin saber por qué. El sonido seco que han hecho al tocar el parqué me recuerda cómo me encuentro. He salido de casa para que me diera el aire porque llevo dos días encerrado. Ni siquiera he ido a ver a mis perros.

Apenas han pasado cuarenta y ocho horas de la peor de las visitas. El mazazo que representó abrir la puerta y encontrarme a dos *mossos d'esquadra* de uniforme que me miraban con la vista baja. Tengo grabadas las palabras que el sargento pronunció. Hasta la tartamudez que demostraba que había ascendido hacía poco y era de las primeras veces que tenía que comunicarle a alguien la muerte de un ser querido. Un mando bregado nunca tartamudea.

Primero me confundió que me lo dijeran a mí, porque mi relación con la familia no era la más cercana posible, pero luego entendí lo que representaba eso. Así de cruda es la vida, así de salvaje, como bien sé desde hace años. Rememoro una y otra vez la frase, esas palabras que hacen que la vida nunca vuelva a ser la misma. A partir de ese momento el destino que tenía que ser deja esa línea temporal y se abre otra muy distinta.

«¿Cómo ha sido?», logré preguntar al sargento una vez que empecé a asimilar la noticia.

«Es un suicidio, señor. Lo siento.»

«¿Está seguro? Ella no tenía motivos para eso.»

«Mis compañeros de la Unidad de Investigación le informarán, no se preocupe, pero, por lo que me han dicho, no hay indicios criminales.»

«Indicios criminales», me repito para mis adentros. Y así, sin más, poco después se fueron. No hay nada que objetar, es el procedimiento, pero allí me quedé intentando comprender algo que me costaría días entender.

Después de recoger las llaves del suelo y depositarlas en la pequeña repisa, llego al comedor y me dejo caer en el sofá. Me pongo las gafas de leer, cojo el móvil en un acto reflejo y abro el correo. No me fijo siquiera en los mensajes de la bandeja de entrada. Solo miro la pantalla como un zombi sin prestar atención a nada. Aparto el teléfono, deposito las gafas en el reposabrazos y cierro los ojos. Me paso la mano por el flequillo para finalmente llegar a los ojos, que froto como si intentara borrar de mis retinas las últimas horas de mi vida. El timbre me devuelve a la realidad. Me levanto sin fuerzas y voy hasta el interfono. En la pantalla del aparato aparece un repartidor de mensajería. Antes de poder abrir veo que el chico, de rasgos sudamericanos, toca de nuevo el timbre.

—Sí, ¿qué quiere?

—Traigo un paquete.

—Se ha equivocado. No espero ningún paquete.

El chico está desconcertado. Revisa la dirección y, cuando estoy a punto de colgarle definitivamente, me dice:

—¿Manuel Longán?

—Sí, pero ya le he dicho que no espero ningún paquete, así que deje de llamar al timbre.

A través de la pequeña pantalla del visor observo en la cara del chico su indecisión: duda si dejarlo estar y seguir con su reparto o insistir por última vez. En ese momento tengo un flas. Algo en mi mente se activa sin saber bien qué es.

—Perdona, ¿sigues ahí?

—Sí, señor. Ya lo regreso, no se preocupe.

—Espera. ¿Quién me lo manda?

El muchacho lo voltea hasta encontrar el remitente.

—Olivia Longán.

Me quedo helado. El chico se queda un momento parado esperando que le diga si quiero el paquete o no. Supongo que ya lleva demasiado allí y tiene que cumplir una ruta. Le abro la puerta.

Cuando el repartidor sale del ascensor, ya lo estoy esperando en la entrada.

Después de las comprobaciones de identidad de rigor, me entrega el bulto y le doy una propina de diez euros, que espero que compense el rato de más que ha pasado aquí.

Cuando cierro la puerta, observo lo que me ha llegado: no es más grande que la caja de un teléfono móvil y, de hecho, pesa más o menos lo mismo. Lo abro y mi corazón da un vuelco. Sostengo en la mano la piedra que me ha enviado mi hija. La contemplo. A pesar de que han pasado veinte años, reconozco ese pedrusco. Es una pequeña roca de volcán de La Palma. Jamás pensé que la hubiese guardado. Hay también un par de papeles doblados. Abro el más pequeño, donde solo hay una dirección de correo electrónico, que, por el nombre, entiendo que era el mail de Olivia y, al lado, una contraseña. Lo dejo en el reposabrazos. Abro el otro papel, doblado en dos pliegues.

> Papá, sé que no hemos estado unidos estos últimos años y quizá me esté equivocando mandándote esto. Supongo que lo entenderás cuando entres en mi correo electrónico. No sé si es justo que te lo envíe a ti, pero creo que me lo debes. Nos lo debes. A Daniel y a mí. Por favor, no me juzgues cuando veas lo que hay en esos correos. No tuve elección, pero ahora no puedo vivir con las consecuencias. Solo asegúrate de que Daniel y mamá no vean nunca lo que hay ahí. De hecho, me gustaría que no lo viera nadie, aunque no sé si eso es posible en

esta era de internet. Tampoco les cuentes lo otro, lo que ha provocado mi cobardía al ceder a la amenaza. Sé que descargo en ti toda la mierda que hay en mi vida, pero, al final, en estos momentos de gran dolor, cuando pienso en cómo arreglar todo esto, solo me vienen a la mente tres palabras: eres mi padre.

No hay firma y no hace falta. Reconozco la letra de Olivia. Levanto la vista de aquellas palabras, que seguro que voy a releer muchas veces los días siguientes hasta memorizarlas. Me voy hasta la ventana, la abro y miro al cielo. Nunca he creído en ese gesto cuando lo he visto infinidad de veces en las películas, pero aun así lo hago. Necesito mirar el cielo que se abre entre los edificios de Barcelona. Necesito pensar que ella ahora está allí, en alguna parte, quizá mirándome; así que se lo digo:

—Sí, hija mía. Soy tu padre. No te voy a fallar.

Ha pasado un rato y estoy sentado en mi butaca, delante del ordenador. Me he lavado la cara para despejarme, aunque sigo analizando las palabras de Olivia y las lágrimas no dejan de brotar. Necesito seguir. Enciendo el ordenador. Cojo el papel pequeño, que había vuelto a doblar, y lo abro con cuidado, con suavidad, como si aquel papel fuera mi propia hija. Es algo suyo, ella lo ha tocado. Lloro otra vez hasta que consigo centrarme. ¿Por qué me ha enviado esta caja a mí? ¿Qué voy a encontrar en sus mensajes? Tengo la esperanza de que, por encima de todas las preguntas que me hago, pueda al menos responder una: qué la ha llevado a la muerte. ¿De qué amenaza habla?

Me levanto de la silla del escritorio y vuelvo al lavabo. Abro el grifo de la pila para coger agua con las manos e inundar mi cara de nuevo. Me froto los ojos y, sin secarme, me miro al espejo. Veo las arrugas de la edad y creo distinguir las que son fruto de las penurias de una vida que se ha truncado de repente y sin esperarlo. Como les ocurre a las personas que pierden un ser querido súbitamente sin poder despedirse.

Me seco la cara con una toalla, también las manos, que froto como si quitarles el agua pudiera eliminar algo de la rabia y la tristeza que me asolan. No lo consigo. Me miro las manos secas y rojas. Estiro los dedos y regreso al despacho.

Tecleo la dirección en el navegador, escribo la cuenta de correo electrónico e introduzco la contraseña. Espero que mi hija haya deshabilitado la segunda clave de seguridad que envía un mensaje al teléfono móvil. Yo no tengo su aparato, y estoy seguro de que mi hijo no me lo va a dejar. Mi exmujer, aún menos.

Sin embargo, Olivia lo ha previsto. Ha puesto mi número de móvil para la clave de seguridad. Mi hija quería que solo yo accediera a esa información. Ni siquiera su hermano. No puedo reprimir algunas lágrimas más, pero impido que eso me frene en este momento. Me seco los ojos para adaptarlos a la pantalla. Se abre la bandeja de entrada. Hay muchos mensajes, miles, que se acumulan en decenas de páginas, pero imagino que no debe de estar lejos aquello que mi hija quiere que vea.

Primero busco algún correo que sea para mí, pero enseguida lo descarto, claro. Si me lo hubiera enviado, ya lo habría recibido, y si ella quería que accediera a su correo personal es porque me ha dejado un mensaje ahí. Creo que sé dónde puede estar. Me voy a la bandeja de borradores. Allí es donde algunos traficantes o asesinos a sueldo cuelgan sus mensajes. Como no se han enviado aún, y por lo tanto no navegan por la red, eso significa que no se pueden jaquear, ni siquiera la policía con una orden judicial. Solo pueden leerse accediendo a la cuenta, compartiendo la clave de acceso y el correo electrónico. Localizo un único mensaje sin enviar. Sin destinatario. Sin asunto. Solo un nombre y un número de teléfono móvil.

«Lucas Juárez Benítez.»

Lo apunto en una libreta.

No hay nada más. No lo entiendo, no veo nada extraño salvo ese nombre.

Vuelvo a la bandeja de entrada. Correos de propaganda y de promoción de ofertas de Amazon, de La Casa del Libro, de Abacus y de una librería llamada Caselles, entre otros. Entonces lo veo.

LJB86@gmail.com

Miro la libreta donde he apuntado el nombre; Lucas Juárez Benítez. LJB.

Mi mandíbula se tensa inconscientemente. Leo el contenido. Es una cadena de correos. Por lo que aquel hijo de puta dice en el segundo mensaje, comprendo que se trata de una extorsión, aunque no le pida dinero. El último adjunta un vídeo. Lo empiezo a reproducir. Lo paro al instante. No me hace falta verlo entero —aunque no me quedará más remedio que hacerlo en otro momento—, porque nada más darle al *play* comprendo que mi hija había quedado a merced del tal Lucas Juárez.

Policialmente se conoce como *sexting*, una actividad delictiva más.

En mi mundo ha resultado ser una tragedia.

13
Siempre hay una primera vez

En su piso de la comandancia de Barcelona, el teniente José Carlos López Cuervo está sentado en un taburete mientras dibuja en un papel gramado. Es una de sus pocas aficiones, y la única que le relaja cuando se encuentra entre caso y caso. Hace dos días que han cerrado una investigación de contrabando con doce detenidos, incluyendo a dos guardias que no habían sabido decir que no a una suculenta paga extra que no provenía del Estado. Esa es la base de la existencia humana, se dice siempre, quienes aspiran a más de lo que son siempre ansían lo que no les corresponde.

Y lo acaban pagando.

Para un momento para alejarse de aquel dibujo de un paisaje de campo con un castillo a lo lejos. Todo a lápiz. No le gusta demasiado pintar con color, acuarela u óleo, él prefiere las tonalidades grisáceas, tal y como él ve la vida. Nada es blanco o negro, pero en ellos se puede encontrar la pureza o el horror más absoluto.

Mientras decide cómo va a hacer las sombras de un abeto cercano a la vista del observador, suena el timbre. No puede ser nadie más que un compañero o un vecino, porque los que viven en la casa cuartel solo tienen ese tipo de visitas. Es el capitán.

—Pase, mi capitán.

—Buenos días, teniente.

El jefe llega hasta el comedor, donde Cuervo, como lo llama todo el mundo, tiene instalado el atril con el dibujo que está haciendo. Se queda unos segundos observándolo.

—Siempre me habéis fascinado los que tenéis la capacidad de poder hacer estas cosas. Yo apenas sé dibujar un círculo —dice el capitán.

—Todo es cuestión de paciencia y de saber fijarse en los detalles. Seguro que si pudiera tener algo de tiempo para dedicarle a los trazos, vería que no es tan difícil.

—Ya. Si yo te contara... Y, por favor, que estoy en tu casa, tutéame, por favor.

—Sí, mi capitán.

El mando resopló con una media sonrisa. No iba a lograr ni eso.

—Vamos a lo que he venido. ¿Cómo estás para que te asigne otro caso? Apenas has cerrado el último, ¿necesitas algo de descanso?

—No, no me hace falta. He dormido doce horas casi seguidas y mis hijos no vienen de visita hasta dentro de un mes. Lo que usted mande.

—Bueno, quizá dure algo más de lo que estás pensando. —Duda un momento antes de continuar—. Verás, vamos a crear un equipo conjunto con los Mossos. Es un caso que a nosotros nos afecta porque tenemos a dos guardias heridos, uno de los cuales no sabemos si volverá a caminar. El asunto proviene de Aragón, pero el sujeto parece moverse por nuestra zona y es más fácil cogerlo nosotros que desplazar un equipo de allí.

—Si es por lo de esos compañeros imagino que hablamos del clan de Julián Juárez. Estoy al tanto. Pero ¿por qué no lo hacemos nosotros? No nos hacen falta los Mossos.

—¿No has visto las noticias? Tienen un atraco a un bingo, y, por lo que parece, según me dicen mis fuentes, los principales sospechosos son Julián Juárez y su banda. Es un tema judicializado con asesinatos. Nuestros compañeros de Fraga solo tienen sospechas, pero no podemos tirar solos de ese hilo, por eso tenemos que colaborar. He hablado con Rubén, el capitán de allí, y está de acuerdo.

El teniente resopla.

Al capitán no parece gustarle ese gesto, así que Cuervo asiente.

—No será un problema, mi capitán. Bajaré a la oficina en media hora y pediré los expedientes a la comandancia de Fraga.

—Estupendo, llamaré al teniente coronel para que dé el visto bueno al comisario de los Mossos y nos ponemos.

Sin decir nada más, sale por la puerta, dejando a Cuervo con una sensación agridulce. Por un lado, pillar a Julián Juárez es un caramelo, pero, por otro, participará en una operación conjunta, de las que se había librado hasta la fecha.

No sabe hasta qué punto esta investigación le va a cambiar la vida.

14

La peor de las películas

Lo que he tenido que ver unas horas después no ha sido un trago fácil de digerir. Si no es por una perversión o por una equivocación, se diría que es imposible que un padre llegue nunca a ver a sus hijos en la intimidad de sus relaciones sexuales. Y eso es lo que me ha pasado a mí. Y, a tenor del texto que el tal Lucas había hecho llegar a mi hija con ese vídeo, está claro de qué se trata. Quizá eso también podría llegar a explicar qué ha llevado a mi hija a quitarse la vida. Pero tengo la sensación de que hay algo más. Algo me dice que no solo ha sido la amenaza de publicar esas imágenes tan explícitas de sus relaciones sexuales lo que ha desembocado en la tragedia. Olivia tenía demasiadas cosas por las que vivir, y eso, aunque le haya causado un dolor inmenso, no puede ser lo único que la haya llevado al suicidio. Aunque sé, ha salido muchas veces en las noticias, que a otras pobres chicas esa misma amenaza las había llevado a quitarse la vida, aún me aferro a buscar otra explicación. Analizo el texto que viene después de la amenaza:

Tú solo dame el día y la hora de lo que hablamos.

El tal Lucas puede que sea un hijo de puta, pero tampoco es imbécil. Comete un delito al amenazar a Olivia con difundir sus imágenes íntimas, pero hay algo en esas últimas palabras que me lleva a pensar que no puede ser solo eso. Es decir, ¿por qué, si estás cometiendo ya un delito, no mencionas directamente lo que quieres? No es dinero, ella era una simple administrativa de una gestoría que llevaba la contabilidad de muchas empresas. Quería saber un día y una hora. Pero ¿de qué? ¿Qué información podía tener mi hija que valiera una extorsión?

Abro una pestaña nueva y escribo el nombre de la empresa donde trabajaba Olivia. Es una gestoría de las grandes, pero nada del otro mundo. Una gestoría, como su nombre indica, gestiona, no maneja el dinero, al menos, no directamente. Pero sí tiene acceso a las cuentas de sus clientes, no a la cuenta en sí, pero sí a sus ingresos y salidas de capitales. De eso debe de tratarse o no tiene sentido.

Me recuesto en la silla y me froto las sienes. ¿Qué se me está escapando? ¿Qué cojones significa todo esto? Qué día y qué hora, y, lo que es más importante, dónde y, sobre todo, quién. Es evidente que ella había dado aquellos datos que le pedían, seguramente con la esperanza de que con eso iba a recuperar su privacidad. Sé bien que eso no pasa nunca, porque ese pedazo de mierda iba a guardarse el as en la manga para usarlo siempre que le hiciera falta. Con aquella grabación, el muy hijo de puta había comprado a mi hija.

Siempre acabamos pagando por nuestros actos. Buenos o malos.

Porque todo acto conlleva una consecuencia.

Ahí está la clave.

Entonces, mirando a la pantalla, he tenido un pálpito. Giro la silla y, aprovechando la contraseña, entro en el navegador de mi hija. Lo abro y me dirijo al historial de búsquedas, donde bajo con la rueda del ratón hasta la última noticia que ella había abierto. Solo con el titular he tenido bastante para comprenderlo todo.

«¡Maldito hijo de puta!», grito a pleno pulmón en la soledad del despacho. Más que un grito, se trata del desgarro del alma.

Me levanto de la silla mientras sigo maldiciendo al destino.

En la pantalla del ordenador se puede leer:

Dos muertos en el atraco a un furgón blindado.

15

Reparto de ganancias

Lucas Juárez se encuentra en su piso del distrito de Les Corts esperando la llamada de su primo Julián. Han pasado unos días del atraco al bingo. Aunque ha sido un éxito, ha tenido que dejarle su parte de las ganancias del robo al furgón blindado. Sabe que, tarde o temprano, este le pagará con creces lo que le debe. No hay nadie con más palabra que su primo. No le preocupa en exceso, pero como ya ha desactivado la extorsión a su última conquista necesita *salir a pescar*, como dice él, para proveerse de dinero y continuar con su modo de vida. La zorra de Olivia ya no le coge el teléfono. Le dará alguna oportunidad más antes de publicar su vídeo. Siempre procura no hacerlo, para no forzar que la mujer acabe yendo a la policía, pero Lucas es muy hábil y casi siempre se acaba librando. Por eso no tiene prisa por subirlo a la red y lo guarda a buen recaudo. Ni siquiera tiene una copia en casa de los vídeos: se asegura de que no haya nada comprometido en su domicilio por si alguna lo denuncia. Son muchas las que saben dónde vive, y en ese aspecto el piso no es seguro. Por ese motivo siempre busca no romper la baraja. Intenta no difundir el material, porque hacerlo implicaría romper la relación del todo y perder una fuente de ingresos.

Ha regresado del gimnasio hacia el mediodía. Es primordial para su ocupación mantenerse en forma y sobre todo en gimnasios de lujo donde poder conocer a sus peces, como los llama él, porque siempre tiene en mente que lo que hace es pescar. Una vez estuvo a punto de pagar la cuota de socio de un club de golf porque un amigo le explicó el tipo de gente que frecuenta esos sitios, pero probó un par de clases y decidió que ese deporte, por llamarlo así, no era para un Juárez. «Vaya mierda de juego», pensó. Y qué difícil era el condenado, porque no era capaz de sujetar bien el palo por más que intentaban enseñarle, y menos aún meter la bola en el agujero del demonio, así que siguió con los gimnasios, donde no había mujeres tan ricas, pero había muchas más.

Si la temporada anda floja tiene otras vías de ingresos más triviales, aunque, al final, prefiere siempre que sean las mujeres las que satisfagan sus necesidades. Un psiquiatra lo habría definido como un misógino de libro, pero de todas maneras, él, que no sería capaz de deletrear esa palabra, se considera un verdadero amante del sexo femenino. Lo que saca de ellas es tan simple como el abono de una pequeña deuda que contraen con él. De hecho, la cuota de ese gimnasio la paga una mujer de cincuenta a la que ha coaccionado con otra grabación, esta de cámara oculta, que verían en la web del propio gimnasio si no siguiera realizando esos pagos mensuales. Pero claro, una única mujer no puede costear todas sus necesidades, Lucas sabe bien que si se pasa con la cantidad o con la amenaza puede llevar a la mujer hasta un callejón sin salida, y, en ese caso, acudiría a la policía. Eso no le conviene. Ha aprendido que siempre hay que dejar una esperanza que mantenga viva la ilusión de que algún día podrían deshacerse del chantaje. Una esperanza controlada. En eso consisten la mayoría de las extorsiones y algunas de las estafas: en darle a la víctima una escapatoria ficticia.

Mientras se toma un batido de proteínas para alimentar los músculos suena su teléfono móvil. Es la llamada que esperaba. Su primo Julián contacta con él desde un número desconocido. Lo normal, porque se lo cambia cada pocos días. Nunca los mantiene más de una semana. Sabe que con esos intervalos está a salvo de los pinchazos telefónicos de la policía.

—¿Qué tal, primo?

—Todo bien —contesta Lucas.

—Vale. Solo te llamo para decirte que vamos con un poco de retraso. La carne para la barbacoa no ha llegado aún y eso lo demora todo, ¿lo entiendes?

—Sí, claro, primo. Sin carne no hay barbacoa. Aunque a la barbacoa no iré, cuando hagáis el reparto de los regalos ya me avisas.

—Claro. Siento no poder invitarte a comer antes.

—Bah, no te preocupes. Me iré de viaje unos días.

—Pero estate atento al teléfono, ¿vale?

—Sí, por supuesto.

—Ve con cuidado. Empezamos a tener muchos enemigos.

—Siempre lo tengo.

Cuelga la llamada con una sensación entre la decepción y el conformismo. No puede hacer nada. Su primo necesita aquel dinero para armarse y empezar la ofensiva en la conquista de territorios. Esas armas son la carne, y los negocios ajenos su particular barbacoa.

Se acerca hasta una estantería donde tiene varias fotos suyas y un recorte de un diario enmarcado. En él aparece su mejor amigo. En la instantánea, sacada directamente de un periódico en papel, se ve a tres *mossos* escoltando a dos hombres esposados mientras entran en el juzgado. Ríe para sí al recordar la gracia que le había hecho a su amigo encontrarse con aquel recorte enmarcado y colgado en su pared la primera vez que lo vio. Pero es un respiro fugaz, porque enseguida vuelven a él sus preocupaciones. En ese momento tiene otros pensamientos, y aparta la vista de aquellos *mossos*.

Así es el mundo al que ha decidido dedicarse el clan Juárez, y él, para bien o para mal, pertenece a ese mundo. Siempre ha sido así. Su primo ha iniciado la fase de ampliar horizontes. Todos los que se dedican a eso lo hacen igual. Aunque muchas de esas batallas por el territorio no llegan al oído de nadie si no hay víctimas. Y a veces ni siquiera habiéndolas estas se atreven a denunciar. Sabe bien que tiene que mantener un perfil bajo hasta que asesten el golpe.

En realidad, no hay otra manera de prosperar en un negocio de este estilo que no sea por la fuerza o la intimidación, y para eso se necesita músculo. Y músculo significa armas, muchas armas. Y soldados que las empuñen. Seguro que recibirá el dinero con intereses, Julián es una persona de palabra y valora a la familia por encima de todo, pero tardará en cobrar, así que tiene que asegurarse el sustento una temporada.

Se mira un momento en un espejo y escudriña las pequeñas arrugas que empiezan a asomar en los ojos. Poca cosa, de momento, pero le preocupan. Su cara y cuidar el cuerpo suponen la clave del sustento, y es demasiado primario como para pensar qué hará en el futuro. Le gusta demasiado el presente.

Pero algo va a cambiar en breve. Lucas recibe un mensaje de móvil de su mejor amigo. Lo lee y abre los ojos, casi incrédulo. Le informa del suicidio de Olivia. Ahora entiende por qué ella no le contestaba. El final del mensaje es preciso: «Lucas, tienes que desaparecer. Ya te llamaré».

No se lo piensa demasiado. Sabe que, si su amigo le dice eso, es mejor hacerle caso, y tampoco tiene nada mejor que hacer, así que coge una bolsa de viaje y mete varias prendas de ropa. Poca cosa. Le da un vistazo al ático y cierra la puerta.

Se dirige en coche al aeropuerto de El Prat de Barcelona. Entra en el aparcamiento e intenta acceder a la terminal después de comprar un billete por internet.

Nunca cogerá ese avión.

Nadie volverá a ver a Lucas Juárez.

16

El luto postergado

Los días posteriores a la muerte de Olivia han sido muy jodidos y estresantes, pero han dado sus frutos. Ya sé a quién tengo que enfrentarme para acallar esa voz interior que me reclama venganza. Venganza y reparación. Si es que eso es posible después de la tragedia. No reparación para mí, pero sí para Olivia, o, al menos, para su memoria. Tengo una petición de mi hija y no voy a fallar. Cueste lo que cueste. Así que una vez visto el maldito vídeo, del cual no obtuve más que dolor, empecé a trabajar en saber quién era el cabrón de Lucas. Tenía un nombre completo, y eso es suficiente para alguien como yo. Empecé a investigarlo a él y también a su familia. Me costó un par de días ubicarlo, pero enseguida di con él.

Entre tanto acudí al entierro de mi hija. Desde la distancia, porque no quería provocar un enfrentamiento con nadie, y menos con mi exmujer o, peor aún, con mi hijo. Estaban siendo unos días horribles, pero no iba a cejar en mi empeño. No quise compartir nada con él, al menos no aún, pero me dije que se lo explicaría todo, aunque fuera a través de una nota o una grabación.

Apenas dormí aquella noche. Había hallado, gracias a los datos que me había dejado mi hija, a la principal fuente de información que necesitaba, y tenía que exprimirla. Eso requería algo de tiempo.

Me preparé un café en casa y me pegué una ducha. En aquel momento me encontré intentando asimilar lo que había empezado. Un camino que no tenía marcha atrás desde que había recibido el mensaje de Olivia.

Me cambié de traje y salí a caminar. Necesitaba aire fresco y que mi cerebro se oxigenara. Había demasiado que asimilar y necesitaba algo de tiempo, aunque este corría en mi contra. Nada nuevo en lo que había sido mi vida.

Un par de días después, sentado en un taburete, observo las botellas de licores diversos que hay en la pared de detrás de la barra de un bar. No es mi local de costumbre. Es solo un bar al que he entrado caminando sin rumbo por la calle.

Hace veintiséis años que no tomo alcohol. Se me comen los demonios y me maldigo solo por estar aquí y tener esta tentación que nunca se ha desvanecido del todo. El camarero está ocupado y aún no me ha atendido, así que dejo la barra y me dirijo a una mesa, alejándome de los whiskys de doce años, que parecen llamarme por mi nombre en el silencio ruidoso del local.

Me quedo en mis pensamientos, sentado en una mesa del fondo esperando al camarero. Hay mucha gente y observo el trajín que se lleva un chico muy delgado y atento con los clientes. En breve me tocará a mí, pero en este momento no tengo ninguna prisa.

Abro la carta de mi hija y la leo de nuevo. ¿Qué escribe alguien que está a punto de quitarse la vida? ¿Qué pasa por su cabeza instantes antes? ¿De verdad que aquella era la única solución? «Nunca es esa la única solución, joder», me digo con rabia. Olivia no había tenido hijos, y eso ahora me alegra, cuando antes me apenaba. Daniel sí tiene dos hijos, que no conozco más que por unas fotografías que en una ocasión le encargué a un detective privado que muchas veces trabaja para mi empresa. Me sentí miserable al hacerlo, pero un día tuve la necesidad de saber de mis nietos y lo contraté. La vida, a veces, es así de simple. Quieres algo y lo pagas. Pero también sé que no todo se puede pagar, y el rencor de un hijo es algo que tampoco debería experimentar ningún padre. Aunque a veces sea merecido. Vuelvo a pensar en la carta de mi hija y me digo que la vida también es así de complicada. Uno toma decisiones y tiene que cargar con las consecuencias. Siempre me lo he dicho y siempre lo he aplicado a mi propia vida. Pero claro, cómo cambia el cuento cuando esas consecuencias las sufren tus seres queridos. ¿Por qué mi hija no me llamó antes de hacer lo que hizo? Me culparé siempre por no haber sabido tender los puentes suficientes para propiciarlo. Ya no hay vuelta atrás. Estamos yo, mi hija y su carta de despedida.

Y el maldito Lucas Juárez.

Abro el ordenador portátil y busco más referencias al apellido Juárez en noticias de sucesos. Ya tengo mucha información, pero necesito saberlo todo. Al parecer es una familia de L'Hospitalet de Llobregat con varias detenciones. La periodista se atreve a afirmar que se está convirtiendo en un verdadero clan mafioso. Conozco a esa periodista de habérsela oído nombrar a Vera, mi pareja. De hecho, trabajan en el mismo diario. No me será difícil concertar una entrevista con ella y preguntarle por ese nuevo clan. Como policía aprendí que las casualidades no existen, y que Lucas tenga ese apellido es más que revelador. Al final, como todo en la vida, dos y dos son cuatro. Lucas Juárez ha extorsionado a Olivia, pero sin pedirle dinero. Quería información. Mi hija, por su trabajo, tenía acceso a información contable de diversas empresas. Su última búsqueda en internet había sido la noticia del atraco con muertos a un bingo. Está claro que el clan Juárez había aprovechado la información que Olivia, sin prever el desenlace, para evitar su propia extorsión, les había facilitado. Eso ha acabado causando dos muertes que tienen un responsable, aunque no sé los detalles, ni sé quiénes apretaron el gatillo. Lo que sí sé es que ambos crímenes, al ser consecuencia de un atraco, los investigarán los Mossos, pero mi hija es un caso cerrado de suicidio. Nadie se va a preguntar por qué. En los suicidios confirmados esos interrogantes se quedan en la familia por ser aún un tema tabú. No será así en el caso de mi Olivia. De eso me encargaré yo.

Y de los del atraco, también.

Bajo la tapa del portátil, y, para intentar alejar mis pensamientos un momento, cierro los ojos. Los abro y compruebo que el camarero está delante de mí con una sonrisa.

—¿Qué va a pedir?

Observo la barra y toda la pared repleta de botellas con licores, whiskys y toda clase de bebidas que me metería en el cuerpo sin descanso hasta apagar las voces interiores.

Como hice en el pasado.

Con todas sus consecuencias.

Miro al camarero y le devuelvo la sonrisa como puedo.

—Un café doble, por favor.

No he acabado de tomarme el café cuando aparece Vera. Tiene ya los cincuenta, pero se cuida mucho y, aunque su juventud ha pasado, sigue siendo una mujer muy atractiva. Nos conocemos desde niños, pero no ha sido hasta hace unos meses cuando nos hemos reencontrado después de haber vivido cada uno nuestra vida. Es delgada, de piel morena, con los ojos negros y el pelo cortado en una media melena. Siempre viste informalmente, pero tiene la habilidad de ir elegante con cualquier cosa que se ponga. Es periodista de un diario de los importantes. Está en la sección de sociedad. Al llegar me da un beso en la mejilla y, cuando me giro, me da otro en la frente.

—¿Café doble? Lo siento mucho, Manu, ya veo que el entierro no fue bien.

—Vera, aunque no tuviera contacto con ella, era mi hija. Supongo que para quien nunca ha querido tener hijos es más difícil de entender.

Ensombrece el rostro y apaga la sonrisa que trae. Me arrepiento enseguida de no cerrar la bocaza.

—Lo siento —digo de inmediato—. No quería decir eso. Hoy no soy buena compañía.

Ella respira hondo antes de contestar.

—No. Yo lo siento, Manu. No he entrado con el

mejor pie. No sé bien cómo afrontar estas cosas. No te hablabas con tus hijos, después sí con tu hija, y ahora esto. Me imagino que es lo peor.

Ahora soy yo el que suspira hondo.

—¿Sabes?, me he repasado toda la colección de whiskys que tienen ahí y..., mierda, la tentación ha sido muy fuerte, la peor en años.

—Ese es un límite que no te puedes permitir, ya lo sabes. No puedes beber ni una gota o te autodestruirás. Y te quiero, pero no pienso quedarme a mirar si eso acaba pasando.

—No lo voy a hacer, no te preocupes, pero sí te voy a pedir un favor. He visto que tu compañera Mika sabe mucho de una familia de delincuentes que me interesa. ¿Me puedes concertar una cita con ella?

—¿Para qué quieres saber...? Claro. La llamo en cuanto salgamos de aquí.

El camarero me trae otro café y le pido uno para ella. Vera le añade medio sobre de azúcar y lo mezcla dando vueltas con la cucharilla con la elegancia que la caracteriza. Después le da un sorbo. Yo regreso de mis pensamientos.

—Vera, creo que estaré un tiempo desaparecido. No te preocupes, pero tendré que hacer papeles e intentaré tender algún puente con mi hijo.

—Me hago cargo. Sabes que estoy aquí para lo que necesites... —Duda—. Lo que pasó la última vez no tiene por qué volver a pasar. Somos amigos, antes que nada. Lo sabes, ¿verdad?

—Sí, Vera. El espacio que necesito no es entre nosotros. Es un tema muy personal, pero te prometo que no tiene que ver con nosotros.

Me acerco y le doy un beso, esta vez en los labios. Dejo un billete de diez para cubrir las consumiciones y, una vez que ella le da un último trago al café, salimos del bar. Caminamos juntos unos metros.

—Cuando pase todo esto, te llamo y te cuento.

—¿Lo prometes?

—Lo prometo.

—Vale, ahora me pongo en contacto con Mika para que quede contigo y le puedas preguntar sobre eso que te preocupa.

—Gracias, Vera.

Se gira y se marcha calle arriba.

La observo mientras camina. La veo girarse y sonreírme. Intento devolverle esa sonrisa. Me es difícil, pero algo parecido me sale. En cuanto la pierdo de vista me voy hacia el centro de la ciudad a pie, sabiendo que dejo a Vera con muchas preguntas. Ella es una mujer que no necesita a nadie para vivir, así que creo que entiende que en este momento necesite algo de espacio y me lo dará. Después de todo, cuando uno llega a nuestra edad en la vida y lo hace con equilibrio, afronta el distanciamiento temporal de un ser querido sin miedo. No hay nada peor que sentirse solo en pareja, pero creo que aún es peor no saber estar en soledad, porque eso te lleva a buscar cualquier cosa para rellenar el vacío interior. Ni ella ni yo nos necesitamos, y eso nos hace libres para estar juntos. Pero no ahora. Ahora tengo que curar mi herida más profunda y sé que solo la aliviará la sangre derramada. Y no lo puedo compartir con nadie.

17

Hogar, dulce hogar

Julián Juárez se reúne con su hermano Abel y su amigo Jesús, la Mole. Lo hace en su casa, la de toda la vida, en la que creció con sus padres, situada en el barrio de Can Serra de L'Hospitalet de Llobregat. Una planta baja, igual que el resto de las casas de la calle. Reformada por dentro y con todo tipo de lujos, claro. Aunque Julián puede permitirse otras más lujosas en sitios mejores —y, de hecho, ya posee varias casas donde poder ubicar a su familia—, esta tiene un significado especial y unas prestaciones que no le proporcionan otras. La principal, una seguridad inmejorable. A su madre la ha ubicado en un piso no muy lejos de allí, pero alejada de una posible redada de la policía.

«El lugar más seguro del mundo», piensa él. Sin una orden judicial, la policía no puede acceder a ella y, las dos veces que las pudieron conseguir, se había escapado por una de las casas de los vecinos. Julián se las ha comprado a estos por un precio muy superior a lo que en realidad valen con la condición de que sigan viviendo en ellas y a cambio de un pequeño favor. Si se presentan problemas, él, simplemente, se esconde en una de ellas. La policía solo puede entrar en el domicilio para el que el juez les concede la orden. Y sabe que es muy difícil, casi imposible, justificar una entrada en la casa de unos jubilados sin antecedentes si no ven con sus propios ojos que Julián se les escapa por allí. Así de sencillo es hacer claudicar al sistema procesal en España para quien sabe, tan bien como quien le persigue, cómo funcionan las leyes. Para llegar a casa de sus vecinos no existe una puerta. Un policía demasiado entusiasta podría caer en la tentación de derribarla. Ha construido, en cambio, a través de un pequeño muro en el patio trasero, un acceso cubierto con una lona a prueba de drones, por lo que solo tiene que escalar una pared de dos metros que, gracias a sus treinta y pocos años, su ejercicio en el gimnasio y el poco consumo de drogas que lleva en el cuerpo, sortea con facilidad.

El resultado es que los Mossos son conscientes de eso, así que no intentarán asaltar su casa si no lo ven muy claro. Si lo hacen se encontrarán con una puerta acorazada. Ni siquiera la BRIMO, la última vez, había logrado abrirla con tiempo suficiente para que no pudiera escapar.

Para completar su sistema de seguridad no dispone de cámaras. Estas se pueden piratear. Julián posee lo que en el submundo de la droga siempre se ha llamado *aguadores*. Un término que viene de vociferar la palabra *agua* al paso de cualquier coche de la policía. Hoy en día ya no son tan rudimentarios, cuentan con teléfonos móviles, pero, si hace falta, no hay problema en gritar a pleno pulmón. Can Serra es un barrio donde la respuesta de los vecinos ante las fuerzas del orden puede ser muy explícita, incluso violenta. Eso hay que evitarlo, porque la policía suele responder a esas acciones con redadas y mucha presencia durante un tiempo. Para alguien buscado, como Julián, no es un buen negocio, así que las instrucciones son alertar y nada más.

Nunca hay menos de dos aguadores cuando él está en casa. A veces lo hacen viejos del barrio, otras veces, niños que se llevan una buena recompensa solo por estar en la calle atentos a personas desconocidas. Los chiquillos se ponen a jugar cerca de la casa y, en caso de detectar individuos extraños, alertan a través de un teléfono a un hombre de Julián, que evalúa la amenaza. Y entonces, si detecta algo sospechoso, avisa a Julián.

Si estos sistemas fallan, dispone siempre de un coche con dos de sus hombres fuera para distraer a la policía y darle tiempo a esfumarse. Así que su única preocupación se produce en el momento de acceder a la vivienda y al marcharse. Una vigilancia efectiva podría detectarlo, y aunque tiene bien asegurada su huida, siempre es un coñazo escaparte de tu propia casa. Normalmente no tiene problemas, porque domina el barrio y cualquier extraño que ronde la zona es detectado de inmediato, pero en alguna ocasión no le queda más remedio que entrar disfrazado. No se complica la vida. Una gorra y unas gafas de sol son suficientes para que no puedan identificarlo sin ningún género de dudas, como requiere la Ley de Enjuiciamiento Criminal, pero incluso, en alguna ocasión, ha llegado en el maletero de un coche.

Ese día ha podido acceder sin dificultades y está

sentando cómodamente en su sofá con una cerveza en la mano. Le acompañan su hermano Abel y Jesús, alias la Mole. Los tres brindan chocando los cuellos de los botellines. El golpe, a pesar de haberse tenido que llevar por delante a dos hombres, ha sido un éxito. Se llevaron setenta mil euros, aunque en las noticias hayan contado que fue más. Imagina que los del bingo lo habrán inflado para el seguro. «Son todos unos chorizos», piensa. Aun así, es más de lo que habían planeado y mucho más de lo que en otros tiempos, cuando se dedicaban a los alunizajes, habrían sacado por un solo golpe.

Esta es la reunión definitiva. Todos lo saben y por eso están allí. Julián toma la palabra.

—Si hacemos esto, seremos ricos. No de manera inmediata, pero este es el camino. —Hace una pausa y los mira a los dos—. Hay que ser conscientes de que nos buscaremos enemigos.

Todos asienten. Julián continúa:

—Ya hablé con Lucas y le dije que se llevará su parte en su momento. Ya sabe que yo siempre cumplo, pero ahora necesitamos toda la pasta y aún no puedo darle lo que le toca.

—No te preocupes. Seguro que está con otra tía, el muy cabrón —dice Abel.

Julián no hace caso del comentario salido de su hermano y la Mole también lo ignora.

—A partir de este momento —Julián se pone serio—, esto no será una broma. Una cosa es atracar o robar dinero, pero si nos metemos con uno de esos grupos hay que ir a por todas. No dudarán en matarnos sin contemplaciones.

—Nosotros tampoco —dice la Mole.

—Si compramos las armas, será para utilizarlas —añade Abel.

—El contacto con los albaneses quiere su parte, eso me ha dicho Ionut —interviene la Mole—. Creo que necesitamos más que esos setenta mil. Las armas limpias son caras, no menos de dos mil pavos. Y las largas, buf, no sé si de cinco mil para arriba.

—Yo pondré treinta mil más, pero dile a Ionut que no se pase —dice Julián.

Lo miran asombrados. Ha salido de prisión no hace mucho y pensaban que estaba tieso, como muchos de ellos. Pero Julián, a pesar de no tener estudios, no tiene un pelo de tonto. Supo cómo esconder algo de dinero cuando registraron su casa mientras estaba detenido. Se dijo a sí mismo que a él no le pasaría lo que le sucedió a un tío suyo y adoptó las medidas oportunas.

—Con cien mil nos dará para algunas armas largas, unas cuantas cortas y la munición. Mucha munición. Y para poder pagar a soldados, no podemos iniciar una guerra nosotros solos. Hay que hablarlo con Ionut, estuvo conmigo en la cárcel y es de fiar.

—¿El rumano? —pregunta Abel.

—Sí.

—Contactos tiene, eso seguro.

—Abel, empieza a buscar por el barrio y a hablar con los críos que juegan por la calle. Necesitamos más ojos cerca de casa. Compra unas cuantas Plays o a lo que jueguen hoy en día y las repartimos.

Todos asienten satisfechos. Hasta la Mole, que

no acostumbra a expresar mucho, sonríe a Julián cuando este se levanta para ir a buscar más cervezas.

En la cocina está Marisa, su mujer, que ha escuchado la conversación.

Marisa es la novia de Julián de toda la vida. Tiene algún kilo de más que no ha podido quitarse después del embarazo, pero sigue siendo una mujer muy atractiva. Morena, con los ojos marrón oscuro y la piel salpicada de pecas.

Julián abre la nevera para coger un pack de latas de cerveza mientras ella le observa algo inquieta.

—Eso es todo el dinero que tenemos.

—Lo sé. Pero tendremos más, te lo aseguro.

—Si te pasa algo, a Kevin y a mí ¿qué nos quedará?

—Si llega ese momento no os faltará de nada, ya me he ocupado de eso. Y para otra vez, ya que escuchas a escondidas, trae tú las cervezas y no me hagas levantarme.

—Llévalas tú —le dice ella girándose para dejarlo allí solo.

Julián alarga el brazo y la coge por la mano. No lo hace de manera brusca. Julián es capaz de matar, ya lo ha hecho, pero jamás le ha puesto la mano encima a su mujer. En eso, al menos, se considera un caballero. No se pega ni a mujeres ni a niños. Nunca. Lo aprendió de la peor manera. Lo vivió en sus carnes. Los hay que años después repiten patrones y los hay que se juran que jamás serán como sus padres, que cuidarán de sus hijos y de sus mujeres. Así que Julián mataría por Marisa y por su hijo, por ellos y por su madre, a la que no pudo proteger cuando su padre les daba palizas. Al menos ahora, de mayor, vive con todas sus necesidades cubiertas.

—Puedes estar tranquila, te repito que no te faltará de nada, ni a ti ni a Kevin. Lo tengo muy estudiado.

—A veces las cosas salen mal, Julián, ya lo sabes.

—Y a veces salen muy bien. Procuraré que esta vez sea así, te lo prometo.

La abraza y se embriaga de su perfume. Para él, ella siempre huele bien. La desea tanto como el primer día. A veces basta con que lo mire con picardía para que se excite, y ahora, mientras la abraza, ya ha alargado la mano hasta su entrepierna. Marisa se para un momento y le besa lentamente. Julián siente de repente cómo le baja la bragueta y desliza su mano dentro de sus vaqueros. Durante unos instantes respiran excitados mientras él sigue empujándola contra la pared con movimientos lentos, sus dedos ya dentro de ella.

—Julián, ¿vienen esas birras o qué?

La voz de su hermano desde el comedor rompe el momento. Ella lo mira y se ríe, falsamente inocente.

—¡Voy! —grita desde la cocina mientras se abrocha los pantalones.

Julián mira a Marisa alejarse por el pasillo y entrar en su dormitorio. Duda si seguirla. No sería la primera vez que lo hacen mientras hay invitados en casa, pero decide reunirse con Abel y la Mole en el salón. Quedan temas importantes de los que hablar.

Durante el resto de la tarde, aunque intente concentrarse en la conversación, sigue oliendo a Marisa en sus yemas, y sabe que esa noche, cuando Kevin duerma, acabarán lo que han empezado.

18

¿Dónde te has metido, primo?

La puerta está cerrada, pero la llave no está echada. Una forma de acceso sencilla para cualquier ladrón de medio pelo. Y Julián Juárez es cualquier cosa menos eso. La Mole introduce una especie de radiografía entre el marco y la puerta y, en pocos movimientos, esta se abre.

Hace ya demasiados días que no saben nada de Lucas y Julián está con la mosca detrás de la oreja. No contesta al teléfono y eso es muy extraño. Por eso han decidido ir a su casa. No es normal, ni siquiera para su primo, que pierda el contacto de esa manera. Y ahora la puerta de su casa está cerrada sin pasar la llave.

No es una buena señal. Los que están en el lado contrario al de la ley son los primeros en ser conscientes de que las debilidades son su fuente de alimentación. No, Lucas nunca tendría la puerta cerrada sin llave, y menos una blindada. Ninguna puerta es infranqueable, pero con ese tipo de puerta y una buena cerradura se puede estar bastante seguro. Los dos hombres pasan adentro y cierran la puerta tras de sí. Abel espera en el coche.

Que Lucas se haya ido sin dejar rastro no es habitual. Ni siquiera su mejor amigo, al que Julián apoda el Puerco, sabe dónde está.

El piso no parece estar en desorden. El pasillo está hasta limpio. La cocina recogida a excepción de un plato y dos cubiertos en el fregadero. Los cuchillos expuestos siguen en su sitio. En el comedor tampoco encuentran nada extraño. Ni en su habitación. La cama sin hacer, pero nada fuera de lugar. La Mole abre el armario de la ropa y le dice a Julián que se acerque.

—Mira.

Observa un hueco entre las perchas, como si faltaran algunas camisas y un par de trajes. En la parte baja hay un hueco que puede ser el de una maleta.

Julián respira algo aliviado. Es el primer indicio de que su primo puede haberse ido de manera voluntaria. Vuelven al salón comedor. No parece faltar nada más, hasta que Julián repara en la mesa de trabajo de Lucas. Es el escritorio donde planifica sus estafas y arregla los vídeos para extorsionar a las mujeres a las que engaña. Normalmente, ahí tiene un equipo informático de última generación. El problema es que hoy, en esa mesa, no hay nada.

Julián se acerca y la Mole le sigue.

—Se lo ha llevado todo.

Abre los cajones y rebusca entre bolígrafos y utensilios de mesa.

—Quizá necesitaba llevarse el equipo.

—¿Todo? No hay ni una mísera llave USB. Ni siquiera de los viajes que todo el mundo tiene por ahí guardadas.

—No sé, primo.

—Es que no hay nada de nada. Solo los cables. —Le muestra uno de ellos, que tendría que estar conectado a un ordenador.

—No sé, Julián. Yo diría que falta una maleta y ropa. Y su ordenata, vale. Por algún motivo, creo que se ha tenido que abrir.

Julián no contesta. Podría ser que eso fuera lo que ha pasado, claro. Todo es posible, pero es muy extraño. Está claro que en aquel piso no encuentran señales de lucha, por lo que Lucas se ha marchado de allí solo y llevándose sus equipos informáticos sin terceras personas. Eso o alguien se los ha llevado bajo una amenaza que no le habría permitido presentar batalla. No es una cosa imposible. En realidad, Lucas es el miembro débil de la familia. Puede que algún marido cabreado lo haya pillado o que se haya metido con quien no debía en alguno de sus trapicheos.

Con esos pensamientos, Julián y la Mole deciden que no van a sacar nada más y se disponen a marcharse, pero algo llama la atención de Julián. En la pared, donde hay varias fotos enmarcadas, observan claramente un hueco. Falta una de las fotografías.

—¿Tienes idea de qué fotografía había aquí? —pregunta la Mole.

—No. Pero es lo único que falta en el piso aparte de los equipos informáticos.

—No entiendo nada.

Julián calla. A pesar de que es un tipo al cual es difícil sorprender, en aquel estado de preocupación, y en un piso ajeno, no repara en que detrás de una figurita con la forma del dios Eros hay una pequeña cámara espía que está emitiendo en directo hasta un ordenador donde alguien a quien también le interesa mucho Lucas Juárez observa la escena.

19

El vigilante

Observo a través de la pantalla de mi ordenador cómo dos hombres salen de la vivienda de Lucas Juárez. Los he visto pasearse por el domicilio, un lugar que yo he visitado anteriormente. No me ha costado nada localizarlo.

Reconozco a uno de los dos tipos por las fotos que un contacto en la policía me ha pasado de su ficha policial, aunque esta, a veces, puede estar muy desfasada. Por eso he instalado esa cámara en el piso vacío del hijo de puta de Lucas Juárez. Sabía que tarde o temprano alguien aparecería, y la cámara me ha avisado de que había movimiento dentro. Han tardado más de lo previsto, y hace tiempo que me llevé de allí los equipos informáticos que encontré y todo aparato capaz de contener las grabaciones. Pensé que debía de haber más grabaciones de mujeres como mi hija. Sin embargo, no he encontrado prácticamente nada en ellos, salvo algún vídeo muy antiguo donde no aparece ninguna chica. Nada. O, al menos, yo no he sabido hallarlo.

Levanto mi taza de té humeante ante la pantalla del ordenador.

—Encantado de conocerte, Julián.

Los dos hombres se van.

Doy un trago largo y noto cómo baja por mi garganta de manera cálida. Imprimo las dos fotos que he conseguido en la vigilancia del piso de Lucas Juárez. Las cuelgo en una pared de casa, con el resto de los papeles e imágenes de mi investigación del clan. Lo leí en una novela policíaca y ahora le he encontrado utilidad. Si viene Vera a verme algún día va a necesitar algunas explicaciones. No me quedará más remedio que mentir. Al menos hasta que pueda contárselo todo. De momento, solo yo debo conocer los detalles y el proceso de todo este asunto. Por su propia seguridad.

Por lo que he leído, los Juárez son peligrosos, pero yo soy un padre que ha perdido a su hija, y en eso no han pensado esa panda de hijos de puta.

Observo el mural, donde hay muchas fotografías de personas y de lugares. Algunos sacados del Google Maps, aunque he pasado por allí para comprobar que todo sigue estando igual. Pero claro, te ahorras que alguien te vea haciendo fotos donde sabes que no quieren que hagas eso.

Ya tengo lo que necesito para pasar a una segunda fase de mi plan, así que cojo el teléfono y llamo a mi abogado.

Primero hablo con la recepcionista y después con la secretaria, pero al final consigo que me coja el teléfono. Pago mucho para poder hacerlo.

—Hola, señor Longán. ¿Qué se le ofrece?

—Ya sabe, lo que le pedí.

—Me está siendo algo difícil conseguirlo, los de Interior se están poniendo gallitos.

Suspiro. No quiero ni debo perder los papeles con mi abogado, que además sé que es de los pocos que me pueden conseguir lo que necesito.

—Habla con quien debas, pero el tiempo me apremia, como sabes. Esto es una cuenta atrás, literalmente.

Oigo cómo expulsa el aire lentamente.

—Manuel, lo conseguiré antes de que expire el plazo, pero no tendrás mucho tiempo. Voy a mover todo lo que está en mi mano para lograrlo.

—Te lo agradezco, no sabes lo que significa para mí.

—Dame unos días y te llamo.

—De acuerdo.

Cuelgo el teléfono y me quedo sentado en el sofá mirando una fotografía enmarcada que hace poco que tengo. Me la he llevado de casa de Lucas y contiene información que sé que me servirá dentro de poco tiempo. La dejo a un lado y mi vista se va a una fotografía que conservo colgada en la pared. Ya tiene muchos años, pero significa mucho para mí. Es de una época que, a pesar de lo que pasó, sigo recordando con cariño.

Me acerco hasta ella y observo a mi yo joven, con treinta y pocos años y con mi uniforme de *mosso* en el curso de sargento. Qué poco sabía en aquel momento sobre lo que la vida me iba a deparar.

Cuánto añoro la ignorancia de algunos momentos de mi vida. Dicen que esa ignorancia es la felicidad, y cuánta razón tienen.

20

Así se desata una guerra

Julián observa la terraza de un restaurante donde se celebra una pequeña fiesta desde un Peugeot 508 de color gris robado la noche anterior. Las mujeres, todas con pañuelo en la cabeza, no se mezclan con los hombres. Están en zonas diferentes y se encargan de los niños. En la otra parte de la terraza, los hombres discuten y ríen. Intuye que fruto del alcohol, supuestamente prohibido por su religión, pero en eso alguno sí se ha occidentalizado. «Para eso y para lo que les conviene», piensa Julián observando a las mujeres apartadas de los hombres. En este momento, eso le viene muy bien para lo que pretende hacer.

Gira la vista hacia la calle. Al fondo ve cómo su hermano y su primo se acercan por la acera. Van tranquilos y conversando sin llamar la atención. Ya atardece y las nubes tapan la huida del sol. La luz que se filtra entre los nubarrones le añade una tonalidad rojiza a un horizonte de asfalto entre los edificios de la gran Ciudad Condal. Es una estampa como para hacerle una foto, pero eso es precisamente lo que menos le conviene a los suyos. Abel, con una gorra de los New York Knicks, y la Mole, con un gorro de lana fina, ocultan el color de su pelo. Unas gafas de sol hacen lo propio con sus ojos. No ya para la poli, que tampoco va mal, sino para evitar represalias, aunque el plan ya cuenta con que eso no va a suceder. La ropa llamativa, con colores amarillos e incluso alguna zona con reflectantes, hace que la gente se fije más en ese detalle que en las facciones de la cara o los tatuajes, que también permanecen ocultos.

Los dos hombres se adentran en la zona de la terraza y buscan a su objetivo, Farid En Souani, el mayor distribuidor de hachís en España en la ruta hacia Europa.

Aunque los comensales que acompañan a Farid ven enseguida a los dos tipos, que no encajan allí, cuando se quieren dar cuenta de lo que ocurre ya es demasiado tarde. Abel y la Mole identifican al objetivo sin problemas. Es el que está rodeado de palmeros. Estos, tan pronto como ven las armas, se apartan de la línea de fuego como si En Souani tuviera la lepra. Uno de sus tipos saca un arma, pero es repelida por la Mole, que ya lleva la suya en la mano, lo cual es una ventaja grande en un duelo. Aunque aquello en realidad es una ejecución.

Una bala atraviesa la cuenca ocular del hombre, que cae muerto de manera fulminante.

Estalla el pánico.

La tranquilidad inicial de los presentes se debía a que la entrada estaba protegida por dos hombres armados. Pero estos, que Farid siempre tiene cerca, no han entrado ni han hecho acto de presencia. Julián lo tiene todo calculado. Un par de sus secuaces, dos chavales de no más de veinte años de su total confianza, ya los tienen de rodillas y desarmados en la puerta, así que todo es rápido. Abel y la Mole llegan a la altura de Farid. Casi no le miran más que para asegurarse de que no se equivocan de persona, pero una gran peca de nacimiento en la cara le delata. Abren fuego sin miramientos y lo matan en el acto. En cuanto las mujeres se dan cuenta de que eso no son petardos, y de que de la parte de los hombres algunos salen corriendo despavoridos, la esposa de Farid, que enseguida comprende lo que pasa, y sus cuatro hijos estallan en llanto. Reina el caos, lo cual siempre viene de fábula para salir de un sitio sin destacar. Abel y la Mole salen caminando tranquilamente entre otras personas que gritan y corren como pollos sin cabeza.

En una esquina, Fátima sabe bien a qué se dedica su marido y de dónde sale la vida de lujos que le ofrece. Arropa a sus hijos, que no entienden nada, y se queda allí, sumida en las lágrimas. «Así son las guerras, los soldados mueren, las mujeres y los niños los lloran», piensa Julián observando la escena desde la distancia.

Los chavales a los que Julián ha enviado a la puerta no tienen que matar a los guardaespaldas, una cosa es un ajuste de cuentas y otra una matanza que no interesa a nadie, pero se aseguran de que no los persigan. Los chicos apenas saben sostener las pistolas que les han dado, pero se manejan bien con los puños y los pies. Los muelen a palos, rompiendo huesos y tendones sin miramientos. Después se van de la misma forma que han llegado y por caminos diferentes. Evitan mirar hacia las posibles cámaras que hoy en día hay instaladas en casi todos los establecimientos. A la poli le van a quedar unos fotogramas de dos parejas de individuos, de los que solo podrán señalar que una de ellas estaba compuesta por un individuo de mediana estatura y complexión normal y otro muy grande, con el rostro oculto, y poco más. La ropa va a aparecer quemada junto al coche en el que han ido.

Julián arranca el Peugeot desde la seguridad de la calle mientras, a lo lejos, se oyen las sirenas de la pasma. No le conviene estar allí; aun así, antes de arrancar envía un mensaje con el teléfono móvil. Todo ha ido como la seda, a pesar de tener dos cadáveres más en su cuenta.

Pero ¿qué es una guerra sin muertos?

Apostada en el lateral de la Ronda Litoral de Barcelona, una patrulla de los Mossos espera, paciente. El cabo Amadeo Hernández no sabe bien si la información que ha recibido es cierta o está envenenada, uno nunca lo sabe, pero, ante una *notitia criminis*, un policía siempre tiene que comprobar su veracidad.

—¿Esa información que te han dado es buena?

—No lo sé, pero no tenemos manera de saberlo, ¿no crees? Hay que comprobarlo. Para eso hablamos con la mala gente, para que nos cuente cosas porque nadie más lo hace.

—Yo, es que eso de tener confidentes, pensaba que era solo en las pelis. O los de la judicial, vamos.

—¿Tienes claro quiénes son los que se patean las

calles cada día y hablan con la mierda? ¿De dónde crees que les sale la información a los de la secreta? Los patrulleros lo sabemos todo antes que nadie, chaval.

—Ya. Es que llevamos aquí tres horas y nada. Los de la comisaría van locos con incidentes, y estar aquí parados, no sé. ¿No has oído que se han cargado al jefe del clan de los marroquís? Lo han dicho en el Twitter las periodistas esas que lo saben todo antes que nadie.

—Las periodistas hacen su trabajo y nosotros no hacemos el nuestro al darles la información confidencial que publican.

—Ya. No es una queja: gracias a ellas me entero de lo que pasa. Pero, oye, ¿falta mucho? No he desayunado, tío. Solo llevo un café.

Amadeo mira con desdén a su compañero y resopla sin contestar. Le han asignado a Pepe a pesar de que él quiere ir siempre con Germán. Con él sí se lleva bien, y no tiene que estar convenciéndole constantemente para que haga su puto trabajo. Qué cansancio.

De repente, ve por el retrovisor que un vehículo se acerca a la salida 21. Aunque ellos van con un vehículo con distintivos policiales y muy identificable, se han colocado en un punto en el que cualquiera que se meta en el carril ya no puede dar la vuelta sin levantar sospechas. Por eso, y a pesar de haberlos visto estacionados más adelante, a la furgoneta que esperan no le queda otro remedio que seguir por esa vía y rezar.

El cabo sonríe al observar, cuando el vehículo

pasa a su lado, que va cargado hasta los topes. Los amortiguadores apenas soportan la carga, haciendo que los bajos desciendan hasta casi tocar las ruedas. Y su sonrisa se amplía al darles el alto con las luces y las sirenas del coche patrulla al tiempo que se oyen de fondo las de sus compañeros, que acuden a la llamada de refuerzos que ha pedido de inmediato. A pesar de que van armados, ante la presencia policial, cada vez más numerosa, el chófer y su acompañante prefieren, antes que iniciar un fuego abierto, pasar una temporada en una cárcel española. Un hotel de cinco estrellas comparadas con las de su país. Además, las armas realmente son para protegerse contra las bandas rivales que se andan con menos chiquitas que los policías, que están legitimados a utilizarlas. No les va a servir de nada implorar a su Dios. En pocos minutos, Ibrahim y Moha están desarmados y esposados en el asfalto. Van cargados hasta los topes. Casi mil kilos de hachís. De allí van a salir dos medallas, la segunda en la lista para el cabo Hernández.

Con la muerte de Farid y la aprensión de su último cargamento, la organización queda descabezada y tocada de muerte.

Julián llama a su contacto en Marruecos.

Ahmed había compartido cárcel con Julián y ha regresado a Marruecos expulsado del país después de cumplir su pena. Si algo sabe hacer bien el mayor de los Juárez es detectar quién podrá servirle en el futuro, así que había protegido a Ahmed en la cárcel. Este le dijo que Alá velaría por él, y él mismo estaría en deuda para siempre con su amigo Julián.

Ahora llama para decirle que la ruta de los magrebís está rota. Ahmed es primo de Salah, el gran jefe en Marruecos, así que el clan Juárez puede hacerse cargo de los envíos sin problema y al mismo precio. Van a ser necesarios algunas reuniones más y algún cargamento de prueba, nada que no puedan controlar ahora que tienen dinero, armas y hombres suficientes. El clan Juárez ha entrado de lleno en el negocio del hachís y la marihuana. Unas cuantas palizas y algunas amenazas más dejarán claro a quienes intenten recuperar ese trono que este territorio ya tiene dueño.

Es la hora de los Juárez.

Lucas Juárez se despierta atado a una silla. No recuerda mucho, pero sí que tendría que estar cogiendo un avión. Está confuso, pero sabe que todo va mal. Lo han pillado como a un pardillo. Imagina que los negocios de su primo han llegado hasta él y ahora va a pagar los platos rotos. Intenta situarse y recuerda que alguien le sorprendió saliendo del aparcamiento del aeropuerto hacia la terminal. Cree que le dieron una descarga con algún tipo de pistola eléctrica y solo sabe que ha sufrido un dolor espantoso que lo ha dejado inmovilizado y después ha perdido el conocimiento. Está oscuro y apenas puede ver a dos palmos de sus narices, pero está en una especie de almacén. No entiende la situación, pero al menos no le han hecho daño.

No sería capaz de precisar cuánto tiempo ha pasado, pero observa con cautela cómo se abre una puerta y entra alguien con algo en las manos. Parecen unas bolsas o unas maletas, no es capaz de verlo con claridad, que el hombre deja en el suelo. Se trata de un individuo algo mayor, no muy alto, que lo mira. Lucas no sabe cómo interpretar esos ojos fijos en él.

—Oiga, si lo que quiere es dinero, mi primo se lo puede dar. No hace falta que me haga daño. Eso no sería bueno para usted, se lo aseguro, mi primo es...

—Conozco a su primo, señor Juárez. En parte, por eso está aquí.

Lucas traga saliva.

—Lo que de verdad importa es si sabe quién soy yo. Porque tenemos una conocida en común.

—Oiga, no sé quién es y no le he visto la cara. Pero hablaré, se lo diré todo. No hace falta que me haga daño.

El hombre enciende una pequeña luz que no deja ver bien todo el almacén, pero sí la cara de su captor.

Lucas Juárez empieza a temblar de pánico. No lo hace por el cuchillo que el hombre lleva en la mano, aunque es muy consciente de que va a sufrir dolor. Lo que le aterroriza es ver que aquellas maletas que el hombre traía consigo no son tal cosa. Solo por el olor que desprenden entiende que son latas de gasolina y esta prende con facilidad. Ve que el hombre se pone a su lado.

—Primero quiero hablar de mi hija Olivia.

Segunda parte

Esto podría empezar en cualquier sitio, pero lo hace en un narcopiso

> Debería estar haciendo cualquier otra cosa, menos esto.
>
> Noemí Trujillo,
> *Solo fue un post*

21

Tendría que sentir algo, pero no

Antes de salir a la calle, me quedo un momento en la entrada. Respiro hondo. Observo la calle en silencio. Han pasado seis meses desde que murió Olivia y he entrado en la última fase de mi plan.

Salgo de un narcopiso donde dejo mucha muerte y toda precaución es poca. Respiro tranquilo e intento oír lo que pasa en la calle. No se oye nada. El tipo al que he dejado KO sigue aquí y observo, por cómo mueve el torso, que sigue respirando. Ya dejo atrás bastante muerte y no me hace falta sumar más. Tampoco soy un sicario, aunque me haya comportado como tal. Seguro que es lo que pensará la policía al descubrir los cuerpos. Eso me interesa. Pero ya no me envuelve esa rabia que me ha invadido dentro de la narcosala. Lo cierto es que, legalmente, si me cogen ya no me podrían aumentar más la pena.

Pienso en cómo ha cambiado mi vida en poco más de seis meses.

Hay que seguir.

Y sigo.

Empiezo a andar hacia la iglesia que he visitado antes, aunque no volveré a entrar. Tengo que alejarme del narcopiso y de la muerte que abandono allí. Me cruzo con poca gente y no miro a nadie a los ojos. Soy un fantasma en las calles de Ciutat Vella, de mi querida Barcelona. Mientras camino me viene a la mente cómo perdí mi trabajo de policía.

Siempre he pensado que la vida es un cúmulo de desgracias que te resultan ajenas, casi anecdóticas, cuando les pasan a los demás. Lo aprendí en mis años de patrullero en Blanes. Desde un inicio, intenté no hacer del trabajo algo personal, no irme a casa con cosas que no eran mías o que estas afectaran a mi vida y a mi familia. Enseguida vi que eso era una quimera si de verdad crees en tu trabajo, si de verdad eres policía y no un simple funcionario. Ayudar a los demás, proteger a los débiles: el mantra que me repetía sobre lo que significaba servir a la sociedad en ese trabajo ingrato.

Después de contemplar las desgracias más abyectas de las vidas de personas a las que no conocía, me iba a casa sabiendo que, en la mía, me esperaban mi mujer y mis dos hijos pequeños, mi coche medio deportivo, mi gimnasio y una vida cómoda, que no gratuita, que me había labrado y que el alcohol aún no había destruido. Cuando colgaba el uniforme en la taquilla dejaba atrás a mujeres maltratadas por sus parejas, a otras violadas, a niños que habían padecido abusos, a personas mayores a quienes robaban o estafaban sin miramientos. Desgracias y más desgracias que iban llenando una mochila cada vez más sobrecargada.

Y un día sucedió. Eso acabé diciéndole meses después a la psicóloga que me trató, le dije que mi cabeza hizo crac.

Era un día como cualquier otro. Había llovido al empezar el turno de trabajo y no habíamos tenido muchos incidentes, hasta que la Sala de Mando nos envió a un servicio que no parecía urgente. Mi compañero y yo acudimos a la llamada de una mujer de ochenta años que vivía en un barrio de mayoría gitana. Esta comunidad suele resolver sus cosas de puertas para adentro y, en general, vive su vida en paz, pero, en esta ocasión, un grupo había fijado los ojos en el piso de la señora Ramírez, que había pasado toda su vida en aquella casa: la habían comprado sus padres y, ahora que ahí vivía ella, viuda y sin hijos, un clan gitano le había puesto precio a su única propiedad. Y así era de manera literal. No le habían preguntado cuánto costaría comprárselo, sino que le habían puesto un precio sin posibilidad de réplica por parte de la vendedora y se lo habían hecho saber a la señora Ramírez. Un precio irrisorio, claro.

Así era su ley.

O lo tomas o atente a las consecuencias.

María Luisa Ramírez no quería ni podía permitirse dejar su vivienda, por lo que este grupo de gitanos, que ya habían conseguido seis de los diez pisos del edificio, empezaron a amargarle la vida: celebraban barbacoas familiares de hasta cuarenta personas en el patio común, tiraban lejía a la ropa tendida desde el piso de arriba o montaban fiestas con la música a todo volumen hasta las tantas de la mañana para no dejarla descansar...

Nunca supe de verdad qué vi cuando miré a los ojos de aquella señora. Cuando observé la desesperación en sus pupilas desgastadas por una vida modesta. Cuando nos ofreció un café, que declinamos, y vimos las pocas pertenencias y la austeridad con la que vivía aquella mujer con la escasa pensión de viudedad que le había quedado.

Para colmo, al ser propietaria de un piso y cobrar una mísera pensión, no podía optar a ninguna otra ayuda. Eso le impedía siquiera plantearse aceptar aquella extorsión de sus nuevos vecinos, porque jamás podría comprar nada en otro lugar con mejores compañías.

Mientras escuchábamos la historia de penurias de la señora María Luisa comprobamos que, efectivamente, aquella no era una historia más de una señora mayor que quería llamar la atención. De repente empezamos a oír música muy alta en el piso de arriba. Casi temblaban las paredes por la potencia del equipo. Los tres nos quedamos en un silencio que rompía Camarón. Observé la impotencia en forma de lágrimas de una mujer que, a su edad, solo tendría que haberse preocupado por pasar una buena jubilación con una tranquilidad que no iba a tener allí.

Mi compañero y yo subimos al piso de arriba y llamamos a la puerta. Abrió una mujer, joven y bastante obesa, con un hijo en brazos y otro que asomaba la cabeza a su lado.

—Lo primero, baje el volumen de la música ahora mismo —ordené.

—Jay, yo no sé, payo. ¡Jairo! —llamó a alguien.

Apareció un tipo también joven, no llegaba a los veinticinco, sin camiseta y con un botellín de cerveza en la mano.

—¿Qué quieren, payos?

—De payos nada. Somos la policía, así que lo primero, baje la música, ya se lo he dicho a la señora.

—¿Y por qué? Esta es mi casa.

—Porque hay normas de convivencia y son para todos.

—Pues no la bajo.

—Oiga —intervino el agente que me acompañaba—, seguro que tienen alguna ayuda pública, porque no le veo a usted trabajando en la obra, así que, si nos vamos de aquí con la música así, le pondremos una multa y se la quitarán de la paga. Y le aseguro que será una multa gorda.

La cara del gitano cambió. Con la pasta no se juega.

—Jimena, ve a bajar la música.

La mujer no protestó y, con el niño en brazos y el otro agarrado a su pierna, se perdió por un pasillo pequeño. Oímos que el volumen bajaba.

—Si tenemos que volver, no le perdonaré la multa —insistió mi compañero.

—¿No tienen más que hacer que molestar a buena gente? Ahí les coja un cáncer —nos soltó el tipo sin inmutarse.

Resoplé, pero ignoré el comentario y empezamos a bajar las escaleras. Oímos cómo se cerraba la puerta del piso. No habíamos llegado a la puerta de la señora Ramírez cuando la música retumbó de nuevo a todo volumen en la escalera.

Ni siquiera oí las palabras que posteriormente mi compañero declaró en el juicio haberme dicho. Algo así como: «¿Sargento, a dónde va?»; subí de nuevo al piso y empecé a dar patadas a la puerta con todas mis fuerzas. Cedió a la cuarta o a la quinta. Reconozco que, durante unos instantes, se me nubló la mente y no recuerdo bien lo que pasó. La psicóloga lo definió como un bloqueo temporal.

Creo que encontré al gitano en el comedor, sentado en un butacón con la cerveza aún en la mano. Arranqué de la corriente el radiocasete y lo estrellé contra el suelo.

Después todo está borroso y, pasados los años, sigue estándolo. Una rabia desconocida brotó de mi interior con una fuerza descomunal. Una ira incontrolable en forma de puñetazos que descargué contra el gitano, que apenas era capaz de protegerse. Ni siquiera recuerdo haber oído los gritos de los niños. Tampoco los de la mujer. Ni sus llantos ni a mi compañero gritándome que lo dejara. Una furia que supongo que había permanecido latente en mi interior durante años, causada por la impotencia de ver tantas desgracias y no poder hacer nada ante tanto mal. Golpeé al hombre, una y otra vez, hasta que mi compañero consiguió apartarme por la fuerza, quitándome de encima de un cuerpo ensangrentado que no podía defenderse. De hecho, aquel tipo pesaba sesenta kilos y solo era una amenaza cuando estaba en grupo, como las manadas de lobos, cuando actuaba junto a su clan familiar o cuando acechaba a una pobre anciana.

No pisé la cárcel gracias a la declaración de la señora Ramírez. Ella hizo ver a la fiscalía las condiciones en las que estaba viviendo, y eso ayudó a que me ofrecieran una pena reducida de dos años, sin entrar en prisión. Llegué a esa conformidad para evitar un juicio que tenía perdido. Hice lo mismo que había visto hacer a tantos delincuentes durante años para evitar penas más duras y salir casi de rositas. Al final me quedaron esos dos años de prisión, sin cumplimento efectivo si no volvía a delinquir durante la condena, una multa para indemnizar al gitano —que fue lo que más me dolió—, una inhabilitación de cinco años y, por supuesto, la expulsión del cuerpo.

22

Nadie llora a los muertos

La escena es dantesca, se dicen los *mossos* que salen por la puerta del edificio en Ciutat Vella. No por cómo están los cadáveres, que los han visto en peores condiciones, pero sí por la cantidad. Todos saben que aquello es un narcopiso. Primero lo fue de los pakistaníes, después de los marroquíes y, finalmente, había sido adquirido, en opa hostil, por llamarlo en términos empresariales, por los Juárez. Eso lo saben todos los patrulleros y los policías que trabajan en la zona, pero de saberlo a poder gestionarlo hay un trecho. Las leyes y la burocracia policial y judicial hacen que actuar para erradicarlos sea un ejercicio muy complicado. A veces inútil. La policía por sí sola nunca puede acabar con una organización criminal si no dispone de recursos, apoyo judicial y, en muchos casos, también político. Pero si los intereses policiales chocan con los de sus votantes, ya te puedes acostar, porque no moverán un dedo.

Alguien ha atacado a la organización de los Juárez. O eso parece. ¿Otra opa hostil? La comisaria jefa de Barcelona se involucra desde el principio. Después del atraco de hace unos meses al furgón blindado, con otros dos muertos, ordenó crear un equipo conjunto para combatir esa lacra. Una que amenaza con convertirse en una lucha entre bandos. Los Mossos y la Guardia Civil han estado este tiempo recogiendo información por separado.

Después de las muertes en el narcopiso se activa el equipo conjunto de la Guardia Civil y los Mossos que persigue a los Juárez, y desde este momento sus integrantes van a incorporarse a tiempo completo.

Seis meses atrás, cuando se creó el grupo, el sargento jefe del grupo de homicidios de Barcelona estaba metido en un caso, así que cuando pensaron en el sargento Óscar Miralles, este no puso objeción. Ya llevaba demasiado tiempo evitando un choque que tarde o temprano se tendría que producir. Ahora habían decidido juntar a agentes de diversas secciones: atracos, delitos contra la salud pública y homicidios. Faltaba saber qué efectivos enviaría la Guardia Civil, pero su incorporación era inminente.

Cuando el sargento Óscar Miralles cruza la puerta de entrada del edificio, lo hace con la agente Carol Ferrer. Esta se ha dejado el pelo largo, que recoge en una cola. Se lo ha alisado y teñido de caoba. Es una mujer de rasgos suaves, pero fuerte y atlética. Se conocen y está contento de que le cedan a una de las mejores agentes del grupo de homicidios. Va a necesitar talento para la investigación. También va con ellos el cabo Raúl Esteller. Es rubio, con la nariz aguileña y viste de Zara. Alto y delgado, es un fumador empedernido. Aunque no es el más implicado en los casos, es muy resolutivo. Miralles no ha tenido demasiadas opciones porque a estos grupos se accede voluntariamente, y tiene que conformarse con lo que le dan.

Carol va con una carpeta, apuntando los nombres de los testigos y registrando las cámaras de vigilancia que hay en la zona para pedir las grabaciones. Se queda algo rezagada. Esteller, con las manos en los bolsillos, sigue a su jefe, observando la degradación del piso.

Los dos atraviesan un pasillo sucio que lleva a una especie de sala grande sin apenas paredes, echadas abajo a martillazos. Miralles está muy delgado, aún más que cuando empezó a recopilar datos para el caso. Conserva su perilla y sigue con el pelo al cero, así que, a veces, como en este momento, lleva un gorro de lana azul tipo estibador. Se lo quita al entrar.

—El chaval que está en el hospital, ¿qué sabemos de él? —pregunta a Esteller.

—Por lo que me han dicho los de seguridad ciudadana, realiza las funciones de portero en el narcopiso. Tiene la rodilla destrozada —revisa sus notas—, politraumatismo y la mandíbula rota. Sobrevivirá, pero va a ser difícil que nos explique algo, tiene tres marrones por drogas. Si con eso ya iba a ser complicado, imagina si no puede hablar.

—No está mal, tres antecedentes por drogas. Buena pieza. Y si, como parece, esto pertenece a los Juárez, dudo que nos diga nada si tiene familia que proteger —añade el sargento Miralles.

—Me han confirmado los de *estupas* que esto es de los Juárez.

Siguen caminando en silencio, solo perturbado por el sonido de sus propios pasos resonando en el espacio vacío. Dos *mossos* de uniforme custodian la entrada ubicada en el interior, una vez que se accede desde el pasillo que da a la calle. Ya dentro, otros tres agentes, cubiertos con uniformes blancos tipo EPI, toman fotografías y marcan las trayectorias de impacto de las balas recibidas por las víctimas.

Lo primero que ven es a un chico más bien gordo que está tendido boca abajo con los pantalones y los calzoncillos por las rodillas. Otro, más delgado, yace cerca de él. No se le puede ver el rostro porque también ha acabado de cara al suelo. Da la impresión de que las balas han actuado tan rápido que, cuando se desplomaron, ya no había vida en ellos para girar la cara y buscar aire. Simplemente cayeron de frente, muertos antes de tocar el suelo. El tercer tipo, el de las rastas, también está en la misma posición que los otros, pero ha quedado de lado. Tiene un disparo en la espalda, eso se ve a simple vista sin girar el cadáver. Una ejecución en toda regla mientras intentaba escapar.

Y luego está la chica.

Al fondo, custodiada por dos agentes, una muchacha muy joven está, acurrucada, apoyando la espalda contra la pared, con las rodillas dobladas y la cabeza metida entre los brazos. Le han dado una manta térmica que la protege algo del frío de la sala. El sargento mira a Carol, que entiende que tiene que acercarse a ella a ver qué puede contar. Las víctimas se suelen abrir más con agentes de su propio género. Es una ley natural y policialmente funciona.

Mientras el sargento y el cabo se acercan a examinar a los tres muertos, Carol llega a los *mossos* que están con la chica.

—¿Ha dicho algo?

—No, solo sabemos que se llama Claudia. Es lo que ha balbuceado.

—Gracias, compañeros. Dejadme con ella.

Los dos agentes se van hacia la salida y Carol se sienta al lado de la chica.

—Hola, Claudia, me llamo Carol.

No reacciona demasiado. Solo un breve movimiento con la cabeza y una mirada fugaz que la *mossa* interpreta como un avance en la comunicación que tiene que establecer con ella.

Se queda a su lado sin hablar unos segundos.

—Sé que has pasado por algo muy traumático y, de hecho, creo que deberías ir a un hospital, aunque me dicen que no quieres ir. ¿Quieres que avise a alguien? ¿Tienes familia cerca?

Esta vez no hay ningún movimiento. Carol supone que o bien se ha escapado de su hogar o está tutelada por la Generalitat de Catalunya. En esos narcopisos es normal encontrar menores de toda condición dispuestas a vender su cuerpo por una dosis. Un camino muy jodido para chicas tan jóvenes. A veces, también chicos.

—¿Has podido ver quién ha hecho esto?

Ningún gesto.

Carol saca de su bolsa una botella de agua y se la ofrece. Claudia duda un momento, pero acepta el ofrecimiento. Ese es un pequeño paso para establecer una relación de confianza.

El sargento Miralles observa la conversación a

unos metros de distancia. Sabe que no sacarán nada de la chica ahí y ahora. Necesita atención médica de inmediato, le guste o no, así que llama a la patrulla que la ha custodiado y los envía con ella al hospital con la misión de no perderla de vista y, posteriormente, llevarla a la comisaría de Ciutat Vella en cuanto le den el alta.

Carol irá con ella.

Es una testigo clave en un caso de triple asesinato, no la van a perder de vista sin que explique lo que sabe. Por su cara, va a costar horrores sacarle alguna cosa, pero es más de lo que tenían al empezar el día.

23
Reinicio

El abogado Xavier Molero se quita las gafas y me mira con cautela. Mientras se limpia las Lacoste en un gesto casi involuntario, sigue sin entender del todo el acuerdo al que ha llegado con la administración de la Generalitat de Catalunya. Y no en términos jurídicos, que esos los domina a la perfección, lo que no entiende es el porqué de la extraña petición de su cliente, que soy yo. Tanto que, aunque su especialidad es el derecho penal, como se trataba de litigar contra la Generalitat y además soy un cliente con fondos suficientes, se ha interesado él mismo y no lo ha delegado en ninguno de los abogados de su bufete, que, dicho sea de paso, habrían logrado el mismo pacto sin problemas. La petición inicial que le planteé hace unos meses le sorprendió; quizá por eso, y llegados a un punto casi sin retorno, decidió emplearse a fondo para lograr ese trato *in extremis*. También sabe que, de no haberlo logrado, si después hubiera ganado el juicio, la indemnización habría sido de órdago. Es muy consciente de que, a veces, luchar contra un monstruo como es una administración, y da igual que sea local, regional o estatal, siempre es una tarea muy ingrata. Estas lo hacen con un dinero que no es suyo, sino de los ciudadanos, y en muchos casos no les importa perder. Juegan con el tiempo y, de hecho, a veces saben que perderán, pero claro, eso es lo que tiene trabajar con dinero ajeno, que no afecta a sus propios bolsillos. En este caso, el juez ha estado de mi parte, y tanto Molero como yo sabíamos que la actual Consejería de Interior está haciendo un buen trabajo en un departamento muy duro y no deseará un escándalo. Hábilmente, Xavier Molero ha conseguido que llegara el mensaje de que aquello iba a ser un (otro) escándalo si, en el caso de ganar, no estaban a tiempo de poder satisfacer las exigencias de un exempleado que ya había cumplido su penitencia. Si pasaba eso lo largaría a los cuatro vientos. La reinserción y la reparación han de ser para todos, y no solo para los colectivos que apoyan al Gobierno de turno en un año de elecciones.

—Ya está, pero, discúlpeme, sigo sin entender el acuerdo al que ha querido llegar —me dice Molero extendiéndome unos papeles junto a su pluma Montblanc para que los rubrique.

—Mire, sé que todos o casi todos buscan dinero, pero yo quería tener esta oportunidad, y le agradezco que lo haya hecho realidad.

Me mira por encima de sus gafas y sonríe.

—No entiendo ese interés, y ciertamente no me importa. Vino usted muy recomendado, con dinero en efectivo, y ha pagado la minuta muy generosamente, así que tengo claro que no, esto no es por dinero.

—No, no lo es. Pero lo necesitaba.

—Lamento que, con las dilaciones procesales, nos encontremos a solo diez días de que cumpla usted la edad de jubilación y que eso solo le deje apenas una semana de margen. ¿Es suficiente?

—Lo es, solo quería despedirme, y con esos siete u ocho días que me quedan, lo haré.

—Le confieso que estos —me dice señalando a los abogados de la Generalitat— tampoco han entendido muy bien por qué quería ir a esa comisaría en concreto; hasta yo sé que es de las más duras, aunque no tengo apenas clientes de allí.

—Bueno, como tengo apenas una semana, prefiero ir a donde más se trabaja.

El abogado, muy bregado ya en su oficio, detecta que hay algo más en esa afirmación, pero no le corresponde a él juzgarlo, solo representarme, y me ha conseguido todo lo que quería.

—Está bien —me dice mientras recoge de nuevo los documentos, ya firmados—. Fuera le esperan dos agentes, bueno, yo diría que son mandos de los Mossos, para darle las indicaciones técnicas sobre el reingreso. Yo ya he acabado.

Me extiende la mano y se la acepto de buen grado. Después salimos al pasillo de los juzgados, donde, efectivamente, me esperan dos hombres vestidos con traje y corbata. El abogado se pierde por el pasillo. Miro de arriba abajo a ambos policías; son mandos, no hay duda. Ambos se dirigen hacia mí.

—¿Manuel Longán?

—Sí.

—Bien, nos han informado del acuerdo al que ha llegado, y, nada, solo decirle que —duda— bienvenido de nuevo. Soy el intendente Roldán, y este es el inspector Ramos.

—Gracias.

Le doy la mano a Roldán, pero el otro no hace gesto alguno, así que yo tampoco.

—¿De qué va todo esto? —pregunta el inspector Ramos, un tipo algo más bajo que su compañero y con cara de pocos amigos.

—No le entiendo.

—Me entiende perfectamente.

—Mire, me reincorporo a mi puesto, de donde no debería haber salido, y ya está, caballero. No tengo por qué darle ninguna explicación.

—Cierto. Pero no crea que nos tragamos que esto lo hace por amor al cuerpo. ¿Qué busca? ¿Una pensión?

Sonrío antes de contestar.

—¿Ve? Esta es la diferencia entre nosotros y las nuevas promociones. Aunque tiene un buen rango, no lleva en el cuerpo más de diez o doce años. Nosotros, los de mi quinta, éramos vocacionales, y después entraron los funcionarios, y se lo digo en el sentido más peyorativo. Ah, si quiere le doy la dirección de mi sastre, y así no se pone el traje de las bodas para ir a los juzgados.

—Pero ¿quién cojones se ha creído que es, hijo de puta?

—Calma, compañero —interviene Roldán, que se ha quedado en segundo plano. Lo aparta con la mano en el pecho impidiendo un contacto no deseado en el mismo juzgado donde me han dado la razón.

—Hoy es viernes y ya no da tiempo a realizar los trámites pertinentes. Preséntese el lunes a las nueve en el despacho del jefe de la comisaría de Ciutat Vella.

—Eso haré —les digo mientras empiezo a alejarme.

—Y baje esos humos, que la próxima vez quizá no haya nadie que se interponga —me acaba diciendo el intendente Roldán.

Me doy la vuelta, los miro de nuevo, pero no digo nada más y me marcho dejándolos allí con sus preguntas sin respuesta, en una conversación que ya no me interesa. Tengo mucho que hacer y poco tiempo.

Ya en la calle veo a mi izquierda a un hombre que se acerca a paso ligero. Es Marcos Raimon, mi ayudante en la empresa de seguridad desde hace casi doce años. También es un *exmosso*, pero, a diferencia de mi caso, este sí había aceptado dinero de un narco. Por ese motivo fue detenido, condenado y expulsado del cuerpo. Aunque él también logró una rebaja al conformarse con la pena, Marcos pasó por la cárcel. Una experiencia que le había marcado de por vida. Cuando entró en mi despacho a pedirme trabajo, recelé al principio. Un agente corrupto es lo que más detesta cualquier policía. Yo sabía lo que había hecho y por qué me habían expulsado, pero jamás había aceptado dinero de nadie. Lo de Marcos era pura corrupción, y eso, de entrada, no genera confianza. Me contó que era padre de dos hijas, que se arrepentía de sus actos y que ese error le acompañaría el resto de su vida, pero que, si le contrataba, nunca me iba a arrepentir. Lo cierto es que me cayó bien. No buscaba excusas por sus actos, solo redención. Lo que quizá necesitamos todos en algún momento de la vida. Sopesé las opciones y determiné que, ante cualquier mínimo indicio de traición a la empresa, sería despedido y me aseguraría de que ninguna otra empresa de seguridad le contratara. Tenía prohibido el contacto con las drogas en cualquiera de sus formas, incluido el consumo. Marcos aceptó. De eso hacía ya mucho y no solo no ha faltado a su puesto de trabajo ni un solo día, ni siquiera enfermo, sino que se acabó ganando mi confianza absoluta hasta ser, en estos momentos, mi mano derecha. De hecho, hace un tiempo, desde lo de Olivia, es Marcos el que lleva la empresa.

Al llegar a mi lado me saluda estrechándome la mano.

—¿Cómo ha ido?

—Parece que si pagas y tienes a los mejores abogados puedes conseguir muchas cosas. Empiezo el lunes.

Nos pusimos a andar para ir a buscar el coche.

—Marcos, esta semana que viene estaré muy fuera del mundo y necesito, de hecho, a partir de hoy, que te ocupes de todo. Como llevas haciendo hace un tiempo, en realidad.

—Lo que necesites, ya lo sabes.

Le entrego un sobre cerrado.

—Guárdalo. Ábrelo solo a partir de la semana que viene. El jueves creo que será un buen día.

—No lo entiendo, Manuel.

—De eso se trata, si no, no habría tanto misterio —sonrío—. Tú guárdalo y no lo abras hasta que yo te lo diga; o, llegado el jueves que viene, lo abres. Solo son unas instrucciones por si me pasa algo.

Marcos se detiene.

—Voy contigo.

Me echo a reír. No de él, claro.

—Voy a volver al cuerpo durante una semana. Sé que me acompañarías al mismo infierno, querido amigo, pero justo donde voy, legalmente no me puedes acompañar. No te preocupes que estaré bien.

Marcos enrolla el sobre cerrado que le he dado y lo guarda en el bolsillo interno de la americana. No lo abrirá sin permiso, antes tendrían que matarlo.

Le doy una palmada en la espalda y seguimos caminando por la acera.

Lo cierto es que durante este tiempo me había planteado entrar en la comisaría de Ciutat Vella disfrazado o comprando la fidelidad de algún agente, pero eso era muy complicado. En esas comisarías todos se conocen, y lo que tengo que lograr allí no se puede hacer en un par de horas, necesito tiempo, y eso no lo podía conseguir simulando ser un trabajador externo. Y comprar a algún policía era un riesgo demasiado alto, además de que eso pondría a desconocidos al corriente de parte de mi plan. Como he conseguido mi propósito no necesitaré recurrir a esas segundas opciones.

La semana que viene va a ser muy larga y no ha hecho más que empezar con mi visita de ayer tarde al narcopiso y los tres fiambres que dejé allí. También aparecerá en breve otro cadáver. Así son las grandes apuestas.

Siempre al todo o nada.

Como lo que viene esta noche. Un mal trago que hay que pasar; y cuanto antes lo haga antes me quitaré el mal sabor de la boca.

24

Fuego, arde conmigo

Son las tres de la mañana del sábado. Hasta la fecha esto de esta noche ha sido lo más arriesgado que he tenido que hacer. Pero ya está hecho y siento algo de liberación. El plan sigue adelante, pero me he quitado de encima un muerto. En el sentido más literal de la palabra.

He llegado a mi segunda residencia, cerca de El Prat de Llobregat. A lo que por aquí se conoce como los huertos de El Prat. Mis perros han salido a recibirme, pero incluso ellos han notado que no huelo como están acostumbrados. El olor a gasolina es notable. Porque cuando la utilizas para quemar algo es inevitable la transferencia de residuos. También debo de oler a quemado, porque no he podido evitar observar cómo ardía el coche.

No era el coche en sí lo que pretendía quemar, sino lo que había dejado en el maletero en forma de cadáver. Además, ya empezaba a descomponerse y el olor era nauseabundo.

No he mirado a la cara a ese desgraciado. Lo tapé con una lona cuando su corazón dejó de latir y así ha permanecido este tiempo, hasta poder darle un propósito dentro de mi plan. Hay sujetos que incluso después de su muerte pueden servir a un fin mayor.

Espero que la policía lo encuentre pronto, porque sé que lo he dejado en una zona transitada por ciclistas y corredores, así que en breve saldrá en las noticias. Si no, siempre puedo hacer una llamada a emergencias y alertar del hallazgo. Necesito que Julián Juárez sepa lo que hay en ese maletero. Esta es mi semana, y espero que el final de ella también sea el final de la suya. Es un deseo, claro, han de pasar muchas cosas, pero de una manera o de otra, durante el transcurso de esta me veré las caras con el jefe del clan Juárez, y por eso sé que uno de los dos no llegará a la siguiente.

Mis perros me observan y no entienden nada. Casi no les he obsequiado con las caricias que suelo darles al llegar, pero necesitaba lavarme y pegarme una ducha. Al menos, quitarme el olor a quemado.

Cuando salgo aseado siguen allí esperando, con las orejas alzadas, su ración de mimos. No los hago esperar, y, con una mano en cada lomo, les muestro mi cariño.

Después los acompaño a sus zonas de descanso, en el almacén que en otros tiempos servía de aparcamiento. Ahora es el hogar de mis perros.

Aún tengo el domingo para descansar y creo que me lo he ganado. El lunes empieza una semana que promete ser agotadora y necesito comenzar con fuerza.

Después de ocuparme de Lucas llega la hora del resto del clan.

Voy a acabar con los Juárez.

25

Los inicios siempre son duros

Ya es lunes y he pasado un fin de semana tranquilo, aunque no me he quitado de encima la amenaza de que el Grupo Especial de Intervención de los Mossos asaltara mi casa en cualquier momento. No ha sido así, por lo que de momento sigo fuera del radar de la policía. He ido poco a poco preparando lo que me depara la semana que entra. Una muy importante para mí.

Estoy disfrutando de una novela mientras aguardo en la sala de espera de la comisaría de Ciutat Vella. He dormido poco. No puedo olvidar que hace apenas cuatro días maté a tres hombres. Lo curioso es que no tengo remordimientos. Imagino que saldrán en algún momento, pero ahora estoy centrado en mi misión. Vuelvo a las páginas de la novela.

Algunos *mossos* de uniforme que pasan por allí me miran de reojo intentando disimular. Las noticias vuelan y todos saben que se incorpora un excompañero a punto de jubilarse al que nadie conoce personalmente, solo de oídas. A mi lado, una mujer embarazada también espera su turno. Para ser primera hora de la mañana, hay poca gente esperando a denunciar los delitos de los que han sido víctimas.

Ya llevo media hora aquí y supongo que me harán esperar bastante. No me importa. He esperado demasiado para perder la paciencia por este motivo. Sigo leyendo *El último barco*, de Domingo Villar. Un libro con un procedimiento policial impecable, una historia apasionante y unos personajes que, con la prematura muerte del autor, serán inmortales.

Al final solo han transcurrido cincuenta minutos, que, gracias a la lectura, han pasado volando, cuando un *mosso* de uniforme sale de una puerta lateral de lo que los policías conocen como pecera. Es una zona interior con un cristal grande y blindado desde el cual atienden a los ciudadanos.

—¿Manuel Longán?

Pongo el marcapáginas en el libro, lo cierro y lo guardo en una mochila de piel negra. Me levanto sin decir nada mientras guardo las gafas. Al llegar al *mosso*, alzo levemente la mano. Este me mira de arriba abajo intentando analizar quién es el tipo trajeado al que tiene que acompañar al despacho del intendente. Supongo que se pregunta si soy de verdad ese tal sargento Longán que esperan. Le enseño mi DNI.

Subimos por las escaleras hasta la segunda planta, donde detrás de una puerta cerrada se halla el jefe de esta comisaría. El agente da dos golpes suaves en la puerta y entra sin esperar respuesta.

—Pase, pase —dice un hombre muy alto y fuerte que no ha quitado la vista de la pantalla del ordenador y que aún no me mira a la cara.

El *mosso* se aparta para que pase y, sin decir nada, se marcha escaleras abajo.

Me siento en una de las sillas y espero. Tiene el ceño fruncido y suspira en algún momento por algo que lee en la pantalla. Tampoco hace ningún gesto porque me haya sentado sin pedir permiso. Creo recordar su cara de algún destino anterior, pero no la sé ubicar. Escribe algo en el teclado y alza la vista hacia mí.

—Aunque no te acuerdes, coincidimos en Blanes hace ya algunos años. Tú eras el veterano y yo un *mosso* en prácticas —me dice de entrada.

—Pues sí, su cara me suena, intendente.

—Me puedes tutear, me llamo Carles.

—Soy de la vieja escuela, me cuesta llamar por su nombre a mi jefe. Aunque le agradezco el detalle.

Inspira hondo.

—No te confundas, intento ser amable con todos y diplomático, pero no me agrada esta situación. Si puede ser, ¿me puedes explicar qué cojones haces aquí?

—Creo que lo sabe. El juez ha ordenado...

—Ya, ya, ya. Eso lo sé bien, pero mi pregunta es: ¿por qué estás aquí? Llevas fuera del cuerpo más de veinte años. Tienes un hijo en otra comisaría. ¿Sabes lo que puede suponer para él, con tu reputación?

Ahora soy yo el que respira hondo.

—Mire, jefe... —dudo antes de seguir—. Yo ingresé en el cuerpo antes de que casi toda la actual cúpula de jefazos ni siquiera pensara en nada más que hacerse sus primeras pajas, así que, si quiero tener una última semana en el trabajo que fue mi vida durante muchos años después de una resolución judicial, no necesito explicar nada a nadie. Si me quiere dejar esta semana en los calabozos, me da igual, o en la puerta atendiendo a los que vengan a denunciar, pues no me importa. Yo solo quiero acabar mi última semana de trabajo y después jubilarme como una persona normal. Nada más. Y, como ve, a mi edad me puedo permitir decir todo lo que pienso. Es la ventaja de haber cumplido unos cuantos años, que alguna tiene.

El intendente me observa sin decir palabra. No es un mando de grito fácil, a pesar de la provocación. Solo me sonríe.

—No, Manuel, no. No te quedarás una semana sentado en una silla para cobrar tu pensión. Si es lo que buscas, te la vas a ganar. Estás en Ciutat Vella. Has querido venir aquí, así que trabajarás de policía. Estarás una semana con la Unidad de Investigación y, aunque seguramente no sabrás ni abrir el programa informático actual, vas a sudar sangre, como tus compañeros. Conservarás tu rango, claro, pero no le darás órdenes a nadie. Tampoco entiendo por qué has pedido esta comisaría en particular, pero como alguien que manda más que yo no quiere problemas, te lo han concedido, así que esto es todo. Ve a la Oficina de Suport y que te den tu arma reglamentaria y tu placa. Lo tienen preparado. No olvides devolverlo todo el domingo al acabar.

Me levanto y me dirijo a la puerta. Me detengo antes de salir y miro al intendente.

—¿Sabe?, sí me acuerdo de usted. No sé cómo será como mando, pero recuerdo que era usted un buen policía de calle. No se preocupe, que no estoy aquí para amargarle la vida. Gracias por sus palabras y su sinceridad.

Salgo del despacho, dejando al intendente con sus pensamientos. Me cruzo con un *mosso* de paisano, que me indica dónde está la oficina a la que tengo que dirigirme y entra en el despacho del intendente. No me importa quién es, pero enseguida descubriré que va a acabar siendo mi nuevo jefe. Empieza mi última semana como *mosso d'esquadra* y la voy a disfrutar sin olvidar que estoy aquí por algo muy importante para mí.

Pero más para mi hija.

El subinspector Ordóñez, jefe de la Unidad de Investigación de la comisaría, entra y se sienta delante del intendente.

—Al final ha venido. Si te soy sincero, lo dudaba. Pensaba que cogería una baja y a cobrar la pensión con toda la jeta, como hacen algunos de esos que cobran dos sueldos. En fin.

—Bueno, ya nos habíamos preparado para esto —dice ignorando el comentario.

—Y qué semana ha escogido para presentarse, con los fiambres del narcopiso del viernes y la prensa en la puerta de la comisaría.

—Es lo que hay. Ya sabes que ni tú ni yo podemos hacer nada.

—Lo que no me hace gracia es asignarle a Nerea. No la conocemos demasiado, solo hace tres meses que está aquí. ¿Y si le pongo a un veterano?

—No, que se apañe con ella. Que no nos ensucie la unidad por una semana.

No dicen nada más. Se quedan en silencio unos segundos hasta que Ordóñez se levanta para volver a su unidad.

Les espera una semana muy larga.

Ni se imaginan cuánto.

26

La presentación en sociedad

El subinspector Ordóñez va delante de mí. Me ha venido a buscar mientras me entregaban el arma, una HK con dos cargadores, y sus correspondientes balas. También la placa insignia y mi carné profesional, que conserva la foto de hace veinte años. Le sigo por los pasillos hasta una puerta. La abre y compruebo que es la sala de su unidad, donde algunos agentes están en sus mesas atentos a las pantallas de los ordenadores y ajenos a la visita que trae su jefe. Me quedo detrás esperando instrucciones.

Me miran y supongo que no están acostumbrados a un compañero que viste un traje gris oscuro, camisa negra y corbata de diseño. Voy bien peinado y afeitado. Eso también me quita algunos años de encima. Todos ellos visten muy informales, y veo muchos brazos tatuados. Lo reconozco, son de otro tiempo, muy diferente al mío.

—A ver, todos atentos un momento. Lourdes, apaga la radio, por favor.

La *mossa* que está más cerca del radiocasete baja el volumen de la emisora de música. Todos se quedan expectantes ante la llamada de atención de su jefe. Son unos diez en la sala, imagino que otros agentes están en la calle haciendo gestiones de investigación.

—Este es Manuel Longán. Es sargento y —duda o busca las palabras girándose hacia mí— estará esta semana con nosotros. Le asignaremos un caso y un compañero. No dará órdenes a los miembros de la unidad, pero no olvidéis su rango, así que un poco de respeto para todos, y olvidad lo que hayáis podido oír por ahí; y esto va para todos. —Se gira de nuevo hacia mí antes de volver la vista de nuevo a la sala—: Vamos a llevarnos bien.

Se hace un breve silencio hasta que poco a poco vuelven a sus quehaceres y Lourdes le da algo de volumen a la radio, donde ahora suena de fondo *Sweet Dreams*, de Eurythmics. Ordóñez busca a alguien de la sala.

—Nerea —llama a una agente que está al fondo.

—Te cayó el marrón —se oye decir por lo bajo a un agente. Los que están más cerca de ella responden con risas.

Nerea no dice nada y aguanta el comentario casi sin inmutarse.

Se acerca a donde le espera su jefe junto a mí.

—Te presento a Manuel. Esta semana será tu compañero. No sé si en una semana se va a poder poner al día de cómo funciona la policía, y menos aún la Unidad de Investigación, después de... —me mira— ¿cuántos años?

—Veinte.

—Veinte años —repite Ordóñez acompañando la cifra con un suspiro—. Bien. De todos modos, que te ayude en los casos que tienes asignados. ¿Algún problema?

Nerea me mira con cara de circunstancias. Yo hago lo propio. Es una chica de algo más de treinta, delgada, aunque parece fuerte, con el pelo corto de color oscuro y los ojos negros. Es alta, casi como yo, que rondo el metro setenta y cinco, y tiene la mirada seria con el ceño fruncido.

—¿Nerea?

—Ningún problema, subinspector. A sus órdenes.

—Muy bien, os dejo para que os conozcáis. Manuel, recuerda dejar la unidad igual que cuando llegaste, ¿de acuerdo?

—No le daré problemas, se lo aseguro.

Ordóñez resopla, no muy convencido, y regresa a su despacho, ubicado al fondo de la sala de la unidad. Después de esta breve presentación, mi compañera se ofrece a enseñarme las dependencias.

Nerea no parece muy entusiasmada mientras me hace un *tour* por la comisaría.

Una vez que creo que soy capaz de llegar a los vestuarios, al lavabo y a la salida, le propongo salir a tomar un café, ya que la *mossa* tiene que realizar algunas gestiones fuera del edificio. Eso ayudará a romper un poco el hielo.

Subimos al coche patrulla de paisano. Nerea lleva las llaves y se va hasta la puerta del conductor. Levanto las manos en señal de rendición, aceptando que no seré yo el que lleve la voz cantante esta mañana de lunes. Ni creo que el resto de la semana.

Los primeros minutos son tensos, así que pienso

que tendré que explicarle quién va a ser su compañero estos días y que no quiero causarle problemas. Que solo estoy de paso y que ella no tiene que preocuparse por mí, pero es ella la que abre fuego.

—Te lo preguntaré sin rodeos. ¿Qué haces aquí? ¿Por qué has vuelto?

Esperaba esa pregunta. De hecho, empecé a preparar la respuesta en cuanto me confirmaron que iba a poder volver a trabajar una última semana de *mosso d'esquadra*. Todos me preguntan lo mismo.

—Nerea. ¿Te puedo llamar Nerea? —Ella asiente—. Te habrán contado barbaridades de mí, pero lo que tienes que saber es que necesitaba esto. Vestir este uniforme por última vez. Bueno —digo señalando la ropa de paisano—, es una manera de hablar, ya me entiendes. Te lo creas o no, me metí en este oficio en su día por pura vocación. Mi padre había sido Guardia Civil y yo quería seguir sus pasos.

Mira al frente mientras conduce, y continúa sin mirarme cuando vuelve a hablar.

—Eso no lo dudo, pero por qué es importante para ti, estás a una semana de la edad de jubilación. ¿Qué vas a hacer la semana que viene? ¿Es por la pensión?

—No, nada de eso. Mi empresa de seguridad va muy bien. No es por dinero, no lo necesito. Aunque, si te soy sincero, no sé aún qué pasará mañana. —Hago una pausa para admirar la calle, aún poco transitada.

Nerea no contesta, atenta a la circulación.

—Bueno, ¿qué me puedes decir de lo que vamos a llevar hoy? ¿Qué caso tenemos? ¿En qué ayudo?

Y lo más importante: ¿aún se toma café antes de empezar la jornada? Yo invito.

Nerea sonríe por primera vez.

—Sí, tranquilo, ahora mismo te llevo a una cafetería de las buenas. Sinceramente, parece que has dormido poco.

—La emoción de volver a ver esta —digo mientras contemplo mi placa y mi carné profesional con el rango de sargento y esa fotografía de hace veinte años que me lleva a muchos buenos recuerdos.

—Nos han asignado unos robos en pisos de la zona del Raval. Es un grupo organizado, seguro, aunque no lo admiten en la unidad porque eso significaría que se lo tendrían que llevar a la central. Aquí las mafias tienen más sucursales que los de Starbucks.

—Pues estupendo. Lo de los robos, no lo de las mafias, y menos aún lo de los Starbucks —digo, arrancando una tímida sonrisa de mi compañera.

Aquellas primeras horas transcurren bastante tranquilas, y agradezco que me hayan asignado a esta *mossa*. Creo que me ha tocado como pareja una buena policía que parece buena persona.

Una que, como tantas otras, oculta sus propios secretos.

27

Primer día haciendo de niñera

Para Nerea el día ha sido estresante y se le pasa volando. No lleva demasiados años en el cuerpo de los *mossos*, y menos aún en la Unidad de Investigación de Ciutat Vella, pero le exigen como a un veterano. A pesar de todo, ese primer día con Manuel ha resultado bastante tranquilo, casi agradable, a pesar de saber a quién le han asignado. Solo es una semana, pero ella se lo ha tomado como lo que es.

Una prueba.

Su marido, también policía, pero del cuerpo de la Guardia Urbana de Barcelona, prepara la cena. Ella está en el ordenador revisando el informe que le han pedido que realice cada día sobre su trabajo con Manuel Longán. Lo tiene que redactar en su casa para no levantar sospechas entre sus compañeros y, por supuesto, para no alertar al propio Manuel. Mientras lo redacta piensa que sus jefes se van a llevar una decepción si la semana transcurre como lo ha hecho el primer día. De momento, solo ha visto a un pobre hombre que hace seis meses enterró a su hija y que, por alguna razón que ella aún desconoce, ha pedido acabar su vida laboral vistiendo el uniforme, o, mejor dicho, con su placa de policía.

Ha observado durante este día que se trata de alguien que seguramente fue un buen policía mientras realizó su trabajo. No sabe bien el motivo por el que lo expulsaron por culpa de algo bastante raro en la era de la tecnología. Ha buscado en los archivos, pero cuando sucedieron los hechos casi todo el papeleo se hacía a mano, a veces también con ordenador, pero no se guardaba en los archivos centrales ni en nubes virtuales. Todo el material sobre su nuevo compañero se encuentra en un carpesano en la central, y hasta este momento nadie ha podido proporcionárselo. Y eso que ella insistió cuando le encomendaron la misión. Así que lo único que sabe de Manuel, por medio de un compañero veterano, es que en una actuación se le fue la mano con un hombre. Se le fue mucho. Y después, y de eso sí que sabía el porqué, algunos *mossos* le odiaban: su empresa de seguridad había facilitado la defensa de un pedófilo, un maestro que abusaba de menores. Lo había conseguido echando por tierra una mala instrucción, todo sea dicho. Si algo había aprendido en sus años como *mossa* era que si los atestados estaban mal redactados y un buen abogado libraba a su cliente de la condena, la culpa no era del abogado ni del sistema, sino de quien había redactado aquellas diligencias.

—La cena ya está lista y los niños están que se salen —la interrumpe su marido.

—Voy, cariño. Acabo en dos minutos.

Se queda en la puerta observando la cara de su mujer.

—¿Y ese ceño fruncido?

Ella deja el teclado y se gira.

—No me gusta el caso que me han dado.

—¿Cuál? ¿El de hacer de guía del abuelete?

—Se llama Manuel. No te tendría que haber hablado de él.

—Lo sé, mujer, era por intentar que sacaras una sonrisa, pero ya veo que va a ser que no. Sabías dónde te metías cuando te ofrecieron ir a esa unidad.

—Ya.

—A veces la mierda está muy dentro, ya lo sabes. Mira lo que nos pasó a nosotros y cómo acabó el trío amoroso de hace unos años. Dos en prisión y los restos quemados de un pobre desgraciado en el hoyo. Y hablando de quemados, me ha llegado al grupo de WhatsApp una foto de un cadáver que han encontrado en El Prat, también en el maletero de un coche. Cómo me ha recordado precisamente a eso cuando la he visto. ¿Quieres verla?

—No, no es de mi zona, y sería mejor que no os pasarais esas fotos.

Se queda en silencio y mira a su marido.

—Manuel enterró a su hija hace poco. ¿Te imaginas pasar por eso con uno de nuestros...?

No la deja acabar.

—Ni me lo imagino ni acabes la frase, Nerea. Yo solo te digo que es trabajo, nada más. Así que, si te lo tienes que traer a casa, y por las circunstancias lo entiendo, solo te pido, por favor, que no nos altere la paz más de lo que lo hacen las dos bestias que están esperando para cenar.

Nerea sonríe al fin.

—Ve tú. Me quedan dos líneas y acabo —le dice.

Su marido sonríe también y se va a la cocina, donde sus dos hijos están a punto de llegar a las manos por un juguete del Capitán América.

Mientras Nerea escucha a su marido poner paz entre sus hijos, apunta en su hoja de seguimiento del caso:

> No puedo más que anotar que la actitud del sargento Manuel Longán es ejemplar; sin embargo, no dejo de tener la sensación de que oculta algo.

28

El refugio

En una casa de la localidad de Sitges reina una sensación de calma y paz.

El chalé es grande y espacioso y está cuidado. Con jardines verdes y una piscina con vistas al mar detrás de la casa. Todo cubierto con altos setos y árboles tras el muro de la pared frontal, que impiden, a simple vista, las miradas indiscretas.

Julián Juárez está construyendo un imperio de la nada, de esa de donde venía. En apenas seis meses ha adquirido propiedades y negocios varios. Ojalá su padre pudiera verle en este momento de su vida. Ojalá pudiera restregárselo por la cara. El viejo nunca hubiera apostado por él. Y ya se ha convertido en un vencedor, un triunfador de la vida. Pero de una vida que siempre cuelga de un alambre. Lo ha aceptado y le gusta vivir así.

Hace un buen día y el sol aprieta en la costa. Flotando en la piscina, sobre una colchoneta amoldada a su cuerpo, Julián bebe una copa de Cardhu que le ha preparado una chica que se mantiene a distancia de las conversaciones que tienen los hombres. Abel habla por el teléfono móvil desde una hamaca en el césped mientras Julián toma el sol deslizándose suavemente por la piscina con solo los pies metidos en el agua. La temperatura es agradable, y, a pesar de que ya están en octubre, el tiempo aún es caluroso, y Julián agradece la pequeña brisa caliente sobre la piel. Casi dormita cuando una voz le devuelve a la realidad.

—Julián, es Ionut —le dice la chica mientras le acerca el teléfono estirando el brazo. Julián se acerca remando con las manos hasta el borde de la piscina.

Unos segundos después Julián alarga la mano hasta alcanzar el aparato. Esperaba esa llamada, y por eso ha decidido interrumpir su momento de paz.

—Dime, ¿lo has encontrado?

—No. Y... —duda un momento— parece que ha aparecido un cadáver calcinado en El Prat. Estaba en el maletero de un coche. No sé aún la identidad, pero no pinta bien. Intento hablar con su amigo, pero no me coge el teléfono.

—¿Es Lucas?

—Nadie lo confirma, pero...

El interlocutor sabe bien que esa respuesta no es la que espera su jefe, pero no tiene otra. Peor es la mentira, eso lo ha aprendido hace tiempo. Otros lo aprendieron tarde, y esa fue la última lección de sus vidas.

Julián respira hondo y el tipo puede oír el exhalar lento.

—¿Qué hay del campamento de Les Borges? Después del ataque al cultivo de Cornellà de hace una semana, no sé si los demás son seguros.

—En Les Borges están los dos contratados. Los

dos albaneses. No hay problema, son buenos jardineros. Ni rastro de los dos de Cornellà. Habrán huido.

—Mierda. Sabes bien que cuando uno de los nuestros decide desaparecer, o lo hacen desaparecer, los negocios que conoce están al descubierto. Si nosotros les hacemos hablar, los demás hacen lo mismo.

—Lo sé, y estoy moviendo todos los hilos para encontrarlos, pero parece que se los haya tragado la tierra. Y con ese cadáver, y Lucas sin dar señales de vida, no sé decirte. Me moveré para averiguar lo que sepan los Mossos.

Julián no contesta al momento.

—Refuerza los otros dos campamentos, y sobre todo el del Prat, que es aquel del que hablamos con Lucas una vez, aunque haga seis meses que no sabemos nada de él. No debí dejarle ese encargo. Hacía muy bien su otro trabajo.

—El negocio está donde está, Julián, y ahora se saca mucho más con la marihuana aquí en España.

—Sí, el dinero llama al dinero. —Respira hondo—. No dejes de buscarlo. Pregunta al Puerco, que para eso le pagamos. Que te diga lo que sepa.

—Lo he llamado, pero no coge el teléfono.

—Sigue intentándolo.

Julián intenta no pensar en lo peor, y decide que ya se preocupará cuando sea el momento. Cuelga la llamada y alarga el brazo de nuevo para que la chica coja el terminal desde el borde de la piscina. Esta también estira el brazo para alcanzarlo. Cuando casi lo tiene, Julián lo deja ir, pero ella no está lo suficientemente cerca, así que solo lo roza, y el aparato cae a la piscina. Mientras el teléfono móvil de última generación se hunde bajo el agua, Maribel entra en pánico, incapaz de mirar a la cara al hombre que lo paga todo. Este no dice nada y continúa flotando en el agua, cerca del borde, observando cómo el terminal, ya inservible, reposa en el fondo de la piscina. De repente, una carcajada de Julián la asusta aún más, pero saca fuerzas para mirar a su jefe.

—Pero ríete, mujer, no pasa nada. Ya tenía que cambiarlo, hay que hacerlo cada tres días. Y dentro hay un armario lleno de iPhones.

La chica suelta una sonrisa tímida y coge la mano que le ofrece su jefe. Los Juárez han adquirido hace poco, gracias a la detención de la cúpula de los Casuals, un prostíbulo que estos regentaban. La oportunidad es demasiado buena como para dejarla escapar, pero no quiere entrar en guerra con ellos, así que lo está gestionando y les da una pequeña parte de las ganancias. Es un buen negocio, y en ese momento está probando la mercancía, que, según el sujeto que tienen allí de encargado, y que ahora les jura lealtad absoluta a ellos, es de la mejor calidad. Acordó con uno de los cabecillas en la cárcel que él se encargaría de algunos de sus asuntos y les pagaría un porcentaje de los beneficios. Así, ellos no lo pierden del todo mientras están entre rejas y Julián evita que un día cojan fuerzas e intenten recuperar el local. Mejor ser socios que tenerlos de enemigos. Eso también aleja la tentación que pueda llevar a otros grupos mafiosos a atacarle.

Julián estira el brazo hasta sujetarla de la muñeca, haciendo que caiga a la piscina. El agua está algo fría, pero ella intenta sonreír cuando saca la cabeza mojada y se pone el pelo hacia atrás.

—Bueno, ¿cómo vamos a arreglar el asunto del teléfono, guapísima?

La acerca más.

—¿Sabes? Tengo planes para ti. En cuanto te vi allí supe que tú serías especial. Y lo vas a ser, ¿verdad?

Le hace una señal a Abel, que sabe que tiene que irse. En pocos segundos, Julián está a solas con la chica.

Maribel le mira mientras intenta mantener la melena mojada hacia atrás. Llega el momento del que su amiga Susan, la que vino engañada hace solo unos días y ya está haciendo horas en el local, le ha hablado. Traga saliva cuando ve que Julián Juárez se baja el bañador. Sigue tumbado en el colchón hinchable. La acerca hasta él suavemente por el lado y la coge por el pelo. No lo hace fuerte. Solo lo suficiente para guiar su cabeza hasta su entrepierna mientras tira el bañador al agua.

Unos minutos después, Maribel sale del agua en busca de una toalla. Julián se queda flotando encima de la colchoneta sin ni siquiera subirse el bañador.

Una vez en la cocina, a salvo de miradas, Maribel escupe el semen en el fregadero. Lo mira unos instantes antes de abrir el grifo con un gesto brusco. Deja correr el agua hasta que la mancha blanca desaparece por completo.

Sabe bien que, en esa vida que le ha tocado, solo sobreviven las más fuertes, y eso consiste en no mostrar debilidades. Puede con ello.

No es consciente, sin embargo, de que después vendrá el infierno. Una vez que has llegado ahí, solo queda no dejarte quemar para poder salir de allí con vida. Pero ella es una luchadora.

Cuando unas horas más tarde Julián se marcha con sus cómplices, que le esperan fuera, y la deja sola, tiene una sensación de soledad que no experimentaba desde niña. Se acerca a la barandilla de la terraza que da al mar y enciende un cigarro. Mira al fondo azul y halla un hilo de esperanza.

Hará lo que sea para sobrevivir.

No va a morir allí.

29

Día acabado, día superado

He finalizado mi primer día y, la verdad, no he encontrado muchas diferencias con mi etapa anterior, salvo por los notables avances informáticos, y no es que yo no esté al día, pero los programas policiales son complejos para alguien apartado tantos años de la operativa. Por suerte, no tendré que aprender más que lo necesario. La información que hay en el núcleo central, así lo llaman los *mossos*, es increíble, aunque yo solo tengo un acceso muy restringido. Me da igual. No lo necesito para mi objetivo. Lo peor es que no he visto a quien tenía que ver. Lamentablemente, hoy no le he podido poner cara. Mañana será otro día.

Es tarde y aún tengo una visita que hacer antes de ir al Prat a dar de comer a mis perros.

Abro la puerta del piso y creo que los fantasmas del pasado me van a recibir como si este fuera mi último día en la tierra. Quizá no les falta razón. Hace ya demasiado que creo que vivo de rentas. Que mi vida tendría que haber finalizado hace ya tiempo. Eso me contó un amigo al que habían operado del corazón y que, de no ser por eso, ya estaría criando malvas. Pero no es mi caso. En el mío, es el alma la que tocó fondo, y mi corazón aguanta porque desgraciadamente le he dado un propósito.

Accedo lentamente, como si tuviera miedo de encontrar allí a su moradora habitual. Es imposible que eso ocurra, claro.

He venido algunas veces antes durante los últimos meses. Nunca he registrado nada por respeto, pero ahora, con el plan ya en marcha, necesito comprobar si ella escondió alguna cosa que me ayude. Algo que, como solo yo sé lo que le ocurrió, puede haber pasado desapercibido a mi exmujer o a mi hijo Daniel, que doy por sentado que han estado aquí y han recogido sus pertenencias personales. Sus fotos, sus joyas, sus recuerdos. Nada de eso es lo que busco y soy consciente de que no volveré más. Para mí también es un mal trago entrar aquí.

Durante un par de horas he estado rebuscando en cajones vacíos y armarios. No hay nada que me ayude más de lo que ya lo hicieron su mensaje y su clave de acceso al correo electrónico. Voy a ir terminando. Preparado para marcharme, un ruido me alerta. Saco la pistola sin apuntar y abro la puerta del comedor. No estoy solo.

Enciendo la luz y guardo mi arma de inmediato al ver que allí sentado, en la penumbra, está mi hijo. No le veía desde el funeral y lo hice de lejos. Lleva el pelo corto y de color castaño, como yo a su edad. Es más alto que yo y más fuerte, además de ser un buen deportista, al contrario que su padre, que apenas practiqué un deporte hasta que me libré de la botella y me lie a correr por *hobby*. Me mira y no sé ver qué pasa por su cabeza.

—¿Ahora me vas a matar a mí?

Eso me duele más que si me hubiera recibido con un balazo.

—No sé de qué manera, pero pude tener algo que ver con la muerte de tu hermana, hijo.

—No me llames hijo, perdiste ese derecho.

Acepto la pulla con resignación.

—Daniel, te lo dije ya hace mucho tiempo. Era un alcohólico, y si me hubiera quedado habría sido un infierno para vosotros. Yo no estaba bien. Dejaros fue casi lo peor que he tenido que hacer en la vida, solo un peldaño por debajo de tener que enterrar a una hija.

Daniel se levanta de la silla y se dirige a la puerta.

—Espera, hijo, por favor.

—¿Qué es lo que quieres? ¿Que ahora arreglemos todo y seamos una familia feliz? ¿Quieres conocer a tus nietos? Eso no va a pasar.

—Lo sé.

—Entonces, ¿a qué jugamos? ¿Qué haces aquí?

—Aún tengo llaves. Yo pagué este piso, ¿recuerdas? Y si hubieras querido también te habría ayudado con el tuyo. Aunque no estuviera, intenté que no os faltara de nada.

Suelta aire por la nariz a modo de mueca y se gira para mirarme.

—¿Sabes? Eras mi héroe. ¿Te acuerdas de lo que me decías cuando salías de repente porque te llamaba un confidente o vete a saber quién? Me decías «Daniel, me voy a combatir el crimen. Cuida de tu madre y tu hermana mientras yo no esté». ¿Tienes idea de cómo te idolatraba? Yo tenía un padre que, como los héroes de mis cómics, se iba de casa para enfrentarse al mal. Solo que tú, aunque no volabas, ni tenías capa, un escudo o un martillo, eras de verdad. Esa fue la peor de las mentiras.

Agacho la cabeza sin saber qué decir. He ensayado muchas veces qué le diría a mi hijo si pudiera hacerle entender por qué me fui. Pero aquí está y no soy capaz de articular palabra, igual que las pocas veces que nos hemos encontrado a lo largo de los años. Porque cuando uno se enfrenta a estas situaciones, casi siempre es imposible convencer con palabras al otro, que suele tener una visión muy diferente de los mismos hechos.

Así funciona la perspectiva.

—Lo siento, Daniel. Poco más te puedo decir ahora, pero creo que pronto podré.

—Ahórratelo, no me hace falta.

Da la conversación por terminada, pero se detiene de nuevo.

—¿Por qué has vuelto a los Mossos? ¿Qué estás tramando?

Levanto la cabeza como no lo he podido hacer durante toda la conversación. Observo un retrato de mi hija que hay colgado en la pared y le digo:

—Solo quiero paz, hijo, solo eso.

Daniel se marcha dejándome solo con mi pena, pero con mi determinación intacta. Entonces recibo una llamada.

«Jefe, acaba de llegar al bar.»

Cuelgo el teléfono, recorro con la mirada por última vez el lugar donde vivió mi hija y cierro la puerta. Bajo rápido para ir a buscar el coche.

Tengo una cita importante a la que acudir.

Voy a conocer al jefe de un clan mafioso.

Voy a tener delante a Julián Juárez.

30

Encontronazo buscado

Sabe que no es lo más aconsejable, pero Julián adora las albóndigas que la señora Lucía prepara en su bar. El de toda la vida, en la calle Badajoz de L'Hospitalet, donde su padre le llevaba de niño, antes de que descubriera lo hijo de puta que era su viejo. Una edad en la que la inocencia aún hace que las criaturas sean ciegas a los efectos de la vida adulta y sus problemas.

Es un local no muy grande en medio del barrio de la Florida donde Julián está bastante seguro. Es difícil que las patrullas de los Mossos o de la urbana patrullen esa zona si no tienen un buen motivo. Ahora, en ese territorio reinan los Juárez y no se cometen delitos. Y si alguien se atreve a hacerlo, por ignorancia o estupidez, son los mismos Juárez los que imparten justicia, pero nadie llama a la policía.

Julián está sentado con su hermano y la Mole en una mesa al fondo. Hay otros clientes disfrutando de la comida casera de la señora Lucía, que a sus setenta y largos años parece no envejecer. Julián siempre la recuerda igual. Con el mismo peso, el pelo recogido en un moño y la mirada limpia de quien no ha deseado el mal a nadie por muchas mierdas que le haya deparado la vida. La única vez que aquella mujer perdió la sonrisa fue cuando una reparación costosa de la cocina del bar le hacía imposible seguir con su negocio de toda la vida. Julián pagó aquella cocina nueva mediante embustes, porque ella nunca hubiera aceptado caridad de nadie. Le explicaron algo de un seguro y ella lo aceptó.

—¿Tienes más hambre, Julián, o tú, Abel?, ¿Jesús? Nadie se va de aquí con hambre, ¿eh?

Los tres mueven la cabeza negando.

—Estamos llenos, señora Martínez —contesta Julián ante la afirmación de todos los de la mesa—. Como siempre, unas albóndigas de muerte.

La señora sonríe y vuelve a la barra, donde hay gente del barrio que acude a tomar su cerveza. Pero Julián se fija en un tipo con traje que está también en la barra, pero tomándose un café. Ese hombre, algo mayor, no encaja allí, y por debajo de la mesa el jefe del clan Juárez le da un toque en el pie a la Mole, que se gira disimuladamente a observarlo.

—J. J., ¿quieres que le diga amablemente que se largue?

—No, no quiero jaleos en casa Lucía. Déjalo.

Pero el tipo no deja de mirar hacia la mesa de los Juárez, lo que finalmente provoca el enfado de Abel, que se acerca a hablar con él.

—¿Qué es lo que estás mirando, abuelo?

—No a ti, desde luego —contesta con insolencia y sin ningún tipo de miedo, lo que desconcierta a Abel.

—¿Qué significa eso?

—¿No he sido claro? A ti, no.

Abel se gira hacia su hermano, que observa desde la mesa.

—Es un vacilón, el puto viejo.

31

Ahí está el jefe del clan

Fijo la vista en Julián, que también se queda mirándome con interés. Le señalo una silla vacía que hay en su mesa. Él me da el OK, siente curiosidad por mí. Tengo que cuidar mis palabras, porque este sujeto es capaz de cualquier cosa.

Me bajo del taburete de la barra y espero a que Abel Juárez se aparte. Lo hace a regañadientes y me dirijo hacia allí. El hermano me sigue y se queda detrás. Si por él fuera, me hubiera hecho comer esa sonrisa burlona buscada, pero Julián está al mando y sé que en este bar no van a hacer nada sin su autorización.

Me siento delante de Julián, dejando a mi izquierda a la Mole. Abel mueve la silla y se acaba sentando a la derecha de su hermano, también enfrente de mí. El tal Jesús tiene bien ganado el mote, el tipo es enorme.

Observo la decoración del bar y me fijo en los dos pósteres de películas que adornan la entrada. Uno es de la película *Pulp Fiction*, en el que se ve a Uma Thurman con su mirada más enigmática. El otro es más antiguo y corresponde a *Casablanca*.

Dos grandes películas rodadas con muchos años de diferencia.

Sonrío.

—¿Sabes? Me gusta este bar. Está muy bien decorado. —Hago una pausa antes de continuar—. Cuando era más joven me gustaba ir al cine. Eso me sirvió para saber que no amaba a la que tiempo después fue la madre de mis hijos.

Julián se fija también, como si en ese momento los viera por primera vez, en uno de los pósteres de la película antes de contestar. Me mira curioso.

—Y eso, ¿cómo ocurrió?

—Verás. El paso de los años te hace reflexionar sobre muchas cosas. Un día, recordando ese pasado, me acordé de la felicidad de los domingos, cuando ella y yo éramos novios y nos íbamos al cine todos los fines de semana.

—¿No te contradices? Dices que eras feliz...

—Aquellas tardes de tranquilidad con la persona que yo había elegido para acompañarme, sí.

—Pues no le veo el problema.

—El problema era que lo que me hacía feliz no era ella, sino perderme con Spielberg, Mann, Scorsese y un sinfín de directores de cine que yo jamás conocería en persona. Ella era un comodín. Lo sé, suena raro, y quizá insensible, pero lo que de verdad me hacía feliz era estar en aquella sala, y he comprendido, al cabo de los años, que la compañía era lo de menos. Tuve esas mismas sensaciones con otras parejas. Incluso con algún colega —acabo diciendo con una sonrisa, que Juárez acompaña.

—Yo no tuve ese problema. A mí no me importaba la película, iba allí a enrollarme con mi novia —dice también con una risa, que acompaño.

—¿Sigues con ella?

—Sí. Desde los quince.

—Te admiro. Eso es difícil, y más con tu profesión.

Julián no contesta y me mira a los ojos.

—A lo que yo me dedico no se lo llama profesión, nadie me dará una paga cuando me haga viejo. ¿Quién cojones eres?

Es hora de apretarlo un poco. Saco con cuidado la cartera, abriéndola y mostrando mi placa de policía recién recuperada.

—Bueno, yo dudo que llegues a viejo.

Julián les hace una señal a sus hombres para que se relajen. Lo último que le interesa a un delincuente es tener a un poli muerto en sus antecedentes. Y jamás lo permitirá en aquel bar del barrio.

—¿Eso es una amenaza?

—No, hombre. Es un hecho. Pasaste un año en la prisión de Quatre Camins por robo con violencia. Y de tu última condena solo cumpliste dos años y dos meses de los tres que te cayeron. Poco me parece, pero es solo una opinión. He visto tus antecedentes. Apuntas maneras.

—Jamás volveré allí. Antes muerto. Pareces inteligente y lo sabes.

—¿No te apena? Tienes un hijo, además de a esa mujer a la que tanto quieres.

—Por qué iba a apenarme, no me va a pasar nada. ¿Y tú cómo cojones sabes que tengo un hijo?

—Lo sé. Tenemos un amigo en común; bueno, en mi caso, es un conocido. Tu primo Lucas.

—Pues justo lo estoy buscando. Ya que tú eres de los buenos, ¿por qué no haces tu trabajo y miras a ver si lo encuentras? Me dicen que tenéis un cadáver quemado por ahí. A lo mejor puedes mover el culo para confirmar si es él o no. Su madre está preocupada.

—¿Has denunciado la desaparición?

—¿Para qué?

—Bueno, sin datos, la policía no puede trabajar.

—¿Ves como no soy el malo? Yo sí que encontraré a mi primo. Sabré encontrarlo. Aquí nos preocupamos por los nuestros. Y si es el del maletero del coche, que se prepare el culpable.

—Ah, vaya giro de guion. Ahora resulta que eres bueno.

—Cuido de mi familia y de la gente de mi barrio. La gente a la que quiero.

—Pues tu primo no tenía las mismas prioridades. Mi hija...

—Ah, por eso estás aquí. Tu hija es una de las zorras de Lucas.

Intenta provocarme. Ya he tirado mis cartas y creo que empiezo a pensar que no tendría que haber venido. No sé por qué quería tenerlo delante, pero ya estoy aquí.

—Se ha quedado mudo el viejo —dice Abel.

—Es evidente que no has entrado en este bar por casualidad, ¿qué es lo que quieres exactamente?

—En realidad, tu cabeza. Pero no hoy ni ahora.

Los tres hombres se tensan, y tanto Abel como la Mole ponen la mano en la culata de sus armas.

—No va a ser ni ahora ni nunca, viejo.

—Un optimista. Bien. Pero, ¿sabes?, yo no solía fallar cuando me dedicaba a esto en otra época. Si te disparase ahora, a nivel profesional no me pasaría nada, seguiría con otros casos hasta que me llegue el día de jubilarme. No me queda mucho, lo reconozco. En cambio, tú no puedes permitirte un solo error.

—Vamos, viejo, ya basta de batallitas. Te he preguntado que qué cojones haces aquí.

Miro a mi alrededor. En otras mesas hay una pareja y un señor mayor leyendo el diario. Gente corriente viviendo sus vidas. Sonrío para mí antes de volver la vista hacia Julián, que cada vez sonríe menos: ya no le divierte mi presencia.

—Nada. Sé lo que hiciste, así que quería mirarte a los ojos para decirte que contigo no haré una detención.

El tipo aprieta la mandíbula, y con ese gesto se le hinchan la vena del cuello y los músculos pectorales. Casi parece que la cabeza de la serpiente tatuada que asoma por su cuello está a punto de atacar.

Me levanto, dejando un billete de diez en la mesa para pagar mi café, que he dejado en la barra.

—A ver, abuelo. ¿Sabes que podría matarte de un golpe?

Me amenaza con un puñetazo en lugar de con el arma. Eso me conviene. No me considera un peligro.

—Sé lo de tus clases de *kickboxing*, pero para llegar hasta mí tendrías que acercarte mucho, y yo no sé de eso, no tengo la edad para aprenderlo, pero, mira, tengo un arma, igual que tú, y seguro que una bala es más rápida que tu puño.

Camino hasta la puerta, donde un esbirro de Juárez me corta el paso. Es un chaval joven que parece dudar al no saber qué está pasando. Me paro delante de él mientras espera instrucciones de su jefe. No llega a recibirlas. Le propino un rodillazo en los genitales y se dobla de inmediato y cae. Mientras se retuerce de dolor en el suelo, paso por encima despidiéndome de Juárez con la mano.

—Tampoco soy tan lento. Es cuestión de saber dónde pegar —le digo antes de salir por la puerta.

Era una jugada arriesgada, pero calculada. Necesitaba mirar a los ojos a quien de verdad es el responsable de la muerte de mi hija. También desorientarle un poco porque, en breve, voy a golpearle de verdad en sus negocios. Olivia no murió solo por un vídeo, aunque fuera el inicio de todo. Lo que no pudo soportar fue la muerte de dos personas inocentes a manos de quien yo había tenido delante de mí en aquel bar.

Espero no verlo más hasta que esté enfrente de mí por última vez y me lo lleve por delante. O él me liquide a mí. Al final, todo es cuestión de suerte.

O de perspectiva.

32

Primer intento de asalto

He empezado el segundo día algo más cansado que el primero. He llegado pronto, aunque debo reconocer que me ha costado levantarme. Hoy he ido directo desde mi segunda residencia. Hay gente que convive con animales en pisos, pero yo creo que eso es muy cruel. Los perros necesitan algo de libertad, y al menos aquí la consiguen, aunque me obliga a venir muy a menudo. Los últimos días he necesitado estar en Barcelona, pero cuando todo acabe, si lo hace bien para mí, ellos estarán conmigo.

Ya llevo mi segundo café. Además, llueve, y la carretera los días de lluvia se complica aún más para entrar en Barcelona. Ni salir a las seis de la mañana me ha librado de un atasco de casi una hora.

Empiezo a comprender que, quiera o no, tendré que dedicar algo más de tiempo al descanso, o llegado el momento no estaré en las condiciones óptimas para tomar las mejores decisiones. Hace veinte años no me hubiera hecho falta, pero con casi sesenta y cinco ya no es lo mismo, me guste o no. Los pequeños dolores al levantarme de la cama ya no son tan pequeños. Algunas molestias en las piernas, a veces en la espalda. A veces también al levantarme del sofá o de la silla de mi estudio después de permanecer un buen rato sentado frente al ordenador. Me aseguró mi entrenador personal que eso es normal, que se van al poco rato, y me pidió que no renunciara al ejercicio físico, porque me ayudará a estar más sano. Que no me deje y que trabaje la fuerza. Lo hago. Y me siento ágil y fuerte. Siempre es mejor eso que morir sentado delante de un televisor viendo cómo te apagas lentamente. No, elegí vivir cuando hace ya unos años me di cuenta de que el alcohol iba a matarme. Que me iba a quitar todo lo que tenía: la familia, el trabajo, todas mis posesiones, y, al final, la vida. Me quitó todo lo primero, pero antes de que fuera tarde escogí vivir. Las reuniones en Alcohólicos Anónimos fueron y siguen siendo mi salvación, aunque sin mi propia voluntad, eso también es imposible. Después vino el deporte, a ritmo suave, que es la única manera que conozco hace años de sobrellevar el ansia de tomarme una copa, una cerveza o lo que me cayera en las manos. Algo que desgraciadamente no se va a ir nunca. Decido subir andando hasta el segundo piso, donde se ubica la Unidad de Investigación, a la que me han destinado. Aprovecho que mi compañera no ha llegado para acercarme a la administrativa que trabaja para la unidad. De hecho, es un buen momento porque aún no ha llegado nadie y estamos solos. Tiene una mesa ubicada en un rincón de la misma sala. Ha de ser de confianza, porque se entera de todo lo que se cuece allí, a excepción de las investigaciones comprometidas, que trasladan a una sala contigua con acceso restringido. Es el caso de la que lleva el grupo operativo entre cuerpos policiales que han montado para desarticular el clan Juárez. No es una casualidad que esté en esta comisaría, no creo en ellas. Por mis contactos supe dónde iban a ubicar al equipo conjunto y, aunque eso podría alterar mis planes, tampoco tenía modo de evitarlo, así que opté por sacarle partido si era necesario. Al fin y al cabo, la policía y yo tenemos el mismo objetivo. Pero no utilizaremos el mismo procedimiento. Su presencia es algo circunstancial en mi objetivo, pero, ya que los tengo cerca, buscaré la manera de sacarle partido a la situación.

Veo a la administrativa, que a esa hora está sola en la sala. Eso me conviene, y por eso he intentado llegar antes que nadie. Me han dicho que se llama Eva. Es una mujer de más de cincuenta, siempre bien vestida y con una sonrisa a modo presentación. La mujer me ve entrar y acercarme a su mesa.

—Hola... ¿Eva?

—Sí —dice ella con su característica sonrisa.

—Soy Manuel Longán. Estoy esta semana trabajando por aquí.

—Sé quién eres, claro. Bienvenido.

—Gracias.

—¿Qué puedo hacer por ti?

—Me parece que eres la que se encarga de los armeros, ¿verdad?

—¿No te asignaron uno ayer?

—Sí, sí, me dio la llave Pere, de la Oficina de Suport, muy majo. No, lo que pasa es que esta mañana, al entrar, he encontrado esta llave en el suelo, en la zona de los armeros.

Se la entrego y la mujer la mira con detalle. Parece una de las llaves de seguridad de los armeros. Allí cada agente guarda su arma reglamentaria al acabar el turno. Son unas pequeñas cajas de seguridad en las que también pueden meter los cargadores y la defensa extensible. En definitiva, un mismo lugar donde todos los agentes que trabajan en el edificio guardan principalmente la pistola y los elementos de dotación personal en un lugar seguro. Una cámara graba la zona las veinticuatro horas del día sin dejar zonas muertas.

—Sí, parece una llave del armero.

—Por eso. Imagino que algún *mosso* la habrá perdido al sacar o poner su arma de allí.

—Bueno, pues la guardaré y supongo que alguien vendrá a buscarla.

—¿No se puede saber de quién es?

—No, porque le han quitado la chapita con el número, como la que te dieron a ti ayer.

Saco del bolsillo la mía, que, efectivamente, tiene una chapa redonda con un número.

—Algunos la quitan y la guardan dentro de sus armeros, porque, claro, el noventa y nueve por ciento de los *mossos* harían lo que has hecho tú, pero aquí trabajan casi cuatrocientos agentes, así que hay cuatro que no lo harían.

La verdad es que me deja impresionado por la respuesta. Quizá se está excediendo con esa contestación al dar por sentado que allí hay, por estadística, cuatro policías que no son de fiar. Una persona que trabaja a diario con agentes de la ley es alguien a quien vale la pena escuchar, pero me sorprende la franqueza y la ligereza al decirlo.

—No pongas esa cara, hombre —vuelve a sonreír—. Aquí hay gente muy profesional y encantadora, de hecho, la gran mayoría lo son, pero yo llevo aquí más tiempo que la mayoría de los policías que trabajan actualmente en esta comisaría, jefes incluidos. Muchos *mossos* cambian de destino, otros ascienden, ya sabes. Pero yo sigo aquí.

—Vale. —Sonrío yo también—. Entiendo que lo tienes todo controlado en algún archivo con lo que tiene asignado cada *mosso*.

—Os tengo a todos fichados. —Ríe de manera sincera.

—Pues nada, no te molesto más. Supongo que el *mosso* se dará cuenta al ir a guardar su arma y ya vendrá a buscar la llave.

Me dispongo a irme, pero me detengo en la puerta.

—Oye, solo estaré aquí una semana, pero tengo una empresa de seguridad. Si un día te cansas de esto, ven a verme. La gente competente suele triunfar más en el sector privado. —Me pongo la mano en el lado de la boca a modo de confesión y le susurro con una sonrisa—: Y ganan más pasta.

Eva sonríe de nuevo antes de contestar.

—Estoy bien aquí, pero nunca se sabe. Gracias, Manuel, eres muy amable.

Salgo de allí con algo más de información, pero con muchas dudas. La llave es una copia que he hecho de la mía propia, la que me dieron el día anterior, pero Eva no tiene la opción de comprobarlo si no va armero por armero probándola, cosa que está descartada. Eso solo lo pueden hacer un mando con una motivación o la Unidad de Asuntos Internos. Y yo, en cuanto tenga la información que busco, que veo que por aquí no obtendré. La idea era poder echarle una ojeada a algún archivo con el nombre de los *mossos* y su armero asignado, pero a través de Eva no lo lograré. Tengo que encontrar otra opción.

Dentro de una de esas cajas metálicas se encuentra una cosa que necesito obtener. Ese es uno de los motivos por los que estoy aquí. Quizá el principal.

Tengo cinco días para pensar cómo voy a encontrar lo que busco y, después, cómo voy a asaltar ese armero.

33

A seguir

Cuando vuelvo de mi encuentro con la administrativa veo que ha llegado Nerea. Coge las llaves de un vehículo de paisano y me indica que nos vamos. Parece que tenemos algunas gestiones de investigación que nos han encargado. Bajando por las escaleras, a mitad de camino, nos cruzamos con tres agentes, también de paisano, que suben hacia la planta superior. Los observo a todos, pero me llama la atención un tipo muy serio y de más de cincuenta que también me mira a mí. Viste con americana sin corbata y está muy delgado. El pelo negro y peinado hacia atrás, con la barba recortada. Me fijo en algo más. Tiene una gran cicatriz en la cara. Los tres nos ignoran y siguen su camino escaleras arriba. Cuando ya entramos en el parking y estamos solos le pregunto a Nerea quiénes son.

—Creo que son de un equipo conjunto que han organizado para investigar al clan Juárez. Imagino que van a ver al intendente Roldán. Tenían toda la pinta de ser guardias civiles. Ahora entiendo qué hacía aquí el sargento Miralles. No es de esta comisaría.

—¿Miralles?

—Sí. Supongo que es el que dirige la parte de los Mossos. Dicen que se la tiene jurada a Julián Juárez. Y viceversa.

—¿Ah, sí? ¿Y cómo sabes tú eso?

—Oye, ¿qué te crees, que solo soy una cara bonita? —dice con una sonrisa.

—Vale. Disculpa. —Le devuelvo la sonrisa—. ¿Puedo conducir?

—No.

Poco después vamos en el coche por la Rambla de Barcelona observando a la gente. Me había olvidado de lo que representa que te paguen por precisamente eso, observar a las personas que pasan a tu lado. Observar sus miradas, sus movimientos o adivinar sus inquietudes y sus intenciones por si estas pueden llegar a ser un peligro para la sociedad. Al final acabamos viendo, por suerte, a más gente corriente que delincuentes. La gente suele hacer su vida sin reparar en aquellos que tienen encargado vigilar que no les pase nada. Ni saben ni quieren ser conscientes de ello. Eso se supone que es la libertad, creer que vives en un lugar seguro donde desarrollar tu existencia, convencido de que no te va a pasar nada. Pero lo que los policías como Nerea y yo observamos no es a esas personas. A esas las identificamos casi a simple vista y las descartamos. Nosotros buscamos a los que intentan procurarse el sustento a costa suya. Algunos, sin el más mínimo escrúpulo. Estafadores que dejan sin ahorros a gente mayor que solo tiene una mísera pensión. Mafias de la okupación que dejan de pagar el alquiler a quienes necesitan ese ingreso y lo hacen para alquilar ellos mismos a otras personas necesitadas esas mismas habitaciones. Ladrones de relojes de lujo a turistas, o de móviles, cuya víctima puede ser cualquiera. Camellos con droga adulterada en busca de clientes. Un sinfín de delincuentes que policías como yo ahora intentamos identificar para detenerlos antes de que cometan sus fechorías. Al menos eso me digo que era lo que hacía yo más de veinte años atrás y puedo volver a hacer esta semana. En esas estamos cuando Nerea me dice:

—Este es nuestro segundo día como compañeros y sigo sin entender qué estás buscando, la verdad.

Me giro de pronto, como si despertara del sueño que es mirar por la ventana a la gente de la Rambla de Barcelona. Como si yo mismo hubiera estado buscando a la Negra Flor de los míticos Radio Futura, que suenan en ese momento en la emisora de los noventa. Bajo el volumen.

—Nerea, no puedes entenderlo y lo comprendo, pero son razones mías. Supongo que la semana que viene, o en un tiempo, lo entenderás. Es lo que te puedo decir.

—Eso significa que hay un objetivo.

Sonrío de nuevo. Me cae bien.

—Has mordido el hueso y no lo sueltas, ¿eh?

Ahora es ella la que sonríe. Contraataco:

—Mira, te voy a dar algo en que pensar. ¿Sabes la gente que se pilló los dedos con los bitcoins cuando no vendieron en el momento justo y lo perdieron todo o los estafaron?

—Sí, el hermano de mi marido perdió veinte mil euros. Aún los está buscando.

—Bien, pues yo supe vender a tiempo y no me estafaron. De hecho, he realizado varias inversiones después.

Los dos nos quedamos en silencio.

—Vale. Ganaste pasta. Qué suerte. ¿Y eso por qué me tiene que hacer pensar?

—Gané tres millones de euros.

Nerea abre los ojos como platos y gira la cabeza incrédula.

—¡No jodas!

—Tres y pico, de hecho.

Agarra bien el volante mientras procesa lo que le acabo de desvelar.

—Pues ahora aún entiendo menos qué haces aquí conmigo esta semana. No es por la pensión. No la necesitas para vivir, desde luego.

—Nunca he dicho que lo fuera, ni que esta información que te doy lo vaya a aclarar todo, aunque creo que te mantendrá la cabeza ocupada. Con más preguntas —le digo riendo con ganas.

A ella no le queda más remedio que reír también ante un hecho que no acaba de comprender. Esa revelación no resolverá esa pregunta, que no abandonará su cabeza hasta que yo no decida revelar la respuesta.

Salimos de la Rambla en dirección a la comisaría.

—¿Sabes?, con eso sí que has desvelado algo muy importante, amigo. Algo que quizá no hayas calculado bien antes de soltarlo.

Por un momento me ajusto en el asiento sin estar

seguro de qué va a decir mi compañera. Me crea una duda y eso no me gusta, aunque estoy seguro de que esa confesión que le he hecho no es relevante para mi objetivo. La miro atento a lo que tenga que contarme.

—¿Sí? Pues sé sincera y dime.

—Creo que está claro. Después de confesar que tienes más pasta que todos los *mossos* de la comisaría juntos, no pienso pagar ni un jodido café más —me dice casi a carcajadas.

Me río también y me doy cuenta de que hace demasiado que no mantengo una conversación con alguien que acabe en algo parecido a eso. En una sonrisa o, directamente, en una carcajada. Y veo que con ella ocurre a menudo. Me cae muy bien.

—No te rías, no. Ni cafés ni desayunos. Esta semana pagas tú, que, además, igual te dan una pensión al acabar.

—Está bien, yo invito.

En ese ambiente distendido que se ha formado entre nosotros llegamos de nuevo a la comisaría. No hemos hecho ninguna gestión, por lo que imagino que ella necesitaba dar una vuelta o salir del despacho. Mi cara vuelve a tensarse sin apenas darme cuenta. Una transición involuntaria que no pasa desapercibida a mi compañera.

Ella también se tensa. Algo la mueve, y no es solo hacer de niñera mi última semana de *mosso*.

También ella guarda un secreto.

Ya me preocuparé de eso. Esta noche tengo trabajo. Y no de policía.

Más bien al contrario.

34

Hay que seguir golpeando

No me ha costado encontrar la plantación en L'Hospitalet. Además de saber casi con seguridad la dirección, el olor una vez que estás cerca es insoportable. Es diferente a la que encontré en Cornellà, porque esta se ubica en pleno polígono Gornal, rodeada de otras empresas y no de vegetación. Aquí, si hay trampas para evitar un narcoasalto, estarán en las entradas y salidas. O en los puntos de ventilación. Veo que han montado un transformador propio para darle más potencia, por lo que calculo que dentro debe de haber un mínimo de mil plantas. Según mis fuentes, puede que el doble. Corto la verja de alambre con unas tenazas y, ante todo, con mucha precaución. Me estoy arriesgando mucho, pero el tiempo apremia y necesito seguir golpeando a Julián. Es la única manera de que cometa un error. Sé que podría haber preparado un plan para acabar con él en aquel bar de su barrio, pero no es ese mi objetivo. Tengo que acabar con todo el clan. Del primero al último Juárez. Del maldito Lucas a Julián. Nada de eslabones.

Toda la cadena.

Me meto dentro del vallado por la abertura y compruebo en silencio si he alertado a alguien con mi presencia. Hay una cámara que apunta a la puerta de entrada, pero percibo otras señales de las que preocuparme. Lo que tengo que hacer no necesita más que poder acercarme a los conductos de ventilación. Por allí pasa oxígeno. El material imprescindible que necesita el fuego. Pero algo pasa en la puerta. Me pego a la pared justo en el momento en que una figura sale de dentro. Lleva una linterna y se dirige hacia donde estoy. Mierda. Llevo el arma que utilicé en el narcopiso. No puedo cagarla, y lo último que quiero es cargar con más cadáveres. El tipo se acerca poco a poco alumbrando con la linterna. Oigo sus pasos mientras me escondo al final de un contenedor de basura. Hay tres y están pegados a la pared, por lo que no me es posible esconderme detrás. Me pego al lateral del último esperando que no llegue hasta mí. El hedor es insoportable, pero el vigilante de la plantación se aproxima. Por si tengo que defenderme, sopeso la posibilidad de sacar el cuchillo en lugar de la pistola, pero, por la silueta del hombre, que ahora está a unos metros de mí, lo descarto. Es enorme. Enfoca la linterna hacia mi posición. Permanezco inmóvil con la pistola en la mano. No quiero matarlo, pero lo haré si no me da opción. Veo entre las sombras que el tipo busca algo en su cintura. Mierda, si saca un arma tengo que disparar primero. No puedo arriesgarme. Las cosas no están saliendo como deberían. No puedo ver bien lo que ha sacado, pero lleva algo en la mano.

Voy a disparar.

«¡Para!», me digo a mí mismo.

El sujeto empieza a hablar por un *walkie-talkie*. Lo hace en un idioma que desconozco, pero creo que es albanés. Entonces se gira y vuelve sobre sus pasos.

Noto que una gota de sudor me baja por la sien. Cuando el tipo se vuelve a meter dentro me acerco a la ventana de ventilación, de donde salen unos tubos enormes. Huele a marihuana. Apesta.

Saco de mi bolsa la botella que he preparado, dentro de la cual hay otra bolsa de plástico. Es un cóctel molotov. Algo sencillo y muy efectivo.

Cuando por fin salgo por la brecha que he abierto en la verja empiezo a oír los gritos desde el interior. Salgo de allí antes de que lleguen los bomberos y la policía.

He vuelto a golpear al clan.

Julián, te toca.

35

Vamos de caza

La humareda en el polígono Gornal de L'Hospitalet de Llobregat aún sigue por la mañana, cuando el sargento Óscar Miralles llega al lugar donde ha ardido un almacén; los bomberos aún remojan la zona. Carol ha llegado con él, mientras que el cabo Esteller llega poco después. Aparece fumando un cigarro, que apaga al llegar a la altura de sus compañeros. Se había quedado en la comisaría analizando datos e intentando construir en un mural la estructura del clan Juárez cuando se han enterado del suceso.

En principio, no van a asumir la instrucción de ese caso, que dejan a la Unidad de Investigación competente, que es la de L'Hospitalet, pero ellos necesitan reunir todos los casos aislados que tengan pinta de estar relacionados con los Juárez para completar una macrocausa y reunir los indicios de imputación del clan. Pero, sobre todo, buscan una visión de conjunto ante hechos que, por sí solos, a veces no pueden resolverse de manera individual. Recopilarán los casos y aprovecharán el trabajo de sus compañeros para dar más fuerza a la investigación, y así demostrar la asociación criminal del grupo, es decir, su estructura mafiosa para cometer delitos, que acarrea una pena mayor. Es la hora de activar el equipo conjunto que ha ido trabajando por separado. Llama a la comisaría para decirle que ya empiezan a tener indicios sólidos de que el clan Juárez está reforzando su posición en las calles y eso va a desembocar en una guerra, si no lo ha hecho ya.

Para sorpresa de Miralles, por la rapidez con que ha acudido desde la llamada a la comisaría, al poco de estar él allí llega al lugar el teniente José Carlos López Cuervo, al que todos conocen por Cuervo, muchos ignorando que no se trata de un apodo, sino de su segundo apellido. Tiene una cicatriz que le atraviesa la cara casi desde la oreja izquierda hasta la mandíbula. Siempre intenta tener la barba bien recortada, como manda el reglamento de la Benemérita, y eso disimula un poco la cicatriz. Pero es imposible ocultarla.

Le acompaña la guardia Guadalupe Peña, a la que todos conocen como Lupe. Es menuda y joven con mirada de mujer despierta. Lleva el pelo negro y corto, además de una sonrisa perenne en una cara bien proporcionada e iluminada por unos ojos castaños muy grandes. Se puede decir que es muy atractiva. Camina al lado de su jefe con una carpeta bajo el brazo.

—¿El sargento Miralles? —pregunta Cuervo a un *mosso* de uniforme mientras saca su placa insignia de la Guardia Civil.

El agente le señala el interior y levanta la cinta policial que separa el acceso a curiosos y prensa. Los dos guardias pasan por debajo y caminan hacia donde Miralles y Carol los esperan, pues han visto al *mosso* de uniforme señalar hacia su posición.

—Buenas, soy el teniente José Carlos López Cuervo y esta es la guardia Lupe Peña. Ayer hablamos con su intendente.

Miralles observa a un tipo bien vestido, más bajo que él, con cara de pocos amigos.

—Soy el sargento Óscar Miralles, este el cabo Esteller y ella la agente Carol Ferrer. Encantados. Pensaba que nos conoceríamos en la comisaría.

Todos se estrechan las manos.

—Me ha dicho mi comandante que no estamos sobrados de tiempo, así que mejor vamos al grano. Lupe ve con... ¿Carol? —le dice mirando a la *mossa*, que asiente— y recoge las declaraciones de los testigos que puedas.

—A la orden, mi teniente.

Carol se queda esperando que su sargento en el caso le dé indicaciones, y este asiente con un gesto serio.

—¿Qué tenemos? —pregunta Cuervo a Miralles.

El sargento de los *mossos* ignora la pregunta del teniente, se gira hacia el cabo Esteller y le dice:

—Ve a ver qué dicen los bomberos, que te digan cuándo podremos entrar. Y pregunta al SEM cómo se encuentran los dos macarenos que estaban dentro.

El cabo se dirige hacia el camión de los bomberos, aparcado en la entrada de la nave, dejando allí a los dos mandos. El sargento se gira hacia Cuervo.

—Bien. Aquí hay una discrepancia y vamos a resolverla ahora mismo. Teniente, esto es una investigación conjunta, no subordinada. Tenemos un mando compartido, así que compartiré los datos con usted, pero no se le ocurra darme órdenes porque le enviaré a la mierda al instante.

Cuervo mira al *mosso* con cara de circunstancias.

—Le aseguro que yo quiero estar aquí tanto como usted, pero admiro a la gente con coraje. No, no tendremos problemas, no se preocupe —le contesta.

—No me malinterprete, teniente. A mí no me disgustan los equipos conjuntos, y aunque suelen tener inicios complicados, creo que los dos nos merecemos una oportunidad. Por mi parte, bienvenidos al equipo. Le prometo que usted sabrá lo mismo que yo en todo momento —le dice ofreciéndole la mano.

El teniente, aunque duda, no deja que pase demasiado tiempo antes de estrecharle la mano que el sargento le ofrece.

—Venga, vamos dentro a ver cómo relacionamos esto con el clan Juárez —le invita Miralles en el momento en que Esteller le hace señales de que ya pueden entrar en la nave.

—¿Por qué se ha activado ahora el equipo conjunto? —pregunta Cuervo—. Los Juárez llevan meses en el radar de todos y no hemos constatado nada en especial.

—Bueno, es cierto, pero tenemos ya demasiados indicios de su participación en muchos delitos sin pruebas sólidas. Además, esta es la segunda plantación que arde en llamas en poco tiempo. Esta no lo sabemos aún, pero la otra, la de Cornellà, era de los Juárez, y los dos jardineros no han aparecido.

—Entiendo que hay alguna denuncia por desaparición.

—Sí. Son dos chicos andaluces. Esto está desembocando en una guerra. Hay que cortarla ya, antes de que llegue más sangre al río.

—Ya.

—Y, para rematarlo, es importante que sepa que está circulando por diversos grupos de WhatsApp la foto de un cadáver calcinado que apareció dentro de un coche hace unos días.

—Eso no me ha llegado, no estoy en demasiados grupos de esos. ¿Por qué es importante?

—Porque entre los restos apareció una cartera medio quemada con un DNI en el que se podía leer el apellido Juárez.

—Joder, eso no lo sabía. Pero dudo que Julián cometiera el error de dejarse la documentación en un escenario. Puede que su hermano, ese más regordete, pero él no.

—No me ha entendido. Creemos que la documentación no es del autor, es de la víctima. Lo estamos analizando, pero tiene todos los números de ser de un Juárez. Alguien de su familia, supongo, y que, además, para haber acabado así, está en el ajo. Yo, por su álbum genealógico y de relaciones delictivas, apuesto a que puede pertenecer a su primo Lucas. Es un estafador de esos, ¿cómo los llaman? Ah, sí. Un estafador del amor. Como si las extorsiones fueran por amor, los muy hijos de puta.

—Comprendo.

—¿Tenemos constancia de si esto lo sabe Julián Juárez?

—Si no lo sabe, no tardará. Tiene policías en nómina.

—Bueno, pues sí es un buen momento para apretar en el caso. La reacción del clan puede que haya comenzado ya —dice Cuervo señalando la plantación humeante donde se encuentran.

—Sí. Hay que ponerse las pilas, teniente.

—¿Han podido saber por dónde se mueven? ¿Al menos por dónde se mueve Julián?

—No. El único sitio confirmado es la casa familiar. Y hago pasar un dron todos los días mañana, tarde y noche por encima de la casa.

—¿De su casa?

—Sí, donde viven su mujer y su hijo. No puede llevárselos a sus trapicheos y los visita, seguro. Conozco a Julián, nunca dejará a Marisa, y menos a su hijo. Los visita, no tengo dudas. —Hace una pausa—. Verá, Julián es el tipo de persona que te mataría si mirases demasiado a su mujer, aunque no tiene problemas en tirarse a otras, así que pasa por esa casa con seguridad. Pero no hay manera de saber cuándo. La zona de ese barrio es suya y no hay forma de poner vigilancia física.

—Le constan dos órdenes de detención. Lo miré ayer.

—Claro, pero si no sabemos dónde está no hay manera de detenerlo. Y, sinceramente, me preocupa que lo paren en un control y se líe a tiros con los agentes. Y no va a hacer distinciones en el color del uniforme.

—Está bien. Nos uniremos de inmediato al operativo. Me han ordenado que vaya donde piensen que es mejor ubicarnos. Creo que en una comandancia estaríamos mejor, pero respetaré su criterio.

—Estaremos en la comisaría de Ciutat Vella, es una zona neutral. Les daré un pase a usted y a Lupe.

Cuervo se resigna.

—Muy bien, cacemos a ese cabrón.

36
Ya van tres

El tercer día ha resultado, de nuevo, tranquilo, aunque empiezo a notar el cansancio de no dormir demasiado por mi otro *trabajo* de noche. En la comisaría ha habido bastante ajetreo por las noticias de la quema de una plantación *indoor* en L'Hospitalet de Llobregat. No es nuestro territorio, pero por aquí anda el equipo conjunto que lleva el caso de los Juárez. Los he visto entrar y salir de su sala, muy cercana a la de la Unidad de Investigación; sin embargo, poco puedo obtener de ella porque no conozco a nadie allí, y alguien en mi situación levantaría sospechas innecesarias si pregunta demasiado. No estoy aquí para eso, así que si me ofrecen la ocasión la aprovecharé, pero tengo que centrarme en mi objetivo, y aún no he localizado el armero que un día de esta semana tengo que abrir. Por la fuerza, si es necesario.

A Nerea y a mí no nos están dando casos complicados, así que me he pasado el día revisando vídeos de cámaras de seguridad para investigar pequeños robos violentos en tiendas de ropa barata y algunos hurtos. Ya tengo varios delincuentes habituales por detener, y lamento que quizá no me va a alcanzar la semana para ponerle de nuevo las esposas a alguno de estos ladrones. Muchos son multirreincidentes que se esfuman al ver un coche patrulla y huelen a los de paisano, por lo que no será fácil localizarlos. Esa acción de ponerle las esposas a alguien es algo que, si llega el caso, haré con gusto. Pero estoy aquí con un objetivo más importante, y aunque estoy atacando a Julián en varios frentes, mi propósito en la comisaría aún no ha dado frutos. Tengo que recurrir a medios tecnológicos que mi empresa tiene de sobra y tendré que acudir a mi confidente en breve, porque obtener mucha información, como el hecho de saber dónde come Julián Juárez sus albóndigas favoritas, no es gratis. Estoy pagando un precio muy alto, pero iré hasta el final. De momento, la parte del plan centrada en el clan Juárez no ha avanzado durante esta semana. Necesito saber más y será difícil, porque me invade la sensación de que ya he exprimido a mi fuente.

Hoy Nerea ha estado algo callada, pero dentro de lo normal. Sigue haciéndose preguntas y no obtiene respuestas. Imagino que eso la tiene intranquila. Me despido de ella hasta mañana. Me ha dicho que iba al parque con sus hijos, a que corran un poco, porque si no, no tienen hora para irse a dormir. Casi ni recuerdo esos episodios de mi vida con los míos, que pasaron entre trago y trago. Otra pena más para mis vagos recuerdos de Olivia y Daniel en una edad que no disfruté y, lo que es peor, ellos tampoco disfrutaron con su padre.

Salgo de Barcelona sin saber si voy a cenar aquí o

en mi segunda residencia en El Prat, aunque, pensándolo bien, tengo que ir a ver a mis perros. Sé que les dejé comida de sobra, pero necesitan una visita regularmente, por lo que opto por la segunda opción.

Son casi las nueve de la noche cuando llego. Curiosamente, a estas carreteras estrechas con caminos asfaltados y a nivel del mar muchos atletas de maratón vienen a entrenar aprovechando que se trata de una gran extensión muy plana donde apenas hay tráfico. Hace algunos años, viendo a algunos de ellos, yo, que no había hecho deporte en mi vida, me aficioné a salir a trotar por aquí. A mi ritmo, lento como la vida que desde entonces he buscado y al final casi he tenido. Me pasó que, como en el propio proceso vital, el hecho de correr casi a diario sobre el asfalto conseguía que progresivamente alcanzara un poco más de ritmo. Nunca olvidaré la ocasión, hace ya muchos años, en la que un tal José Ríos me adelantó corriendo como si fuera en cohete. Luego, como buen expolicía que era, me informé, y comprobé que ese atleta, al que acompañaban un par de chicos de su misma edad, estaba preparando el maratón de los Juegos Olímpicos de 2004. Eran otros tiempos, pero continué con mis salidas a trotar, e incluso conseguí acabar un maratón en unas, creo, meritorias tres horas y media. Ya casi no salgo a correr. Los años y el no haber practicado deporte en mi juventud han hecho mella en mí, y me han provocado lesiones por no tener una musculatura preparada para lo que supone un constante impacto contra el asfalto. Echo de menos aquel rato de soledad para pensar, que me ayudaba a tomar decisiones. Pero, como en todo, me he adaptado y he encontrado otra manera de seguir en forma a base de ejercicios caseros con algo de pesas.

Llego a la puerta, que consta de dos partes metálicas opacas y automatizadas que impiden ver el interior. Se abren a través de un mando a distancia que acciono desde el coche. Después de años dedicados a mi empresa de seguridad, dispongo de cámaras y de una zona con volumétricos en casa. En el exterior de la finca es inviable, porque con perros sueltos no se pueden tener detectores de movimiento, pero ellos ejercen bien su función de vigilancia. Cuando las puertas se abren, Rocky sale disparado hacia el coche. Salta y ladra de alegría mientras entro el vehículo lentamente y la puerta se cierra a mi espalda. El pastor alemán corretea y gruñe como solo un fiel amigo puede hacerlo por la alegría de ver de nuevo a quien más quiere. A pesar de que mis ocupaciones me mantienen lejos de aquí, a veces durante varios días, ellos nunca fallan. Desde hace años no puedo soportar ver un a perro abandonado, así que, si lo encuentro, lo recojo. He cuidado muchos, y la mayoría han encontrado un dueño que se ha ocupado de darles un hogar.

Apago el contacto y bajo del coche para acariciar a mi pastor alemán. Le sigue un pequeño perro sin raza de los que adopté de la calle. Es algo más pequeño que Rocky y de color marrón. Lo encontré abandonado en un contendor cuando era un cachorro. Mueve la cola a rabiar intentando encontrar la mano amiga de su amo en el lomo. Busca el escaso espacio que le deja Rocky, poco dispuesto a cederlo, aunque los dos animales se llevan bien. Dedico varios minutos a mimar a ambos perros. Contemplo el pequeño huerto y compruebo que todo está en su sitio. El riego automático funciona bien. Después desvío la atención al cobertizo, donde los perros tienen su zona de descanso. Es una especie de almacén situado junto a la casa que servía para dejar a resguardo el coche, pero decidí que era mejor que ellos estuvieran más protegidos de lo que podían estarlo bajo un pedazo de hierro inerte.

Dejo de acariciarlos y me siguen al interior del almacén. Tiempo atrás compré unas jaulas y construí unas casetas, y cada animal tiene la suya. Allí se meten para guarecerse de la lluvia o el mal tiempo. Por lo demás, pueden correr en libertad por la propiedad, que tiene poco más de dos hectáreas con la casa incluida. Me acerco a comprobar el interior del almacén. Los dos perros me siguen saltando y ladrando a mi lado sin separarse. Observo el fondo del almacén sin encender la luz. Todo está bien. No hace mucho que mis dos perros conviven con un nuevo amigo que está en periodo de adaptación en una de las jaulas. Constato que tiene comida y agua.

Tengo que ir regularmente por si alguien tiene la intención de entrar a robar o, peor aún, a okupar la casa. Si les hicieran daño a mis perros, no sé qué ocurriría.

Antes de irme pongo agua en diversos recipientes y comida en los platos. Me aseguro de que los animales tienen suficiente alimento y agua para algunos días. Después me dirijo dentro de la casa propiamente dicha, que no es más que una construcción que alberga un comedor, una cocina americana, un lavabo y dos habitaciones. Intento pasar el máximo tiempo posible aquí, pero Vera les tiene pánico a los perros y prefiere no quedarse a dormir cuando la convenzo de venir a esta casa, algo que por nuestras vidas, tan diferentes, ocurre poco. Miro la hora en el reloj y creo que esta noche es mejor dormir aquí, porque puede que no regrese en algunos días y ya es tarde para volver a mi piso de Barcelona.

Abro la nevera, hay unas croquetas precocinadas en el congelador. En otras épocas las hubiera acompañado de un buen vino, pero eso es lo que precisamente casi me quita la vida hace ya unos cuantos años, así que es una lata de Coca-Cola la que me acompaña mientras frío la cena. Cuando acabo de comer enciendo la televisión y busco las noticias de veinticuatro horas. Repaso lo que dicen los medios sobre el ataque a una plantación de marihuana en L'Hospitalet, posiblemente perpetrado por una banda rival, y casi en la misma noticia hacen una breve referencia a los asesinatos de la narcosala de días antes; también mencionan el cadáver que han encontrado en el maletero de un coche, no muy lejos de aquí. El periodista añade que Barcelona se está convirtiendo en un polvorín. No le falta razón. Compruebo que de momento siguen perdidos en cuanto a la autoría. Según la presentadora, todo responde a otro «vuelco» entre grupos criminales. Los periodistas suelen tener buenas fuentes en las fuerzas de seguridad, así que la cosa sigue viento en popa.

Apago la televisión y me pongo el pijama. Tengo

lista en la mesita una novela que me hará mejor compañía que la caja tonta.

He superado el tercer día de trabajo. Me quedan cuatro. Mis pensamientos se van en cómo descubrir el armero que necesito abrir. El tiempo está pasando muy rápido.

Como la vida.

37
En las sombras

Unas horas antes un coche sin distintivos policiales sale de la comisaría de Ciutat Vella. La agente Nerea Quesada conduce atenta a la circulación, pero, en la esquina donde habitualmente gira para dirigirse a su casa, lo hace en la dirección contraria. Coge el teléfono móvil y marca un número. Conecta el manos libres y vuelve la vista a la calle, que a esa hora está atestada de coches. No es fácil conducir por Barcelona, pero menos aún hacerlo siguiendo a otro coche. Para colmo, caen algunas gotas de lluvia. No dispone de un equipo de seguimientos, que haría esa tarea a la perfección y siendo casi indetectables. Estando sola en esta tarea, necesita estar concentrada para no ser descubierta y no perder a su objetivo. Alguien responde a su llamada.

—Dime, cariño —dice su marido.

—Oye, me ha salido algo. ¿Puedes ir a recoger a los niños a judo?

—Pues ahora mismo no. Pero llamaré a mi madre. ¿Qué ha pasado?

—Nada de que preocuparse. Solo necesito un par de horas y no llegaré a tiempo. Después te llamo.

—Está bien. Ve con cuidado.

Nerea cuelga el teléfono y se concentra de nuevo en no perder el coche que tiene a unos cincuenta metros de distancia y que está saliendo por la Ronda Litoral en dirección al aeropuerto de El Prat. La lluvia parece que afloja, pero el tráfico es algo más denso de lo habitual. Piensa que no le gusta dejar de ir a buscar a sus hijos a las actividades, pero tampoco es de abandonar las investigaciones a medias. Y se encuentra con más interrogantes de los que pensó cuando aceptó la misión.

En general no necesita favores para cumplir con sus obligaciones familiares, pero el caso que le han asignado empieza a pasarle factura.

No entiende muy bien qué hace allí y por qué ha sido ella la elegida, pero tampoco tenía muchas opciones. Decir que no a algo que te proponen puede suponer que tarden demasiado en darte otra oportunidad. Además, forma parte de un cuerpo jerárquico y no hay demasiadas opciones de queja más allá de poder expresar su opinión. En este caso, ni eso.

En esos pensamientos está cuando el coche que sigue coge una ruta hacia una zona menos transitada, y eso la alerta. Cuantos menos vehículos más opciones hay de que el conductor se dé cuenta de que alguien le está siguiendo. Y para colmo no está siguiendo a un delincuente cualquiera, el conductor que va al volante no tiene un pelo de tonto. Tiene que ir con mucho cuidado o se cargará el trabajo de meses.

Cuando ve que el vehículo empieza a aminorar la marcha ella también lo hace, apagando las luces del coche y parando poco a poco hasta detenerse a unos cien metros de distancia. Está en una zona poco poblada y los faros de los automóviles son como la decoración de Navidad. Se queda a oscuras esperando. Entonces ve cómo Manuel Longán baja del coche y al abrir la puerta para introducir el vehículo en el interior de un patio vallado, salen a recibirlo un par de perros que corren a su encuentro.

Ella observa a lo lejos cómo el vehículo se adentra en la propiedad, hasta que deja de ver el coche de su compañero.

«¿Qué haces aquí, Manuel?»

Esta y otras preguntas rondarán en la cabeza de Nerea las siguientes horas, hasta que se convence de que su compañero pasará allí la noche.

Después de eso, decide volver a Barcelona.

En su informe no figuraba esa propiedad a su nombre, pero da la impresión de que allí, con al menos dos perros custodiándola, debe de pasar muchas horas.

«¿Qué te traes entre manos?»

38

El chalé

El jefe del clan Juárez visita una de sus casas escondite. Había leído Julián que lo hacían los grandes narcos de Sudamérica para no ser detenidos. Cambiar de ubicación constantemente. Pero él vive en España, y aquí solo puede utilizar esa táctica a pequeña escala. Cierto es que ninguna de sus posesiones está a su nombre y eso ayuda a pasar desapercibido, pero el hándicap principal reside en que aquí la policía no se corrompe tan fácilmente como en algunos países de Sudamérica. No quiere decir que sea imposible, pero desde luego él no tiene comisarías enteras a su disposición ni policías haciendo turnos dobles para protegerlo. Solo un número muy limitado de agentes corruptos a los que recurrir, y en los que tampoco se puede confiar demasiado. Cómo hacerlo si ellos mismos han traicionado por dinero aquello en lo que se supone que creen. No en vano, cuando estos policías son descubiertos y detenidos, se convierten en repudiados por sus compañeros y, desde luego, lo largan todo. Así que Julián tiene algunos en nómina, claro, un requisito esencial en cualquier gran negocio, como tener a políticos comprados o extorsionados, pero esa es otra escala a la que sabe que llegará en un futuro. También que nunca se va a fiar de ellos. Ni de unos ni de otros. Por esa razón, en ese momento, sus movimientos están restringidos a su entorno más cercano y seguro.

Ahora se encuentra en el chalé de Sitges que adquirió hace unos meses. Una ganga para quien tiene dinero negro de sobra y un vendedor ansioso. Un lugar que resultaría de verdad un sueño junto al mar para cualquiera, aunque él no es capaz de apreciar las vistas que atesora. Para Julián, un tipo de barrio obrero y salido de la pobreza, solo es el escondite ideal durante un tiempo, porque la policía siempre acaba por descubrirlo casi todo si se empeña, y él sabe, es su obligación saberlo, que desde que sufrió el ataque al narcopiso del Raval ha sido señalado como un objetivo prioritario para las fuerzas del orden. No deja de ser paradójico que el atraco y el asesinato de tres de sus trabajadores lo pusiera a él en el punto de mira y no a quienes hicieron el vuelco. Es muy consciente de que lo que ha provocado el asalto ha sido el miedo de las autoridades. Miedo a que haya una guerra entre bandas que riegue las calles de Barcelona con la sangre de algún inocente. Y Julián tiene claro que eso va a pasar como se confirme que el cuerpo quemado del coche es el de su primo Lucas. Como la pasma no sabe quién ha causado ninguno de los dos hechos, se ha visto en la necesidad de afrontar la expansión del clan Juárez. Y tiene tela, piensa Julián, que él no haya provocado ninguno de los dos y que le estén afectando tan de lleno. Son las cosas que necesita saber alguien que empieza a tener poder de verdad, y eso le ha ocurrido a Julián.

Son más de las tres de la mañana cuando el jefe del clan recibe la llamada. Está con su hermano Abel en esa casa refugio con vistas al mar. La comunicación es corta. Un simple «Está aquí». No hace falta más. Como bien saben ambos, no conviene hablar demasiado por el teléfono, aunque lo cambien de manera sistemática. Al otro lado de la línea está la Mole controlando el pago de los fardos de hachís.

Un negocio de dos mil kilos entrados con lancha rápida.

Se abre una cerveza y le ofrece una a su hermano.

En otro punto, y lejos de allí, tiene a dos primos, y aunque lo de primos es más un apodo, no los llama así de manera despectiva, sino como signo de confianza, porque en realidad no son familia. Estos, a una distancia prudencial, controlan un almacén. Esperan ansiosos la salida de los camiones cargados hacia Francia. Los dos van armados con pistolas y un subfusil. Hacen una cobertura a la Mole por si la cosa se tuerce. En los vehículos de gran tonelaje van esos dos mil kilos de hachís introducidos en lanchas rápidas hace tan solo unas horas en la Costa Brava. En el lugar del desembarco, Ionut se ha encargado de pagar a los porteadores la parte establecida. Los pilotos de las lanchas, que ya vuelven descargados hacia Marruecos, están en la nómina del proveedor, así que no tendría que pagarles nada; aun así, Julián le dijo a Ionut que les diera un sobre con mil euros a cada uno de su parte. Sabe bien que aquellos sobres están comprando una lealtad futura, porque eso es más de lo que cobrarán en su país por hacer ese viaje. Así funciona la estructura jerárquica de cualquier clan mafioso, el que más arriesga menos cobra.

La Mole está en ese almacén del polígono industrial del Besòs con los enviados de Francia, en su totalidad de origen árabe, sin que pueda saber bien si son marroquís o argelinos, a él todos le parecen iguales. Han escogido esa zona porque está muy bien situada y muy bien conectada con carreteras y autopistas. Se halla justo en el enlace entre las dos rondas de Barcelona, la carretera C-58, que lleva a Sabadell y Terrassa, y una conexión a la AP-7 hacia Girona. No es barato alquilar allí una nave, pero eso lo hace aún más atractivo, y, en este momento, el clan Juárez se lo puede permitir.

Una vez que los dos camiones están cargados, uno de los hombres del capo en Francia le entrega una bolsa de deporte repleta de fajos de billetes de cincuenta euros. Naturalmente, la Mole, aunque impresiona por su tamaño, no está solo, y le acompañan cuatro hombres del barrio. Todos ellos armados con pistolas y también con subfusiles AK-47.

Julián cuelga el teléfono y tiene una sensación de tranquilidad que no ha experimentado nunca en su vida. Está en el chalé, acaba de ganar una fortuna y no ha tenido que salir de esas cuatro paredes. «Como los grandes capos de la droga», piensa. Los que cuando llegan a la cima solo tocan el dinero. Un dinero que vendrá en fajos, como le anuncia su mano derecha por teléfono, y que tendrá que buscar la forma de blanquear. Al día siguiente tiene una reunión con un bufete de abogados, tal y como aprendió que debía hacer escuchando los consejos de dos narcos colombianos a los que conoció en prisión. Hay que intentar lavar el dinero, aunque pierdas una parte, porque puede que un día te pillen, y, si está bien blanqueado y a nombre de personas de confianza, siempre será tuyo, le había dicho el convicto Alberto Barreda, un narco pillado en la Costa del Sol y que, por circunstancias y amenazas entre bandas rivales, acabó en la misma prisión que el mayor de los Juárez.

Julián tiene todos los testaferros que quiere en el barrio. Mujeres mayores cuyos hijos trabajan para él. Hombres cuya única ocupación es estar todo el día en el bar después de entrar en esa edad en la que sin estar jubilados ya nadie los quiere para trabajar, algunas personas con discapacidad y, en definitiva, cualquiera con un DNI limpio, sin deudas pendientes con la justicia o con hacienda. Se trata de mujeres y hombres que apenas han cotizado a la Seguridad Social, prácticamente sin ingresos, de repente tienen a su nombre casas, apartamentos, almacenes y coches de lujo. Propiedades que muchos de ellos ni siquiera visitarán jamás y coches que nunca van a conducir. Todos recibirán unos euros por tener aquellas posesiones a su nombre y ninguno se atreverá a pensar jamás que aquello les pertenece. Un día alguien les hace firmar un documento que no van a leer —muchos casi ni saben— a cambio de una cantidad de dinero que va de los cien a los quinientos euros. Eso es todo. El dinero y el miedo, una combinación que sigue funcionando a la perfección desde tiempos inmemoriales.

Apenas han pasado seis meses de la reunión en el bar donde decidieron empezar el ascenso de la familia al lugar donde Julián siempre pensó que les correspondía. Medio año desde que decidieron robar la recaudación del bingo.

El mayor de los Juárez empieza a gobernar un pequeño imperio. Saborea la cerveza que se ha abierto con su hermano. El sabor amargo, pero muy placentero, baja por su garganta saciando más que la sed: el placer de recibir una pequeña cantidad de alcohol.

El imperio de los Juárez se ha instaurado y Julián está en la cima de la pirámide a pesar de los pequeños contratiempos que está sufriendo los últimos días. Gajes del oficio, se dice siempre.

Larga vida al rey.

39

Nunca fue personal, hasta ahora

He llegado al cuarto día, y al menos ayer conseguí descansar algunas horas más al haber dormido gran parte de la noche. Nerea está más callada de lo habitual. No la conozco demasiado, claro, pero diría que algo le pasa. En cuanto al trabajo ordinario, hemos salido a buscar a los autores de un atraco a un turista. Por las imágenes de una cámara de vigilancia, vemos que son dos exmenas. No tienen más de veinte años. Como el sistema los ha expulsado al cumplir la mayoría de edad, se ganan la vida como pueden. No es culpa suya. Si aceptas encargarte de unos niños que se encuentran fuera de su entorno y no les das las herramientas necesarias para integrarse o cuando llegan a cierta edad los abandonas a su suerte, puede pasar eso. Sé bien que algunos sí consiguen integrarse, yo tengo varios en mi empresa. Son muy buenos y entregados. Pero hay otros que ni lo intentan, y esos son los que se convierten en la pesadilla de ancianos, menores y chicas.

Y de los policías que los persiguen.

Regresamos a la comisaría a redactar el atestado correspondiente a las gestiones que teníamos encomendadas. Nerea está algo ausente. Quedamos en ir después a tomar un bocadillo cerca de la comisaría, al Rincón del Artista.

Camino delante de Nerea por el pasillo de la comisaría de Ciutat Vella que da a la sala de *briefing* de la Unidad de Seguridad Ciudadana. Justo en ese momento acaba la reunión previa al servicio del turno de tarde de las patrullas. De repente se abre la puerta de la sala donde están reunidos y casi chocamos con dos *mossos* de uniforme que salen a la carrera a un incidente que, por la prisa, parece urgente. No para el resto de sus compañeros, que salen caminando alegremente mientras comentan las novedades que les han dado. Una de ellas debe de ser sin duda la relacionada con el homicidio múltiple ocurrido en la narcosala unos días antes, porque esos casos preocupan a los agentes.

Algunos reparan en mí y otros me ignoran. Sería extraño que alguno me conociera después de tantos años, pero hay todavía algunos de mi quinta. En una comisaría todos se conocen más o menos, aunque sea de vista. Ese es uno de los motivos por los que deseché intentar entrar aquí de otra manera que no fuera con una placa. Yo, después de tantos años de estar apartado de este trabajo, que un día amé de verdad, aquí soy un extraño y aun así he encontrado a algunos mandos con los que coincidí en mi época. Nerea también es relativamente nueva, así que tampoco tiene muchos conocidos.

Mi paso se ve interrumpido por un cabo que se para delante de mí. No lo reconozco al principio, pero parece que él a mí sí. Es el cabo Amadeo Hernández, al que todos llaman Capi. Hay quien suele pensar que solo los delincuentes tienen apodos, pero en el mundo policial también abundan los motes, algunos graciosos, aunque no tanto para el damnificado. Hay quienes se salvan, claro, pero los cuerpos policiales no dejan de ser un reflejo de la sociedad a la que sirven. A veces hasta extremos insospechados.

El cabo Hernández me impide el paso. Levanto la cabeza para observar con atención a un tipo más alto que yo, delgado, de pelo oscuro con entradas y cara afilada. Su cara me resulta profundamente familiar a pesar de que no lo conocía en persona. Se queda parado con los brazos en jarras y no se mueve cuando le miro fijamente y le indico con la mano que se aparte.

—Pero no sabéis quién está aquí, compañeros —dice dirigiéndose a otros agentes, que miran expectantes el encuentro.

—Si sabes quién soy, sabrás que, aunque sea por una semana, soy sargento, y tú cabo, así que o te apartas o te levantaré un expediente. Aunque se resuelva cuando ya esté jubilado, no tendré otra cosa que hacer en mi vida que dejarte sin sueldo una buena temporada.

—¡Y encima amenazando! ¿Pues sabes qué? —me dice acercándose al oído—. Les contaré a todos el pedazo de mierda que eres.

El sargento jefe del turno sale en ese momento de la sala de *briefing* y los *mossos* empiezan a dispersarse.

—Cabo Hernández, si no tienes un servicio al que ir, te asigno uno ahora mismo.

—No, sargento, ya me iba, los hay que tenemos

un trabajo digno —me dice mientras me mira con sorna.

Nos quedamos solos en el rellano y el jefe de turno me extiende la mano. Se la doy.

—Bienvenido de nuevo, Manuel. Me lo habían dicho, pero me costaba creerlo. No te acordarás de mí, pero me tuviste de prácticas en Blanes hace como veinticinco años. Si ves que Hernández es un incordio, me lo dices. Es un buen policía, pero a veces se le va la boca.

—Ya lo he visto. No pasa nada, pero gracias.

—Yo no juzgo a la gente más que por mi propia experiencia, y guardo con cariño aquellos días en la avenida de Just Marlès, en Lloret de Mar, corriendo detrás de los guiris. Y, oye, te veo en forma.

—Pues gracias, sargento, pero no me acuerdo, lo siento, pasasteis unos cuantos en aquella época. Y muy buenos, la verdad. Te agradezco la bienvenida, aunque sé que muchos no tendrán ese concepto de mí.

—Disfrútalo, tío —me dice poniéndome una mano en el hombro antes de perderse por el pasillo.

Nerea, que se ha mantenido al margen, se acerca.

—¿Ha dicho el sargento que el chulito se llama Hernández? —le pregunto a mi compañera.

—Sí, creo que se llama Amadeo. Amadeo Hernández.

—Vale.

—Ese sí se acuerda de ti, ¿no?

—Ya, imagino que no me perdona que mi empresa de seguridad defendiera a aquel maestro.

—Es que era un pederasta de manual.

—Mira, Nerea, nos estamos conociendo, así que no te mentiré. Me habían expulsado. Ya dirá la justicia, que me ha dado esta oportunidad, si al final fue reglamentario o no. Y no me malinterpretes: sé lo que hice, no soy un santo, pero, como comprenderás, me tuve que ganar la vida. Yo era un sargento condecorado hasta aquel momento...

—Y con afición a la botella.

—Sí —encajo el golpe—. Veo que te has informado bien. Te diré que fueron muchos los que buscaron mis servicios. Hubo un tiempo en que los jefes de seguridad de las grandes empresas y bancos eran expolicías. No hace mucho el Barça fichó a varios antiguos altos mandos de los Mossos, y me consta que de los buenos, para dirigir su seguridad. Yo vi una salida en ese mundo y después comprobé que podía hacer lo mismo con una empresa propia.

—Sé que te ha ido bien.

—Mira, hay gente que no es consciente de que, en según qué aspectos, siempre es mejor que te asesore un policía que un abogado. No me refiero a los penalistas, claro, pero un abogado especialista en lo civil no tiene ni idea de cómo funciona el mundo penal. Pero hay gente que sí, y eso me da mucho trabajo.

—No lo sé, no sé si podría con un acusado de esos.

—Te hablo de cuando aún son *presuntos*. Y tienen derechos, ¿no crees?

—Ya —acepta a regañadientes.

—Pues lo mismo con el maestro, por muy vomitivas que me parecieran sus causas abiertas.

—Ya, lo entiendo, pero habiendo sido policía, ¿un pederasta?

—Yo ya no ejercía, y, para mí, era un cliente, y además me había contratado una familia muy rica. Tenían miedo de que las familias de los niños agredidos sexualmente tomaran represalias, solo intenté hacer mi trabajo. Yo no soy abogado y, en este caso, solo intenté garantizar su seguridad.

—Vamos, Manuel, hiciste más que eso, por lo que sé, y sí, también me he informado, asesoraste a la familia y casi salió impune.

La miro sorprendido. Sabe mucho más de mí de lo que aparenta. Contraataco.

—Y tú, ¿no has protestado porque te hayan asignado a mí esta semana?

—¿Un cambio de tema? He tocado fibra, ¿eh? Pues mira, yo poco podía hacer, soy la última en llegar a la unidad, así que me como el marrón. Lo acepto, lo que no quiere decir que me guste, ya que nos ponemos sinceros.

—Te lo agradezco. Lo prefiero así. De todas formas, y si te sirve de consuelo, de aquel trabajo solo cobré la mitad, porque...

—Se cargaron a tu cliente.

—Sí, alguien lo encontró en un error de seguridad y le dio pasaporte eterno, y eso casi se carga mi empresa. Nos costó recuperarnos de aquello.

Seguimos caminando hasta la salida.

—Manuel, como madre de dos hijos pequeños, te diré que no me apenó cuando leí que alguien había matado a aquel tipo que tanto sufrimiento había causado.

—Ya. Yo pasado el tiempo tampoco, claro. Pero era un cliente, nada más. Nunca he hecho del trabajo algo personal.

Nerea asiente y sale la primera de la comisaría.

Hasta este momento no puedo saborear la suerte que he tenido con mi encuentro fortuito hace unos minutos. Dicen que los enemigos están siempre condenados a encontrarse, y yo por fin le he podido poner cara a mi objetivo. El cabo Hernández tiene un armero al que voy a acceder antes de que acabe esta semana.

Quizá tendría que haberle dicho a Nerea que nunca había hecho del trabajo algo personal... hasta ahora.

40

Reencuentro inesperado

Esa tarde, después del bocadillo y un café largo, estoy en la mesa que me han asignado con unos pocos papeles mientras contemplo la puerta del despacho del jefe. Hay agentes que entran y salen para hacer sus gestiones y me miran de una forma diferente al primer día. Quizá alguien les ha alertado de que soy un peligro. Seguramente el cabo Hernández está echándome mierda. No importa, siempre que no me limite los movimientos que necesito hacer en el armero. Y, la verdad, con ese encuentro fortuito, he tenido un golpe de suerte. Ahora mi cabeza solo piensa en averiguar cómo identifico su armero.

He acabado el atestado de la muerte accidental de una madre y de su hijo a causa de la mala combustión de gas. Nerea ha salido un momento, así que aprovecho para leer los informes de los robos que nos han asignado. Tampoco tengo nada mejor que hacer hasta las diez de la noche, hora en que finaliza el turno de las patrullas de tarde. El mío acaba antes, pero tengo que quedarme y aprovechar el poco tiempo que tengo en la comisaría para avanzar con el plan. De repente algo me alerta. Entran dos agentes de paisano a los que no conozco. Supongo que por fin veo de cerca al resto de los agentes del equipo conjunto que se ha montado para cazar al clan Juárez. Eso es bueno, porque me viene bien saber quiénes son y cómo trabajan. Aunque están en la misma planta que yo, ellos están en otra sala, al final del pasillo, donde yo no tengo acceso.

Sin saberlo, puede que busquemos lo mismo, aunque seguro que no vamos a utilizar la misma forma de proceder. Ellos están atados a las leyes. Yo también, en mis horas de trabajo, pero, una vez que salgo de aquí, me rijo por la misma ley que los que persigo. Haz lo que debas, como sea y cuando sea, a condición de que no te pillen.

Observo a los encargados del caso de los Juárez. Reconozco al sargento Miralles y a la *mossa* a la que he visto con él. Y también está el tipo de la cicatriz en la cara, ese tal Cuervo. Pero no es eso lo que me pone en alerta. Los tres entran acompañando a una chica joven con la cabeza gacha. Se meten en el despacho del jefe de unidad, que en ese momento no está y les habrá cedido el espacio. Cierran la puerta. En la sala que les han asignado no deben de tener un lugar donde entrevistarse con testigos o sospechosos, y los locutorios de la oficina de denuncias no garantizan demasiada privacidad. Esa puede ser una baza para que pueda averiguar algo sobre lo que hacen. El despacho cuenta con una ventana interior provista de una persiana. Esta tiene dos funciones: cerrarla por si alguna reunión requiere intimidad o, por lo general, tenerla abierta para que el jefe pueda observar la sala de sus agentes con su día a día desde la comodidad de su silla. No se trata de espiar, pero sí de no parecer indiferente a sus subordinados, porque si la deja abierta ellos también lo ven a él, y eso genera confianza. Lo mismo que poder observar la cocina de un restaurante.

Los del grupo conjunto no han reparado en el detalle. Aunque la persiana está bajada, entre las traviesas planas se observa perfectamente el interior. Miralles se sienta al lado del tal Cuervo, delante de la chica, que tiene a la *mossa* a su lado. Así los dos mandos tienen de cara la pantalla del ordenador y podrán redactar la declaración. No veo bien a la testigo o quien sea porque en la posición en que está me da la espalda. Parece que efectivamente le van a tomar declaración. La *mossa* le dice algo al oído y la chica asiente. No se separa de ella y le da indicaciones de una forma cariñosa. Es una táctica habitual para que las víctimas o los testigos se sientan algo mejor, porque, en realidad, después de según qué experiencias, no suelen estarlo mucho tiempo. Entonces caigo en la cuenta de quién es la chica.

—Parece que es la testigo del caso de la narcosala —me dice un agente de la unidad que se ha acercado a mi mesa para husmear lo que se cuece dentro del despacho.

Nunca he hablado con este *mosso*, así que esa aproximación me pone en alerta. Siempre estoy en alerta, pero entiendo que a veces los agentes dejan de lado los chascarrillos y simplemente aceptan que soy un compañero, al menos durante una semana.

—Sí, eso he supuesto. Algo me dijo Nerea —miento.

—Dicen que es una chica que entró en el país de extranjis, engañada por una mafia de la costa sur, pero que se escapó. Menuda huida, para acabar en una narcosala follada por tres mierdas, ¿no? Pero a mí no me parece que sea inmigrante, ¿no crees?

—No sé decirte. Me falta información para hacerme una idea —respondo intentando no mostrar sentimiento alguno, aunque sé que la muchacha no es extranjera ni la ha captado ninguna mafia.

—Llevaba tres mil euros encima, ¿sabes? En un sobre con su nombre. No saben qué hacer con esa pasta, pero creo que se la acabarán devolviendo, porque no queda nadie más para decir de dónde ha salido. Dudo que un traficante la reclame, la verdad. Y si estaba a su nombre...

—Pues es poca pasta para lo que he oído por ahí que le hicieron.

—Ya —me dice antes de volver a su mesa y olvidarse del asunto.

Sé que haberla dejado con vida podría dar al traste con todo. Lo decidí allí mismo, mientras la chica apenas era capaz de articular palabra y pensando que no había siquiera gritado mientras la violaban aquellos malnacidos por una puta dosis de droga. Pero ¿qué iba a hacer? En aquella mirada inocente vi a mi propia hija, desvalida, cándida, expuesta a un mundo cruel que no perdona nada y que castiga siempre al más débil. Una cosa era deshacerme de aquellos desechos humanos que traficaban y violaban mujeres de cualquier edad con total impunidad en aquel submundo que ahora conozco y que antes de ser policía casi ni imaginaba que existía y otra muy distinta matar a sangre fría a una muchacha inocente. Sí, seguro que aquellos tipos tenían familia, puede que incluso hijos, pero ni uno solo de mis pensamientos ha ido para ellos. Me mueve un deseo de rabia y venganza que hace que esas muertes apenas me quiten el sueño. Y la verdad, no pensar en ellos y sí en una chiquilla a la que le he dado una segunda oportunidad ayuda un poco a no tener ningún tipo de remordimiento. Si ella lo aprovecha o sigue malgastando su vida, ya es cosa suya.

Mientras medito sobre mis acciones observando el despacho, se me hiela la sangre. Mis ojos se encuentran con los de alguien que me mira desde dentro de la sala. La chica, mientras le están explicando algo, ha girado la cabeza y ha desviado la vista hacia la ventana interior hasta encontrarse con mis ojos.

Se para el tiempo para los dos.

Por primera vez en la vida, no sé qué hacer ni soy capaz de desviar la mirada de ella, que empieza a poner mirada de asombro. Todo está a punto de irse a la mierda.

Entonces sucede.

Me muestra una mueca casi imperceptible, como una especie de sonrisa fugaz. Pasa tan rápido que me cuesta entender que ha ocurrido. Acto seguido vuelve la vista hacia los dos policías, que siguen con sus explicaciones sin percatarse. Pero la *mossa* que está con ella, esa tal Carol, sí ha percibido algo en esa mirada perdida de la testigo, así que cuando la muchacha vuelve a atender las explicaciones de los dos hombres, ella desvía la mirada hacia la sala en busca de algo o alguien. No hay nada que le parezca sospechoso. Todos trabajan delante de sus pantallas. Supongo que sí debe de ver al viejo sargento reincorporado, imagino que ya le habrán hablado de mí, que se dirige a la puerta de salida, pero no puedo cerciorarme de ello sin levantar sospechas. Disimulando como puedo, miro de reojo para observar que simplemente la *mossa* le acaricia el hombro, gesto que ella agradece.

Camino hacia la puerta de inmediato para no forzar otra situación peligrosa cuando finalice la declaración: quiero evitar encontrarme de nuevo con esos ojos tristes y apagados. Aunque he visto en su mirada gratitud, y quizá algo más que es difícil de interpretar, tampoco quiero arriesgarme. Me juego demasiado. Mientras cojo la chaqueta de la percha me encuentro con otros ojos que no esperaba. Nerea ha regresado y ha visto algo que la ha dejado con cara de no comprender.

—Necesito un café —le digo casi sin mirarla mientras salgo de la sala.

Ella me observa saliendo por la puerta sin decir nada. Sigue intentando juntar unas piezas que no encajan.

Todavía.

41

Cosas de casa

Julián Juárez ha vuelto a su casa y está jugando a la Play con su hijo Kevin, que tiene trece años y ha heredado los rasgos de su padre. Juegan a uno de esos juegos de fútbol que cada vez parecen más imágenes sacadas de un partido de verdad que de un videojuego. Su hijo le está dando una paliza, con un Barça imparable —con Messi a la cabeza—, a su Madrid, con Ronaldo y Vinicius en ataque. «Es lo que tienen los juegos», piensa mientras recibe goles de la mano de su hijo, que, maldita sea su estampa, le ha salido culé. Lleva a su hijo a un colegio concertado, donde se junta con otros niños de clase media alta y no con los de su propio barrio. Porque lo que no le va a faltar a su hijo es una buena educación. Una que hace que el niño pronto empiece a preguntarse por qué su padre pasa tantas temporadas fuera de casa. A veces largas, otras más cortas, pero lo que siempre sucede es una ausencia que su madre intenta disimular. Pero con esa edad ya no se los engaña. Con trece años, ya saben de dónde vienen los regalos de Navidad, y esa pérdida de inocencia se traslada a otras preguntas. Julián intenta dejar a un lado a su retoño en lo referente a sus negocios. Lo hará todo el tiempo que sea posible.

Está seguro de que no alcanzará a ver a sus nietos, porque, cuando Kevin tenga edad de ser padre, él habrá palmado hace tiempo. Eso cree. Aun así, quiere que su hijo tenga lo que él no tuvo. Quizá por ese motivo, todas sus acciones, incluso las más insulsas, como es recibir una paliza en un videojuego, las disfruta al máximo.

Julián está relajado en casa, con sus aguadores fuera, por el barrio, ojeando coches o personas extrañas. Es su plan A antipolis, pero tiene un plan B, claro. Otra lección aprendida en prisión gracias a los narcos de la droga.

Aunque no se fía de estar demasiado tiempo en casa, se siente seguro aquí. Esa es la ventaja de vivir en un país democrático y civilizado. Siempre hay gente que sabe cómo eludir las leyes y aprovecharse del sistema.

El teléfono le suena en el bolsillo. Y le da al *pause* del juego pese a las protestas de su hijo.

—Se acabó la paliza, Kevin. Mañana jugamos otra. Juega tú un rato más y ve a hacer los deberes.

—No necesito practicar para darte un baño —ríe el niño con la insolencia de una edad que aún permite esos desplantes sin saber que la vida se cobra esas actitudes en etapas adultas.

Julián tira el mando al sofá y atiende la llamada.

—Soy yo, ¿vas a cambiar el teléfono, primo? —le dice la voz al otro lado.

—Sí, claro. Mañana lo haré.

—Yo también.

—Vale. ¿Dónde están los dos capullos?

—En un almacén. Pero te llamo porque me ha llamado el Moha. No sé cómo ha conseguido el número, igual se lo ha dado el Pulga, pero dice que no entiende por qué le hemos dado el palo. Le he dicho: «Tronco, donde las dan las toman», y me ha dicho que no entendía eso, el tío mierda, así que yo...

—Corta ya. ¿Cómo has quedado?

—Ha pedido una reunión a las siete de la tarde de mañana.

—Vale, reúne a los que puedas, iremos. Pero que eso no nos aleje de lo de esta noche. Eso es lo importante.

—OK. Le he dicho que en la bolera del Splau de Cornellà.

—Bien. Que no se lo pierda el Cuco y que traiga el hierro, pero que no haga nada hasta que yo le diga. Mientras no sepamos seguro que han sido ellos los de mi primo, calma.

—Primo, Lucas era un poco gilipollas.

—Pero era mi sangre y no lo permito. Y también era tu primo.

—Vale, está bien, Julián. ¿Cómo está la cosa en el barrio? ¿No te arriesgas mucho? Te está buscando la pasma. Dicen que mucha.

—Lo tengo controlado. No hay problema.

Alguien llama a la puerta. Julián cuelga el teléfono y pone la mano en la culata de la pistola que lleva en la espalda. Si alguien ha llamado a su puerta tiene que ser de confianza. Ha tenido que pasar el control de los aguadores y de dos de sus hombres de confianza en un coche. En su oficio nunca se puede bajar la guardia. Ha aceptado vivir así.

Al abrir se encuentra con un hombre y una mujer del barrio que deben de rondar los setenta años. Los conoce porque son amigos de su madre. Han pasado el filtro de los dos matones de Julián, que tienen instrucciones muy precisas. No accede ningún desconocido, pero sí cualquier persona del barrio que tenga un problema.

—Pasen, pasen.

—Gracias, señor Juárez —dice el hombre.

—Discúlpenos, pero no sabemos a quién acudir —añade la mujer con un fuerte acento andaluz.

—Díganme, ¿en qué puedo ayudarlos?

—Nuestro hijo Adán tuvo un accidente y se ha quedado sin caminar. Así lo ha querido Dios, pero no podemos pagar la rampa para la casa. El *pobrecico* no puede salir de casa. No sé si usted...

—No se preocupen. Vayan al Cosme, el de la esquina de la calle, el que tiene un almacén, y le dicen que Julián pagará las obras que necesiten. No habrá problema.

La mujer se echa a llorar.

—Gracias, señor Juárez. Que Dios le proteja. A usted y a su familia.

—No pasa nada. Si no nos ayudamos entre nosotros, ¿quién nos ayuda?

Los acompaña a la puerta y el matrimonio se despide con una retahíla de gratitud que Julián deja de oír en cuanto cruzan la puerta. Los dos hombres que tiene en la puerta miran a su jefe antes de que la cierre esperando su aprobación a la visita. Julián se la da con un leve movimiento de la cabeza. Hacer obras de caridad para sus vecinos es una forma de limpiar su conciencia, pero también de tener casi a nómina a sus paisanos, y nunca se sabe si algún día tendrá que recurrir a alguno de ellos. De ese modo, la leyenda de Julián Juárez crece al mismo tiempo que su negocio. «El salvador del barrio.» «El que ayuda a los pobres.» Así se construyen los altares de los falsos dioses para la plebe, que apuntalan sus imperios amparados por aquellos que por necesidad no miran de dónde viene ese dinero si sacia sus necesidades.

Y no, no es lo mismo derribar a un hombre que a un dios.

42

La penitencia del alfil

Ha llegado la noche del cuarto día, y me doy cuenta de que una vez que cumpla con el plan, si sobrevivo, necesitaré descansar algo más que las seis horas que estoy durmiendo cada día esta semana. Pero no hoy. La fase de ataque empieza a dar sus frutos y esta noche toca cobrarse una pieza. Y no se trata de un peón.

Una vez leí en un libro sobre tácticas de guerra que, si quieres eliminar a un grupo de enemigos que caminan juntos, has de empezar siempre por el que va más retrasado e intentar ser silencioso. Que el resto tarde lo máximo en darse cuenta de que sus compañeros van cayendo por detrás. Busca siempre la ventaja cuando estás en desventaja. Así que, antes de iniciar la ofensiva, he vuelto a hacer algo que ya había realizado años antes, cuando era policía: he elaborado un árbol con la estructura del clan Juárez. Es muy difícil llegar hasta el jefe, aunque puedo, claro; de hecho, ya lo he tenido delante, pero aún no es el momento. Sin embargo, eso no va a calmar la rabia que a veces me consume. No, necesito lograr que comprenda que su clan se desmorona. Que se deshace sin que pueda evitarlo. Que sufra de verdad. Comerme una torre o un alfil. Asumo que eso conlleva efectos colaterales, pero lo único que intento evitar es la pérdida de vidas inocentes. Nada de tiroteos en lugares públicos, nada de acciones sin pensar que puedan lastimar a gente que nada tiene que ver con aquellos que libremente han decido dedicarse a ganar dinero a costa de los demás. Quizá por el desprecio que estos últimos me generan, y aunque aún me resulta extraño, sigo sin sentir ningún remordimiento por los mierdas a los que maté sin miramientos en aquella narcosala. Supongo que son los mismos miramientos que ellos no tuvieron en la narcosala con Claudia, la chica a la que sodomizaban por pura maldad cuando yo aparecí.

Al planificar el inicio de la fase de ataque, después de los estudios necesarios y la obtención de información, me planteé que no iba a matar a nadie que no fuera de apellido Juárez o de sus más estrechos colaboradores. Incluso que quizá los entregaría a la policía para que fueran las leyes las que se ocuparan, pero sé bien que a veces el sistema falla. Ya falló con la señora Ramírez y me costó la expulsión del cuerpo. O que se lo pregunten a los padres de Marta del Castillo. Así que dejé mi resolución un poco en el aire, solo con la convicción de que, si tenía que cambiar de opinión, lo haría sin dudarlo. Y no, no dudé. Como tampoco he dudado al quemar ese cuerpo sabiendo lo que significaba.

Durante mis años de policía me pregunté muchas veces, y es algo que todos aquellos que por su profesión están obligados a llevar un arma se preguntan, si llegado el momento sería capaz de apretar el gatillo, y si después me costaría dormir. La respuesta siempre fue que no para ambas preguntas. Aunque nunca puedes estar seguro hasta que ves el cañón de la pistola humeando en tu mano. Lo curioso es que no tuve que hacerlo como policía, pero sí años después. Quizá poseo algún rasgo de sociópata del que no soy consciente. Quizá todos tenemos alguno, he pensado en alguna ocasión. Tampoco es que me preocupe demasiado. Para saber que llegaré hasta el final solo me basta una imagen de mi hija. Una que quiero conservar en mis recuerdos y que llevo siempre conmigo: se trata de una fotografía en la que muestra esa media sonrisa triste que invariablemente la acompañaba. O eso me parecía a mí cuando en otros tiempos la observaba en la distancia. Es lo único que necesito para que se esfume como un vendaval cualquier sentimiento de culpa. Mi hija está muerta por la mala acción de unos hijos de puta. No murió a causa de una enfermedad incurable por la que podría haber odiado a Dios e incluso plantearme su existencia. Tampoco de un accidente de tráfico o doméstico: habría podido buscar consuelo en las casualidades, en la mala conciencia o en la estupidez de un conductor al echarse a la carretera con dos copas de más. Y en ese supuesto aún cabría la posibilidad de un castigo en el ámbito penal. No, la muerte de mi hija, judicialmente, es un suicidio que nadie va a cuestionar. Ni yo. Ella misma me lo explicó. Y tengo grabadas las palabras del policía que me lo comunicó cuando yo fui capaz de preguntar: «... no hay indicios criminales». La diferencia con otros casos es que en el de mi hija sí hay unos causantes indirectos.

Que nunca más pueda ver sonreír a mi hija tiene unos responsables que nadie va a perseguir.

Bueno, nadie no.

El sujeto aparece una hora más tarde de lo que había previsto.

Ionut es un hombre de origen rumano que encontró en el mercado laboral español el mejor de los empleos. Nada de contratos ni de seguridad social. Para qué los quieres si el dinero que te pagan puede costear cualquier médico privado que necesites y si tienes una urgencia igualmente te atienden gratis.

Es un tipo corpulento que luce en los brazos varios tatuajes. Con el pelo corto y ralo. Y unos ojos azules despiadados. Aunque al llegar a España hace ya veinte años trabajó en la construcción y se ganó bien la vida, la otra vida que conoció casi por casualidad una tarde bebiendo unas cervezas con unos compatriotas lo conquistó al instante. Él ganaba lo justo para mantener a sus tres hijos y a su mujer, y sus compadres conducían los últimos modelos de Audi. Claro que lo que hacían tenía un riesgo, no se regala el dinero sin ese peligro, pero acabó aceptando que valía la pena correr ese riesgo antes que tener una mierda de vida en otro país diferente al tuyo. Al cabo de los años, muchos de sus compatriotas, los que trabajaban de forma honrada, volvieron a Rumanía en busca de oportunidades que las ayudas de la Unión Europea les empezaban a proporcionar. El dinero estaba en su país, así que muchos regresaron. No hay solución más eficaz para que la gente no necesite irse a otros países a buscar una vida mejor que poder tenerla en el propio. Pero no todos lo hicieron. Había quien ya se había adaptado y prefirió quedarse. Y otros, como él, no iban a poder ganar el dinero que obtenían aquí, y además, en caso de tener un mal día, que siempre llega, la legislación y las cárceles no se pueden comparar, aquí algunas tienen hasta piscina, así que Ionut se quedó a pesar de que su mujer insistía en que volvieran.

Con el tiempo y los contactos, se había labrado una buena reputación, y cuando los Juárez conquistaron territorios supo estar en el lugar adecuado para que estos le ofrecieran un buen puesto en la organización en vez de un *pasaporte*, que era el eufemismo de que su familia fuera de entierro.

Ionut es el encargado de conseguir jardineros de confianza para el clan Juárez. Eso, en la práctica, significa que es quien busca a aquellos que van a dedicarse a cuidar los cultivos de marihuana. Encontrar buenos jardineros no es un trabajo cualquiera: aunque no lo parezca, tiene su dificultad. No se trata de poner allí a dos matones. Se trata de encontrar gente que sepa cuidar una red eléctrica conectada de manera fraudulenta. Estas pueden dar algún fallo y cargarse la cosecha. También hay que saber detectar si las plantas tienen suficiente agua o suficiente luz, y si están creciendo de manera adecuada. Son, de verdad, jardineros. La diferencia es que estos, además, han de estar preparados para dos tipos de ataques. En primer lugar, una redada policial, que requiere abandonarlo todo e intentar no ser capturado. Y luego, lo peor: un vuelco. Un grupo rival que quiere robarles la producción. Siempre es mejor oír la palabra *policía* a gritos que el silencio traidor de la competencia. Pero, claro, los delincuentes también lo saben, y a veces quienes se encuentra allí no pueden diferenciar si el que entra es un policía o no hasta que les han puesto las esposas o los han atado a una silla, en cuyo caso también pueden dar por seguro que van a torturarlos. De hecho, sé que aún están buscando a dos de ellos, los que vigilaban la plantación de los Juárez en Cornellà.

Ionut vive en el Eixample barcelonés. En sus primeros años vivió o malvivió en la zona más deprimida de Badalona, pero cuando entró el dinero, el de verdad, se trasladó al centro, a una zona noble. Conduce un BMW 325, así que sus vecinos, que tienen coches similares, no prestan atención a sus horarios extraños. Cada cual acaba yendo a lo suyo.

Ionut llega tarde, pero poco a poco su coche desciende por la rampa hasta estacionar en su plaza. Se queda un momento dentro del coche. No baja de él. Igual su instinto le previene de algo que no sabe identificar. O quizá solo está cansado.

Se enciende un cigarro y baja la ventanilla del coche para expulsar el humo mientras suena en el reproductor de CD del auto el último éxito de Elena Ionescu, del grupo rumano Mandinga. Da una calada profunda y, por algún motivo, su pensamiento se va al mierda de Lucas. Ya hace demasiado que no saben de él. A ese hijo de puta o lo han secuestrado y todavía nadie se ha puesto en contacto con el clan o es, como cree Julián, el cadáver del coche que apareció hace unos días y del que todo el mundo habla. También piensa en los dos jardineros que se largaron de la plantación de Cornellà, a los que tendrá que sustituir. En cualquier caso, ha de ir con cuidado porque, si están atacando al clan, él también es un objetivo. Pero no uno cualquiera, piensa, a él no le pasará lo mismo que a Lucas, a él... Casi se atraganta con el humo al notar algo metálico en la cabeza. Es cilíndrico, y nadie tiene que explicarle que se trata del cañón de una pistola. Cierra los ojos con la intención de no ver quién le está apuntando a la cabeza desde fuera del coche. Es un gesto involuntario a la desesperada. «Si no sé quién es él, no puedo reconocerlo.» Entonces siente un pinchazo en el hombro. Le han inyectado alguna cosa, y antes de que se dé cuenta nota una sensación de hormigueo y pérdida de voluntad. Es extraño, pero se encuentra bien, y es como si no tuviera fuerzas. Oye las palabras de alguien que le dice:

—En esta partida no sé bien si eres la torre o el alfil, pero es hora de hacer penitencia, Ionut.

Me introduzco en el asiento trasero del coche sin dejar de apuntar a la nuca de Ionut. Cierro la puerta y miro el reloj. Espero para empezar a hablar a que el líquido que le he inyectado le haga efecto del todo. La droga de los violadores, sencilla de obtener y de efecto rápido. Le va a dejar KO y a mi merced. Cuando veo que empieza a mostrar síntomas de que ya no representa un problema, aparto el arma y la guardo.

—¿Qué sabes de Julián, del clan Juárez? —le pregunto sin más.

—No sé quién es ese —logra decir intentando sobreponerse a la droga que le he inoculado.

Le golpeo la cara con la culata del arma, abriéndole la ceja, que inmediatamente empieza a sangrar.

—Podemos seguir así todo el día. ¿Qué sabes de Julián Juárez?

—Es el jefe, joder, eso lo sabe todo el mundo —dice, vencido, mientras las palabras se arrastran en su boca.

Después de eso se desvanece.

Compruebo que ya es inofensivo antes de salir del coche. Coloco a Ionut en el asiento del acompañante y le pongo el cinturón. No es tarea fácil, por el peso del tipo, pero es una marioneta que no ofrece resistencia. Aun así, me hace sudar de lo lindo. Una vez en posición, me pongo al volante y conduzco hacia la salida del parking. No he llegado a la rampa cuando apago esa música que seguía sonando y no entiendo. Prefiero el silencio para escuchar lo que tenga que contarme.

En el trayecto Ionut responde como puede a las preguntas, que entran en su cabeza con algún tipo de eco. Siempre creyó que, llegado el momento de irse, se acordaría de su mujer y sus hijos, pero lo cierto es que su mente no puede procesar nada más que la calle y las luces distorsionadas a su paso mientras alguien le lleva lejos de su casa. Solo piensa que en algún momento aquellas luces se van a apagar.

Quizá para siempre.

Unas horas más tarde encuentran el BMW de Ionut en una calle del Raval, muy cerca de la Rambla. Es una vecina la que alerta de que hay un coche aparcado con el motor encendido y alguien en su interior que no se mueve. La patrulla de la Guardia Urbana que acude al lugar es la primera sorprendida cuando al registrar el coche encuentra algo más de un kilo de cocaína escondida en el maletero. A Ionut le han robado el teléfono, la cartera y el reloj, seguramente delincuentes de la zona, que no pierden la oportunidad de saquear al primo que se queda dormido dentro de un coche.

La droga estaba bien escondida para evitar un primer saqueo rápido, pero no un registro policial. El tipo, una vez pasados los efectos de la substancia que le han inyectado, y ya detenido en comisaría, no sale de su asombro. Primero por estar vivo; pero, sobre todo, no entiende quién ha metido ahí esa droga que lo va a enviar a la cárcel. Porque su propio jefe le pondrá una diana en la espalda al saber que esa droga pertenece a Julián Juárez.

El plan sigue su curso.

43

Alguien va a pagar los platos rotos

Un vaso de cristal se estrella contra la pared. Después, el silencio. Nadie es capaz de decir nada. Abel mira a Jesús, la Mole, que tampoco entiende qué está pasando. Les ha llegado casi de manera inmediata el aviso de la detención de Ionut. En eso consiste también el poder, en no enterarse por las noticias de cosas que le van a afectar a uno en un futuro inmediato. Cómo ha sido tan estúpido de drogarse en una zona concurrida. Pero, sobre todo, de dónde ha salido la droga que le han incautado. Ese es otro dato preocupante. En el momento de la detención llevaba justo la misma cantidad que les robaron en la narcosala del Raval hace apenas una semana.

—¿Qué cojones ha pasado?

El tono de Julián no es el de siempre, tan seguro de sí mismo, tan frío que puedes notar que la temperatura baja si estás a su lado. No. Parece furioso. Abel sabe bien que cuando su hermano, que rara vez llega a ese estado, se encuentra así, es mejor no permanecer muy cerca de él y, ante todo, no enfadarlo más.

Cuando le ha llegado la información, el jefe del

clan Juárez ha salido de su casa y se ha refugiado en el chalé de Sitges. La Mole ha llegado hace unas horas con la pasta de la entrega del cargamento de hachís, que ya va camino de Alemania. Abel se ha quedado a dormir en una de las habitaciones de la casa. No lo hace mucho, porque cuando Julián visita el chalé no le gusta la compañía extra. En cuanto Julián comenzó a quedarse en la casa decidió que viviría allí una chica del club adquirido a los Casuals. Eso también lo aprendió de los capos que conoció en prisión. Es una de las últimas chicas en llegar, y solo él la ha tocado. No fue difícil convencer a Maribel, por decirlo de alguna manera, de que se ocupara de la casa y de satisfacer a su jefe. Pero solo a él. Aunque le repugnaba, no es lo mismo tener que acostarse con un hombre joven y musculado que con los viejos o jóvenes, muchos de ellos bebidos o drogados, que frecuentan el club. Su amiga Susan le dijo que se fuera allí de inmediato y sin rechistar. Sus cometidos son sencillos: mantener limpia la casa y hacer lo que le pida Julián, que, la verdad, no va tanto por allí como pensó que pasaría.

Maribel sabe poco de su jefe, o más bien de su dueño, porque al final a eso se reduce una relación así. Él mismo le confió que está casado y que tiene un hijo. Incluso que quiere a su mujer y mataría por ella. Supuso que la querría a su manera, pero no le pareció una cosa del otro mundo, porque de donde ella viene eso es de lo más común. Todos quieren a sus mujeres, pero se olvidan de ellas un rato cada dos por tres. Así que Maribel es solo la aventura que se concede de vez en cuando y poco más. Por lo demás, todos la dejan en paz y vive en una casa con piscina y vistas al mar. Casi el sueño de su vida, aunque se transforme en pesadilla cuando tiene que hacerle una felación o tiene que dejar que la penetre por detrás, cosa que es su rutina habitual, antes de correrse dentro de ella. La única diferencia es que ha aprendido a soportar las arcadas y las ha cambiado por una sonrisa.

Una vez a la semana un coche la va a buscar y la lleva al club. Es su único rato para poder relacionarse y hablar con Susan y las chicas. También para recordarle que aquel puede ser su futuro si contraría a Julián. Volver allí, donde cada día se la follarían todo tipo de sujetos extraños, malolientes y mugrientos. Estén aseados o no, a ellas siempre les parecen sucios. Así que poco puede hacer más que obedecer. Le ha tocado vivir en un mundo de hombres. Pero le consuela pensar que podría ser peor. Siempre puede ser peor.

Julián es tierno con ella, y hasta parece que empieza a cogerle confianza y le cuenta cosas de sus planes, pero siempre acaba por pedirle sexo si le apetece. Maribel sabe que todo puede cambiar si lo traiciona, y le cree cuando la amenaza diciendo que podría llegar hasta su familia en Colombia si se lo propone. Ella nunca acudiría a la policía, la de su país es a veces peor que los propios narcos. Con todo, le ayuda pensar que no tiene una mala vida. Gimnasia por las mañanas, la nevera llena y una cárcel de lujo donde puede contemplar puestas de sol mirando el mar Mediterráneo. Aunque, a fin de cuentas, es una cárcel. Una en la que no contempla pasar el resto de su vida, porque Julián puede cansarse de ella o, simplemente, porque llegue un día en que otra chica más joven la sustituya y ella deba volver al club. Aparta esos pensamientos y pone su mejor sonrisa antes de preparar la bebida para los invitados de Julián.

Maribel reparte las cervezas que trae en una bandeja y regresa a la cocina hasta que la llamen. Ha aprendido que esas conversaciones no son de su incumbencia y se va de inmediato. Si no sabes, nadie te podrá preguntar.

—Nos conocen bien. Alguien está rajando todo —dice Julián.

—¿Un traidor? —pregunta la Mole.

La pregunta queda en el aire.

—Nadie sabe de todo, prácticamente solo nosotros sabemos suficiente, y aquí solo hay lealtad. No creo que tengamos un soplón.

—Pues eso no es lo peor —dice Abel—. He conseguido hablar con el Puerco. Parece que en el cadáver quemado del coche encontraron una documentación. Cree que era la de Lucas.

Julián se va hasta la ventana y observa el mar.

—Lucas era de mi sangre. Quien haya hecho eso lo va a pagar con la vida.

—Pero no sabemos quién puede haber sido. Hemos cabreado a los moros, que nos la tienen jurada, a los gitanos y a los del país. Sin olvidar que nos persiguen los Mossos y los picoletos.

—Lo de la pasma está controlado. Mientras no sepamos qué pasa, redobla los puestos de vigilancia. El dinero ahora no es problema, así que contrata gente extra. Es normal que haya alguien que quiera nuestro territorio, nosotros también hemos actuado así. Pero hay que conseguir más hombres.

—Sí, y recuerda que también tenemos desaparecidos a los dos jardineros que cultivaban en Cornellà.

—Esos no me preocupan ahora mismo, pero sí, hay que saber qué les ha pasado.

—Para eso Ionut nos iba de fábula —se queja Abel.

—Pero ya no está. Acéptalo y adáptate.

—Ya, pero...

—Tú conoces gente de confianza —le dice a Jesús, ignorando a su hermano.

—Sí, pero meterlos en el clan costará dinero. Son sicarios, cobran mucho.

—Ahora nos lo podemos permitir. En dos semanas entrarán tres mil kilos de hachís. Hazlo y que ayuden en los locales.

—Vale. Me pondré enseguida.

—Y tú, Abel, ve a ver al Puerco. Que te diga qué cojones está pasando allí. Yo hablaré con el otro.

—Ya sabes que no le gusta que nos veamos en público.

—Recuérdale quién le paga y que es preferible que le veas tú a que lo haga yo.

Se acaba la reunión. Abel y Jesús se marchan con sus instrucciones. Julián se marcha media hora más tarde, una vez descargada la tensión acumulada en forma de corrida dentro de Maribel.

Cuando sale con su Mercedes 320 deportivo Julián no se fija en un Volkswagen Golf blanco estacionado cerca, pero a una distancia prudencial. Ni en el tipo que desde dentro del coche controla la casa con unos binoculares de alta precisión.

La policía no sabe de la existencia de ese chalé, pero Manuel Longán tiene una empresa de seguridad y recursos suficientes. Esa casa solo es un punto de reunión, pero mientras controla los accesos con los prismáticos observa algo que le desconcierta. Una mujer rubia con una bata sale al balcón a fumar. Apoya las manos en la barandilla mientras contempla el mar. Manuel sonríe.

Ha encontrado a la amante de Julián.

Otro posible punto débil. No el que esperaba.

44

Los policías entran de lleno en el juego

El teniente José Carlos López Cuervo entra en la sala operativa detrás de su compañera Lupe, la cual parece sentirse como en casa en la comisaría de los Mossos de Ciutat Vella. Hace ya unos días que sus jefes han decidido que se unan de manera permanente al grupo conjunto dispuesto para desarticular al clan Juárez. Él prefiere siempre trabajar con los suyos y se resiste a los equipos conjuntos, aunque muchos de sus compañeros le dicen que en general han tenido una buena experiencia. Las rencillas de 2017 han desaparecido, y ahora solo son policías de diferentes cuerpos que trabajan con un mismo objetivo. Lo cierto es que estos equipos son una práctica muy habitual, pero en el caso de los Juárez, que han enviado al hospital a varios agentes de diversos cuerpos, se ha vuelto una necesidad imperiosa. Cuervo lo tiene claro. Si un delincuente es capaz de embestir un coche policial en su huida, de qué será capaz si se encuentra a un ciudadano de a pie en su camino.

La guardia Lupe conoce a Carol y al cabo Esteller, por lo que no hacen falta las presentaciones. Los dos van directamente a la sala en la segunda planta.

Aun así, mientras no tengan a punto el operativo final, es decir, diligencias redactadas, órdenes judiciales de entrada en domicilio y de detención dispuestas y, sobre todo, un plan para llegar hasta Julián Juárez, cada cuerpo trabajará en sus propias dependencias y allí solo harán las reuniones diarias y la puesta en común de los avances en la investigación. La parte final es la más complicada, porque indicios de la participación de los Juárez en varios delitos graves los tienen a patadas. Ubicar la jefe del clan en un lugar y tiempo concretos es otra cosa. No han podido localizar una fuente fiable que les diga el paradero concreto de este, y cuando llega alguna información y se desplazan es demasiado tarde. O ya se ha marchado o es un farol que el propio Julián les lanza para indicarles quién manda allí. La situación es muy tensa.

La sala es austera, solo tiene una mesa grande, sillas y algunos ordenadores. Eso sí, cuentan con una pizarra de plástico donde anotar datos, y en una pared vacía han montado el organigrama del clan Juárez, con sus fotos y líneas de conexión, para dar forma al diagrama de relaciones. Y lo que no puede faltar en cualquier investigación que se precie: Esteller ha traído una cafetera. Si necesitan un despacho para entrevistas utilizan el del jefe de la Unidad de Investigación, que es el que les queda más cerca y rara vez pone objeciones.

Los *mossos* del grupo trabajan allí diariamente y ellos también lo harán, y eso se lo ha recalcado su capitán, siempre que el teniente lo crea oportuno. A decir verdad, Cuervo va a pasar más horas en esa sala de lo que se pensó en un inicio.

Le estrecha la mano al sargento Miralles y agradece una vez más que no se quede mirando la cicatriz de la cara más tiempo del necesario. Tiene superado ese trauma, pero le incomoda que observen el corte que adorna su mejilla izquierda. Hay gente que se lleva el trabajo a casa y Cuervo, una desgraciada tarde, se llevó una herida para siempre. Para la reunión se ha puesto un traje gris sin corbata con camisa azul oscuro. Óscar Miralles lleva unos tejanos y una camiseta verde con un símbolo en el centro que Cuervo no reconoce.

—Me alegra verte, José Carlos. Aunque —duda—, aún no sé cómo quieres que te llame. Eso de teniente y sargento creo que ya lo hemos superado.

—Todos me conocen por Cuervo y no me lo tomo mal. Es el apellido de mi madre, así que no me evoca el carácter peyorativo del ave carroñera, es un honor.

—Vale, pues Cuervo entonces. Yo ya te dije que me llamo Óscar, aunque a mí acostumbran a llamarme Miralles, así que lo que te vaya bien.

Se gira hacia los miembros de su grupo.

—No sé si los recuerdas del otro día, pero estos son Carol, que viene del grupo de homicidios y el cabo Esteller, que viene de mi grupo en la Metropolitana sur. Solo somos tres, pero cuando haga falta tendremos los veinte mil *mossos* si es necesario.

Los tres saludan con un gesto.

—Sí, disculpad, esta es Lupe, aunque no sé por qué os la presento porque veo que aquí ya os conocéis todos.

Los tres agentes se miran y se repite el gesto, ahora entre ellos, acompañado de una sonrisa cómplice, que casi suena a cachondeo. Algo que no agrada a Cuervo, que no muestra atisbo de sonrisa en su rostro, por lo que rápidamente acaban las risas.

—Bueno, ¿qué tenéis?

—Al grano. Sí, vale, pero antes me gustaría invitarte a un café. Y aunque Esteller se ha traído una Nespresso —le dice señalando la máquina—, mejor vamos a un bar de aquí al lado. Lupe se puede quedar aquí, te aseguro que estáis en vuestra casa.

Cuervo sopesa un momento la propuesta y, aunque esos segundos dan para que alguno piense que ese policía serio va a decir que no, acaba yendo hacia la puerta sin decir ni que sí ni que no.

Los dos mandos salen de allí, dejando en la sala a los dos *mossos* y a la guardia, que sin pensárselo dos veces se acerca a la máquina de café.

—¿Alguien me presta una taza y una cápsula? Prometo devolverla limpia y comprar más.

Carol sonríe y saca de un cajón de una de las mesas unas tazas de cristal y varias cápsulas. Al menos la parte de los agentes está más que superada. A ver qué tal les va a los mandos.

Cuervo observa cómo Miralles echa dos sobres de azúcar al café largo. Él lo bebe solo y corto. «Diferentes en todo», piensa.

—¿Qué te pasa con los Juárez? No hace falta ser muy largo para ver que ahí tenéis una historia.

Miralles toma un sorbo de su café con leche y mira al teniente.

—Julián y yo nos conocemos de niños. No éramos amigos, ni mucho menos, pero en alguna ocasión habíamos coincidido en el parque. Incluso habíamos jugado al fútbol juntos. También conozco a su madre y a su hermano. Su padre era un hijo de puta. Cuando teníamos... —hace memoria antes de proseguir— unos diez años y estas cosas se graban en la memoria, su cuerpo apareció en un canal de riego cerca de Manresa con las manos atadas a la espalda. Creo que les tocó la lotería aquel día. A su mujer ya no la conozco tanto porque, aunque era del barrio, como era más pequeña y nuestros caminos dejaron de coincidir, solo sé quién es. Sé cómo se llama, claro, y alguna cosa que hemos averiguado porque tiene propiedades a su nombre. Nada importante que podamos relacionar con los trapicheos de su marido. Una tienda de ropa de niños, un almacén, cosas así.

Cuervo escucha atento.

—El problema vino años después. Yo gané plaza en la Unidad de Investigación de L'Hospitalet y me dieron el grupo de atracos. Imagínate quién se dedicaba en aquella época a atracar todo lo que podía.

—Es jodido cuando trabajas en la misma ciudad en la que conoces a todo dios.

—Sí, aunque yo al principio no pensé que pudiera repercutirme. No sabía lo hijo de puta que podía ser Julián Juárez.

—No te tortures por eso. Nunca conocemos del todo a las personas a las que queremos, así que imagina lo poco que sabemos de la gentuza que tenemos alrededor y con la que convivimos.

—Ya. Lo que pasó fue que mi grupo identificó a Julián en un atraco. Nos fue bien encontrar un testigo del barrio, un chaval que había sido muy amigo de Julián. Yo también lo conocía, claro, y me aproveché de ello. Lo tenía pillado por un pase de coca y era declarar o ir a juicio por delito contra la salud pública.

—¿Y declaró?

—Sí. Tuvimos la suerte, si es que se le puede llamar suerte, de que el tipo tenía a su madre con una enfermedad de esas jodidas y él era su único cuidador. Ir a la cárcel significaba que su madre se quedara sin nadie para cuidarla y, con esas enfermedades, sin apenas ayudas, a algunos solo les queda elegir la eutanasia. No tuvimos ni que amenazarlo, él mismo llegó a la conclusión de que no podía dejarla sola.

—Comprendo.

—Así le pillamos. Le cayeron solo tres años. El muy cabrón negoció bien la condena, y en cuanto pisó la calle ya no volvió. Ah, y su amigo de la infancia palmó el mismo día que Julián salió del trullo. Fue tan rápido a cargárselo que los de homicidios tuvieron que medir los tiempos del viaje desde la cárcel hasta el bar donde trabajaba este, porque casi parecía que no había podido hacerlo él. Y claro, los testigos no vieron una mierda. Están cagados.

—Va a ser un hueso duro.

—No lo dudes. A Julián no le importó condenar a muerte a la madre de uno de sus amigos de la infancia si con ello se vengaba de él.

—Ya, es un hijo de puta, he visto a muchos en este trabajo. Pero en esta historia falta algo, ¿no?

Miralles medio sonríe expulsando aire entre dientes.

—Sí, compañero. Falta algo. Un día estaba esperando a mis hijos en la salida del colegio y pasó un chaval con un patinete. Soltó un sobre casi encima de mí y se largó a toda prisa de allí. Cuando lo abrí casi me desmayo allí mismo, lo confieso.

—¿Qué contenía?

—Dos fotos de mis hijos jugando en el parque. En la cabeza de cada uno habían dibujado una diana de color rojo. No te puedes imaginar lo que es ver a quien más quieres en el mundo con una diana. Lo hubiera matado allí mismo si en aquel momento tengo la oportunidad.

Cuervo podría explicarle que él también vivió una situación traumática con sus hijos, pero piensa que aún no tienen esa confianza.

—Qué hijo de la gran puta.

Los dos se quedan callados. Miralles da un sorbo, apurando la taza de café.

—Aquello acabó con mi matrimonio. No podía ocultárselo a mi mujer, así que me culpó por poner en riesgo a nuestros hijos. Y en parte tenía razón.

—Bueno, ahí discrepo. ¿Tú cómo ibas a saber que eso pasaría? De haberlo sabido no lo habrías permitido. No te conozco apenas, pero de eso estoy seguro.

—No, claro que no, pero a veces me pregunto si era evitable. Si, como me decían algunos amigos, habría sido mejor escoger otro destino. En fin, que me separé, en parte para quitarles la amenaza a mis hijos, aunque te confieso que algo se había roto hacía tiempo con mi mujer.

—Ya.

—Cambié de destino para quitarme de en medio y fui a parar a Barcelona, donde nadie me conoce y puedo trabajar sin problemas. Pero cuando me hablaron de un equipo especial para desarticular el clan Juárez...

—Me lo imagino, Miralles. Eso queda siempre dentro, y un día u otro hay que sacarlo.

—Luego os han agregado a vosotros, lo cual me parece bien, pero no te confundas, Cuervo. Para mí esto es personal, y si tengo delante a Julián y me encañona, te aseguro que lo coseré a tiros. No esperaré a que me dispare él. Ya se lo explicaré a un juez o a un jurado, pero mis hijos no me llevarán flores al cementerio si puedo evitarlo.

Cuervo apura la taza de café.

—Si Juárez nos encañona y yo estoy allí, quizá no te dé tiempo a apretar el gatillo.

—No sé si eres tan rápido.

—Esperemos no tener que averiguarlo.

Tercera parte

El porqué es lo único que importa

Me parece que ya no estamos en Kansas.

Dorothy,
El mago de Oz (1939)

45

La cuenta atrás está activada

Me voy quedando sin tiempo y necesito saber qué armero tengo que abrir, porque si no, no sé bien qué haré. Es la primera vez desde que inicié el plan que no controlo lo que pasa. Y eso no me gusta. No es bueno depender de otros para una finalidad concreta, pero hasta ahora todo ha ido más o menos bien. Nerea parece una buena persona, aunque no tengo claro su cometido. A veces está como ausente e imagino que su situación debe de ser incómoda. Le han asignado a un compañero que desaparecerá en pocos días y supongo que no quiere intimar demasiado. Eso es bueno. Los planes que involucran a terceros siempre tienen inconvenientes: la gente se hace una opinión propia de las cosas y puede ponerse de canto o de frente, y llegado el momento creo que ella es de las que se plantarían delante. Una opción que tengo que evitar a toda costa.

He podido observar estos días que en la zona de los armeros, protegida por una cámara de seguridad, a veces algunos agentes olvidan objetos al entrar y sacar sus armas reglamentarias. Nada importante, a veces una pequeña bolsa, a veces un trapo que guardan dentro para proteger el arma en sus semanas de descanso, cosas así, que pasan en una comisaría donde trabajan más de cuatrocientas personas. Lo bueno es que esos objetos nadie los toca porque todos saben que los retirarán en cuanto sus dueños vuelvan a la zona al acabar su turno. Por eso tuve una idea. Ayer dejé una pequeña bolsa en la parte de arriba, en una esquina donde, por suerte, los armeros no llegan al techo. En ella hay un diminuto dispositivo de grabación. Estoy corriendo un riesgo enorme porque la cámara de seguridad me habrá registrado dejándola, y si alguien revisa las imágenes y encuentra la microcámara, se acabó todo. Pero no tengo opción. Necesito ver cuál es el armero asignado al cabo Hernández, al que tarde o temprano me enfrentaré, de eso no hay duda. Un policía que ha vendido su alma por dinero, aunque sé que este en concreto lo ha hecho por otros motivos además del dinero.

He pasado por ahí varias veces aprovechando que los armeros están cerca de los vestuarios, una zona de paso por la que van circulando los agentes que trabajan en el edificio y que solo se llena en los cambios de turno. La bolsa sigue en su sitio. No la he tocado para no perder el ángulo de filmación, y desde el móvil tengo acceso en directo a lo que está grabando. Tampoco quiero que nadie me vea, porque en ese caso tendría que retirarla, ya que allí no se deberían dejar objetos.

Es un escenario que me mantiene en tensión, y creo que Nerea lo está notando. Llevo grabando unas horas, pero necesito que grabe un turno entero para tener la ocasión de observar a mi objetivo. Es una situación desesperada, pero no he encontrado otra manera de resolverla. Sin embargo, no puedo obviar la importancia de ese armero, porque dentro de esa caja metálica se halla el motivo por el que pedí el reingreso en los Mossos d'Esquadra. El motivo por el que pedí esta comisaría en concreto. Necesito abrir esa caja y acceder a su interior. Porque la alternativa es ponerle un arma en la cara a un miembro de la policía, y ese es un punto sin retorno que prefiero evitar, aunque llegaré a él si es necesario, de eso no tengo dudas.

De pronto oigo pasos, así que salgo de ahí y entro en el vestuario, donde me quedo en una esquina. Abro la aplicación y observo en directo lo que la cámara está grabando. Dos agentes de paisano acceden a la zona de armeros hablando. De repente, uno señala la bolsa con la cámara. Mierda. Creo que se me va a parar el corazón. Se dicen algo que no puedo entender porque estoy grabando sin sonido para aprovechar más la batería de la microcámara. Siguen conversando y mirando la bolsa, pero de pronto dejan de hacerlo, y, cuando han guardado sus armas en las fundas interiores, se marchan de allí tal y como han venido. Me digo que es mejor que me vaya a buscar a Nerea, que se estará preguntando dónde estoy.

Hay que seguir.

Y eso hago.

46

Secretos que pueden matarte

Aquella tarde Maribel está algo más contenta de lo habitual. Aunque en esta época de su corta vida le ha tocado ser una especie de novia del jefe cuando este decide visitarla, solo lo hace un par de veces por semana. Pero su encierro sí es real. No son cuatro paredes, claro. Una casa con vistas al mar y piscina privada puede ser un sueño para quien se lo puede permitir, pero cuando lo tienes y no puedes salir de ahí el sueño puede acabar en pesadilla.

Maribel conoce todos los rincones del chalé y, aunque ha aceptado su destino, está segura de que un día cambiará a mejor. Tiene que ser así, porque si no ¿qué sentido tiene la vida? Una suerte de suma de decisiones, a veces impuestas, que dan un resultado al que adaptarse. «O eso o morir, que es hacia donde vamos todos», suele pensar. Solo hay que saber alejarse lo máximo de ese momento.

Baja un poco la ventanilla del coche para que le dé el aire. El chico que le ha tocado hoy la mira por el retrovisor. El aire que entra por la pequeña obertura produce un ruido que parece molestarle. No dice nada, solo hace una mueca. Esa chica no deja de ser la querida del jefe, mejor no abrir la bocaza, piensa el chaval, que no pasa de los veintidós años. Maribel sube de nuevo la ventanilla y se queda observando el paisaje. Ese viaje que Julián le ha impuesto como recordatorio de lo que puede ser su vida si se desvía de sus obligaciones se ha convertido, de forma paradójica, en el mejor día de la semana. Durante un rato puede estar con su única amiga de verdad, sale de la casa donde está encerrada y, a veces, puede verlo a él. Así que está disfrutando del trayecto en coche desde el chalé hasta el club. Ha puesto su música favorita, lo cual es aceptado por todos los hombres que se turnan para llevarla. Casi nunca repiten. Julián no se arriesga a que alguno tenga la tentación de probar una mercancía que es solo suya. Eso es ella, piensa a veces, una posesión. La conclusión a la que ha llegado Maribel es que, como no puede escapar así como así de esa especie de condena, le sacará todo el provecho posible.

Una vez en el club, la tratan como lo que se supone que sería si Julián no tuviera ya una reina. Una que jamás pisará un local así, pero ella sí, por lo que todos la cuidan. Los porteros la dejan pasar abriéndole la puerta, los camareros la invitan mostrando una actitud servil. Y luego están las otras chicas. Estas ven en ella un sueño, eso les parece la situación de Maribel. Uno que quizá algún día podrían alcanzar. De eso se trata. Si les dan la opción de una vida fuera de aquellas paredes oscuras, las chicas viven en una esperanza ilusoria. Una que las tiene engañadas y sin opciones de salir de allí, salvo para cambiar de antro cuando se hagan mayores o cuando ya no sean productivas. Porque a eso se reduce el negocio. A la cruda realidad de que son una propiedad de alguien que decide por ellas. A llegar a tener un estatus mejor dentro de una vida de mierda, como si se tratara de ganado.

Para Maribel esa visita representa la advertencia sobre dónde acabará si se le ocurre traicionar o, simplemente, decepcionar a Julián Juárez, el gran jefe del clan. Aquel por el que a algunos hombres, y eso lo ha visto en alguna reunión en el chalé, les tiembla la voz solo con pronunciar su nombre. No, Maribel no es tonta. Solo es una chica que nunca tuvo oportunidades, que soñó con ser veterinaria, pero que despertó de ese sueño de la peor manera posible. Y al final, se adaptó.

Si se para a pensarlo, tampoco está tan mal. A eso llega la mente de una persona para aceptar las desgracias. Porque tiene vestidos muy bonitos, tiene teléfono móvil y puede hablar con su madre todos los viernes. Y hasta le permiten mandarle a la familia el dinero que el propio Julián le da.

Cuando era pequeña y empezó a interesarse por los animales, el que más le llamó la atención fue el camaleón con su prodigioso control de la adaptación para camuflarse, así que ella, en esta etapa de su vida, ha decidido ser un camaleón. Adaptarse o morir, camuflarse, disimular y esperar su oportunidad. Ella no va a morir en esa vida. Es tan solo una etapa, y lo que va a hacer es aprender. Lo primero que entendió que tenía que hacer, es, precisamente, no morir. Y no solo se trata de su cuerpo físico, sino de no dejar morir el alma aceptando para siempre esa situación.

Como siempre, para evitar a los clientes, la hacen entrar por la puerta de atrás y la llevan a una zona reservada. Una especie de palco VIP donde hay una mesa y dos sillas. Está ubicada a una altura baja, pero suficiente como para mantener algo de distancia. Desde allí puede ver la sala y a sus antiguas compañeras sirviendo copas e intentando engatusar a los hombres. Al palco, desde la zona de copas, no se puede acceder, y, aun así, si algún hombre la ve y quiere acercarse a invitarla a una copa, siempre hay un matón que le indica que aquella chica no está disponible. Son muchos los que la miran. Maribel es una mujer preciosa, pero ninguno podrá tenerla. Ese es en parte el objetivo de que ella esté allí una vez por semana. No solo que las demás chicas la vean, sino que ella sea consciente de lo que le puede pasar, de la cantidad de hombres gordos, feos, viejos y apestosos que la observan y que la elegirían a ella si pudieran y que se la follarían por un puñado de billetes que ni siquiera serían para ella.

Maribel se pide un cubata de cola con Bacardí. No acostumbra a beber alcohol y Julián no lo aprobaría, pero aquel día necesita algo fuerte. Al poco rato se acerca su amiga Susan. Le da un abrazo y observa lo que está tomando.

—¿Un mal día?

—Una mala vida —le contesta mientras observa el hielo derretirse en el vaso. Pero enseguida vuelve la vista a su amiga y comprende que cualquier día malo para ella es un paraíso para Susan y las demás.

—No, no, lo siento, yo...

—No lo sientas, mujer. ¿Qué te crees, que pensamos que lo tuyo es el premio de la lotería? A mí tirarme todo el día al polla pequeña del jefe también me haría pedir un cubata.

Maribel suelta una carcajada que casi le hace escupir la bebida. Se tapa y se seca los labios entre risas.

—Qué bruta eres.

Las dos terminan de reírse y se hace un extraño silencio.

—Ve con cuidado, Susan, ya sabes cómo se las gastan —le dice señalando al otro lado de la sala, donde hay una chica sentada en las sombras.

Cambian el gesto. Aquella es la otra cara de la moneda en la lección de las chicas. O el camino de Maribel o el de Mina, que intentó escapar y le rociaron la cara con ácido. Ahora solo limpia el club y sirve de ejemplo para las demás. Lo jodido es que se lo hicieron porque lo habían visto en una película. «Los muy hijos de puta no tienen imaginación ni para eso», piensa Maribel.

—Vamos a hablar de cosas más bonitas.

—Susan, estoy pensando en cómo sacarte de esto —le suelta de improviso.

—No seas loca, Mari. No te arriesgues. Yo estoy bien.

—Ya, sé que eres fuerte, pero me apena mucho que tengas que estar aquí con esta mierda de gente que vienen a follar comprándonos como si fuéramos mercancía.

—Te lo digo de verdad, estoy bien. Estoy ahorrando dinero. No estaré mucho aquí —le dice guiñándole un ojo.

Las dos saben que, con su dinero, por mucho que

reúna, nunca sería suficiente. Sin embargo, aceptan tener esa opción y se esfuerzan en creer que es posible, porque en eso precisamente consiste el modelo de control de las chicas. El miedo y la esperanza.

Una esperanza vana.

Por la puerta aparece uno de los peces gordos de la organización, por lo que Susan, sin abrir la boca, se marcha rozando la mano de su amiga al salir.

La Mole se queda allí plantado delante de Maribel. El de seguridad se va a tomar un cubata por indicación de Jesús, a lo que accede encantado. Ya está harto de hacer de niñera.

Cuando se va, la Mole tiene una mirada dura y despiadada, pero de repente esgrime una pequeña sonrisa. Ella se la devuelve.

Su mente regresa al momento en que salió aterrada de una furgoneta y se encontró con aquellos hombres que las trataban con dureza. No entendía lo que pasaba, pero empezó a comprender que la oferta de trabajo en una discoteca en Ibiza no era real. Para empezar, no estaban en Ibiza, allí no se veía el mar por ninguna parte, aunque eso era lo que menos le importaba. Su cabeza empezaba a asumir el error. Sus ojos se llenaron de lágrimas y empezó a llorar. Con ellas iban cuatro chicas más, que hicieron lo mismo. Todas sumidas en un mar de lágrimas hasta que un grito las asustó y callaron de golpe. Les iban a explicar a qué habían venido, les decía un tipo alto, fuerte, con un tatuaje y con pecas en la cara. El horror las esperaba. Pero Maribel alzó la mirada y, detrás de ese hombre, vio que había otro más grande. Moreno y con los ojos negros. La observaba con una mirada diferente, y halló calidez en sus ojos. Y entonces sucedió. Sin buscarlo ni quererlo. El hombre fortachón le sonrió tímidamente. Tiempo después, en encuentros fugaces, vinieron más sonrisas. Y más calidez. Nunca una exigencia por su parte. Y siempre en secreto.

Pero en aquel primer momento, después de esa sonrisa del hombre fuerte, llegó casi de manera inmediata la visita de Julián. Jesús bajó la mirada. Los astros hicieron que el jefe se fijara en ella y la apartara del grupo. Y Jesús no podía oponerse, así que los encuentros se convirtieron en momentos clandestinos. Como el de aquel instante en el club. La Mole podía moverse con total libertad, y eso ayudaba a sus encuentros, cada vez más frecuentes.

Y ahora, allí está él, como siempre, para asegurarse de que está bien. Sonriendo como la primera vez. En esa reserva que están obligados a mantener, aunque Maribel espera que no sea para siempre.

Con un leve movimiento de su boca y una mirada cómplice, Maribel le devuelve la sonrisa mientras Jesús cierra la puerta con llave y pasan a un reservado.

Susan también sonríe mientras se aleja del reservado guardando un secreto que podría hacer que mataran a su amiga. Por nada del mundo la delataría.

Por nada.

47

Si algo te huele mal, es que huele mal

En la sala de reuniones están esperando a los dos mandos del equipo conjunto. Puede que al final, a pesar de sus diferencias, se empiecen a llevar bien. Al menos Cuervo parece estar más relajado en la sala.

Solo falta en la oficina el cabo Esteller, que como de costumbre llega tarde. Carol y Lupe se miran de vez en cuando y se sonríen al levantar la cabeza de sus teléfonos móviles. Se han caído bien, y eso hace que el silencio en la sala no sea incómodo. Cada una a lo suyo, asumiendo que tienen la confianza como para interrumpir su revisión a las redes sociales en cualquier momento y explicarse alguna cosa. El silencio se rompe con la entrada de Esteller en la sala. Como siempre, lo hace con su patinete eléctrico. Algunos agentes optan por las motocicletas, y otros, tanto para trabajar como para desplazarse, lo hacen por el patinete. El cabo Esteller lo aprovecha, ya que los *furas* les han cedido uno para posibles seguimientos o para poder ir y venir de su casa. Carol mira a su compañero y aprieta el entrecejo.

—¿Ya vas seguro con ese trasto?

Esteller mira el patinete como si no entendiera a qué se refiere.

—Lo bien que va. Barna es un infierno para ir en coche, ya no se puede ir a ningún lado. Las calles cada vez tienen menos carriles y no hay donde no te cueste un riñón aparcar el coche.

—No, si lo digo porque esos trastos explotan.

—¡Hala, exagerada! —exclama.

—Me consta que hay comisarías en las que no dejan entrar patinetes eléctricos.

—Pues exageran.

—No lo sé, pero el otro día, en Nou Barris, se incendió un piso por un patinete. Parece que las baterías se sobrecalientan solas.

Esteller mira de nuevo el vehículo.

—A mí, mientras me lleve, ya se puede quemar todo.

—No te reirás como se te queme la casa.

—Calla, gafe.

La conversación se interrumpe por la entrada de los dos mandos. Cuervo aparece detrás de Miralles, y los dos toman asiento en la mesa de la sala, junto a los demás agentes.

Miralles toma la palabra.

—Os hemos pedido que vengáis porque, a pesar de nuestros esfuerzos, y nos consta que todos estáis dando el callo, no avanzamos con el caso. Los Juárez siguen aumentando el imperio y ni siquiera sabemos dónde duerme Julián. Y si lo supiéramos aún no poseemos carga penal para pedir una orden judicial. Él está en busca y captura por no haber pasado por el juzgado a firmar ni una sola vez desde que le dieron la condicional, pero sin poder asociarlo a un hecho delictivo concreto estamos jodidos.

—Bueno —tercia Carol—. Si pudiéramos demostrar que Julián está en un lugar exacto, nos deberían dar una orden para poder entrar a detenerlo, ¿no?

—Eso sería lo correcto, compañera —le contesta Cuervo—, pero ni la mejor jueza, y tenemos en el caso a una de las mejores, nos dará una orden de registro para detener a un fugitivo sin otra cosa que apoye la carga penal. Ya no se arriesga nadie a cometer un error y que les cueste un recurso o una inspección del juzgado.

—Ya.

—Además —sigue Miralles—, nuestra mejor opción, pero quizá la más arriesgada, es su casa; y allí ya sabéis que, además de la dificultad para acercarnos, por la vigilancia del barrio, tiene dos escapatorias a ambos lados de la vivienda. Necesitamos que la jueza nos autorice el registro de las tres casas, la suya y las de sus dos vecinos. No puede escapar esta vez. Y eso es un martirio a la hora de justificarlo, porque no olvidéis que no trabajamos solo para detenerlo, sino que tendremos que ir a juicio, y si no tenemos pericia suficiente en la Audiencia Provincial nos tirarán el caso abajo. Por eso nadie se arriesgará. Ni siquiera la jueza Amposta.

—Pues suerte que nos ha tocado la Juez Dreed —dice Lupe.

—¿Quién?

—Es una coña, es un personaje de cómic que... Es igual, olvídelo, mi teniente.

—Es lo que tenemos. Coged las carpetas del caso y revisadlo todo. Busquemos algo que se nos haya pasado, si eso existe. O eso o nos tocará seguir el rastro de sangre que vaya dejando Juárez hasta que cometa un error.

—Pero, en breve, Julián Juárez dejará de tocar la mierda y solo tocará la pasta. Eso es lo que hacen los que están arriba en la pirámide. Y es cuestión de tiempo, estamos a punto de entrar en el descuento. Él aún tiene que mostrar que manda, pero ese día llegará y no tardará demasiado. Sin embargo, mientras tanto la sangre sigue corriendo. Además, en ambos lados, ya sabéis que estamos pendientes del análisis forense del cuerpo quemado en el coche de El Prat, pero la documentación encontrada nos dice que se trata de Lucas Juárez, un primo suyo que no sabemos bien qué papel desempeñaba en la organización, pero era suficiente como para que se lo hayan cargado.

Enseguida todos se ponen a trabajar. Carol en el ordenador, Lupe y Esteller revisando las carpetas con toda la información del caso que han almacenado en ellas: declaraciones de testigos, inspecciones oculares, fotografías de los escenarios..., tienen allí cientos de documentos.

Cuervo se acerca a la máquina de café. Miralles se une a él.

—Si quieres nos escapamos un momento y después nos unimos al grupo. Alguna ventaja debe tener haber opositado para ascender —le dice Miralles.

—No, por mí ya me va bien este café. Pero si quieres que salgamos...

—No, no. A mí también me va bien.

Los dos se sirven un café de cápsula en la esquina de la sala mientras observan cómo trabajan sus compañeros. Ellos también se pondrán a revisar las carpetas en breve.

Un rato después de estar releyendo los atestados e informes no parece que puedan avanzar demasiado, y eso se refleja en las caras de los investigadores.

—Cómo puede ser que nadie sea testigo después de todo lo que ha hecho para llegar a la cima, joder —se pregunta Cuervo, casi para sí, quitándose las gafas y cerrando una de las carpetas con expedientes.

—Bueno, ya que estamos, repasémoslo todo —contesta Miralles recogiendo el guante y cerrando también la suya—. En el asesinato de Braulio Ramírez en el bar de hace seis meses, nadie logra identificarlo, y te aseguro que enseñamos fotos rozando lo ilegal —dice susurrando esto último—, a los testigos con fotos de Julián con diferente peinado y edad. Nada. En el que sospechamos que fue la eliminación de un líder rival, el del clan marroquí, nadie colabora, por razones obvias, son todos delincuentes y prefieren arreglarlo ellos. Además, esa organización quedó muy tocada. Después tenemos los ataques a plantaciones. En la de L'Hospitalet los dos tipos casi se churrascan dentro, pero no vieron, o eso dicen, quién fue el autor, y si volvemos al inicio, en el asalto al furgón todos iban con las caras tapadas. ¿Me dejo algo?

—No, pero tengo la sensación de que se nos pasa alguna cosa. Repasemos el resto de los ataques que han sufrido ellos. Una plantación en Cornellà donde no encontramos a ningún jardinero, vete a saber dónde aparecen y cómo. El narcopiso, poco después, con tres muertos. Y para acabar, el cadáver del primo en El Prat. Pero de esto tampoco sacamos nada, porque no sabemos qué grupo lo ha perpetrado. Es un puto galimatías.

Los dos jefes aprovechan esa pausa de Cuervo en sus disquisiciones para beber un sorbo de su segundo café. Carol se acerca a ellos.

—¿Os importa? —les dice señalando la máquina de café.

—No, adelante, claro.

Mientras espera a que se caliente el agua de la máquina de café, Carol se dirige a sus jefes para comentarles un pálpito que ha tenido:

—He hecho un repaso de todo, de forma mental, claro, y ahora seguiré con los informes, pero hay una cosa que me da mala espina —les dice arreglándose el pelo caoba en una cola.

—Di, no te cortes, Carol.

—Bien, hay una cosa que con los años he aprendido de mi sargento en el grupo de homicidios: si algo te huele mal, es que huele mal. Así de simple.

—Me gusta esa reflexión, compañera. ¿A dónde quieres ir a parar? —pregunta Cuervo.

—Veréis, he empezado a repasar los casos y, claro, los testigos que tenemos son casi todos gente que vendería a su madre, es decir, también delincuentes, que, por lealtad o por miedo, no dicen nada. Pero tenemos dos escenarios en los que no lo son. El bar y el atraco al bingo. He recordado que los testigos, y ahora mismo daré otro repaso a las declaraciones, no consiguen recordar ni la cara de quien disparó. No es una cosa fuera de lo común, incluso casi diría que no mienten, es decir, que no es que tengan miedo, que seguro que también, sino que no consiguieron enfocar la cara por el terror que les causaba la escena. Estaban viviendo un momento traumático.

—¿A dónde quieres ir a parar?

—Pues que una persona de la calle puede ser muy observador o no, depende de ella y del estrés que esté acostumbrado a sobrellevar, pero tenemos a un testigo que es un profesional. El conductor del furgón blindado es un sujeto que sí lidia con el estrés a diario.

—Pero en ese atraco todos llevaban las caras tapadas.

—Sí, pero es que en la primera declaración que he repasado... no vio nada. Pero nada es nada. Fue testigo directo de cómo mataban a sus compañeros y ni siquiera vio si eran dos o tres individuos, ni hacia dónde huyeron o qué ropa llevaban. Ni siquiera qué coche... ¿Nada? No me lo creo.

—¿Insinúas que estaba en el ajo?

—No lo sé, pero me hago una pregunta. ¿Cómo sabían los Juárez, si, como parece, no tenemos dudas de que fueron ellos, que aquel día era el que llevaban la máxima recaudación de la semana? Lo declara el encargado del bingo. Y por lo que estamos viendo los Juárez no actúan al azar, ¿no creéis?

Cuervo y Miralles se miran y vuelven la vista a la agente, que espera una respuesta.

—Esa es una muy buena pregunta, compañera.

—Buena, Carol, buena. Sigue buscando por ahí a

ver qué más encuentras. Cuervo y yo nos acercaremos a hablar con el de seguridad. Búscame la dirección de su casa y envíamela al móvil.

Los dos se miran, cogen sus chaquetas, las llaves de un coche de paisano y salen del despacho.

Cuando se van, Carol explica a sus compañeros sus sospechas. Después se acerca a la pared para observar el diagrama de relaciones del clan Juárez para darle el último trago al café. Deja aquellos nombres y se dirige a la pared opuesta, donde están todos los recortes de prensa relacionados con los hechos que ellos creen que pueden conectar con los Juárez. Es un recurso que ha aportado el teniente López Cuervo para determinar qué sabe la prensa sobre el caso. Y no es mala idea, porque los periodistas de sucesos también tienen alma de sabuesos. Se centra en un artículo en el que un reportero narra el atraco al bingo. Han puesto la página entera. Lee la noticia y después, con la esperanza que da el convencimiento de haber encontrado algo con lo que avanzar, vuelve a su sitio en la mesa. En la pared, junto a otras noticias de contenido similar, queda esa con la reseña del atraco. En esa misma página, un poco más abajo, en una noticia breve que completa la hoja con otras noticias del día, se podía leer: «Un suicidio en el balneario de Caldes de Malavella altera la paz del lugar».

48

Hora de las presentaciones

Desde mi posición puedo ver con cautela cómo el tipo que sale por la puerta del chalé se sube a un Opel Astra rojo y se marcha. Ha llegado el momento de agitar el avispero. Dejo mi Golf aparcado a distancia y me acerco hasta la entrada. Observo que dispone de cámaras de vigilancia. Me he puesto una boina gris con visera y unas gafas de sol Ray-Ban. No es mi mejor disfraz, pero algo me tapan la cara; como mínimo, para no poder ser reconocido por un *photoprinter* de las cámaras de seguridad, pues sé bien por mi empresa que ese modelo no tiene excesiva resolución. Además, funcionan con wifi, y eso sí es una buena noticia. Se pueden piratear.

Llamo al timbre y espero. No responde nadie. Insisto hasta que oigo cómo unos pasos con prisa se aproximan.

Abre la mujer que había visto anteriormente. Es muy atractiva y joven, y va ataviada con una bata de seda para ocultar, sin conseguirlo, un bañador de dos piezas como única prenda de vestir. La muchacha parece sorprendida de verme allí, en su puerta.

—¿Qué desea?

Por el acento detecto que es sudamericana.

—*Em dic Enric Peral i estic buscant una casa per comprar en aquesta zona* —le digo extendiéndole la mano.

—Lo siento, no le entiendo.

—Oh, perdone, me llamo Enric Peral. Estoy buscando una casa para comprar en esta zona. ¿Sabe si se vende alguna por aquí?

—Uy, pues no lo sé, señor. No conozco a los vecinos, no sabría decirle.

—Señorita...

—Maribel.

—Señorita Maribel, la suya, ¿no estará en venta?

—¿Esta? No, no. Bueno, no lo sé —duda—. En realidad, no es mía. Yo solo vivo aquí por un tiempo.

—No la entiendo, ¿está de alquiler? ¿Podría hablar con el dueño?

La mujer empieza a sentirse incómoda ante la situación y comienza a mirar hacia la calle, imagino que por si vuelve el tipo que se ha ido hace poco. Supongo que es el que Julián ha dejado allí para su protección, y no quiere que la encuentre hablando con un extraño en la puerta.

—Mire, no puedo prestarle ayuda en eso. Pregunte en aquella casa de allí —me dice señalándome la puerta siguiente.

—Perdóneme, no se ofenda, señorita, no quería incomodarla con mis preguntas. ¿Quizá si paso más tarde puedo hablar con el dueño? —insisto a sabiendas de que no tengo ninguna intención de encontrarme con Julián otra vez. Al menos hoy no—. Uy, perdone, lo he vuelto a hacer.

—No, tranquilo. Que tenga suerte, igual un día somos vecinos —dice ella con una sonrisa, intentando rebajar el tono y viendo que me voy a marchar y así puede dejar de tener esa mala sensación.

—Pues puede que sí —le respondo devolviéndole la sonrisa.

Me giro para irme, pero me detengo al segundo paso. Por probar...

—¿Sería mucho pedir que me enseñara la planta baja y la piscina? Solo para hacerme una idea de cómo son las casas por aquí.

—No, lo siento, no dejo entrar a desconocidos, no se ofenda, yo no... Un momento, ¿cómo sabe que hay una piscina?

—Bueno, no lo sé, pero lo supongo. De todas formas, discúlpeme, la entiendo, con la de malos hombres que hay, hace bien en no dejar entrar a nadie. Ya no la molesto más.

Me giro y, esta vez sí, me marcho, dejando a Maribel algo confundida por la extraña conversación que acaba de tener conmigo. No deben de pasar muchos tipos buscando una casa por la zona.

Vuelvo al coche justo en el momento en que el vehículo del matón que vigila la casa, y muy probablemente también a la chica que se ha presentado como Maribel, regresa de lo que le hayan encargado.

Saco mi ordenador portátil. Pongo las contraseñas y accedo a unos documentos de Word también con contraseñas. Empiezo a teclear lo que he sacado de la entrevista con la chica. Puede ser que ella también haya utilizado un nombre falso, como yo, pero creo que no ha sido así. Aprecio por el acento que debe de ser colombiana. De entre veintidós y veinticinco años. Aspecto saludable y sin ojeras, lo que descarta una vida nocturna, y eso, a su vez, también, que se dedique a la prostitución. El maquillaje puede hacer milagros, pero la he visto viniendo de tomar el sol. De algún lugar habrá salido para llegar a estar con los Juárez, y en particular con Julián.

Pienso que quizá tendré que hacer alguna vigilancia extra, pero el tiempo se me tira encima. Es un cabo por atar, una información valiosa que podría utilizar si fuera necesario, pero por el momento no es prioritario saber más de ella, aunque sí haber descubierto un lugar donde Julián se deja caer de vez en cuando, uno que dudo que conozcan los del equipo conjunto, porque no he visto ningún tipo de vigilancia.

El teléfono vibra y veo que me llama Nerea.

—¿Dónde andas?

—Ahora voy para allí. He ido a mi casa del Prat a ver cómo están los perros. Ese que recogí de la calle hace poco no se acaba de poner bien. Enseguida salgo.

Apago el ordenador y arranco el vehículo en dirección a Barcelona.

En la sala del grupo de trabajo de la Unidad de Investigación, Nerea sigue sentada delante del ordenador después de colgar la llamada con Manuel. Abre el navegador del iPhone y busca en el mapa el dispositivo de ubicación que le ha puesto a su compañero. Marca un punto en una zona de Sitges.

Nerea cierra la aplicación.

—¿Qué haces en Sitges, Manuel?

49

Hay que estirar el hilo sin romperlo

Cuervo y Miralles llegan a la casa del guardia de seguridad en Sant Boi. El vigilante aún sigue de baja como consecuencia de los acontecimientos que se produjeron hace seis meses. «No es para menos», piensa Cuervo, que ha vivido alguna actuación policial con compañeros muertos en acto de servicio. Los recibe en la cocina. No es demasiado grande, pero tiene una mesa y dos sillas. Rubén Alcalá trae otra del comedor para que puedan sentarse los tres. Les ofrece un café, que aceptan, y los policías observan a aquel hombre, que da la sensación de ser mayor de lo que en realidad su DNI documenta. Miralles piensa que, con los sesenta cumplidos y la experiencia traumática que ha tenido, no volverá a trabajar y solo le espera la jubilación.

Cuervo empieza sin dilación.

—Mire, no queremos atosigarle con preguntas, pero estamos llevando la investigación del caso que usted vivió en persona, y nos gustaría, ahora que han pasado unos meses, que volviéramos a hablar.

—No hay problema, ¿teniente? ¿Me ha dicho usted que era...?

—Sí, teniente de la Guardia Civil, y mi compañero es el sargento Miralles, de los Mossos d'Esquadra. Como ve, mire si nos lo tomamos en serio que estamos juntos en este asunto.

—Ya veo. Pero ya declaré en su día, no creo que pueda aportar más.

—Mire, lo dudo, y discúlpeme —interviene Miralles—. Con lo que usted declaró en su día, solo con que hoy nos dé las buenas tardes ya aportará más que en su declaración.

Rubén se remueve en su silla.

—Verá —añade Cuervo—. En este equipo —le dice señalando a Miralles— se supone que el borde soy yo, pero, como puede comprobar, ya no estamos para historias. Hay algo que usted oculta y, mire, esta mañana, una agente muy perspicaz nos ha hecho una observación muy interesante. Era demasiada casualidad que el clan que investigamos atracara el furgón el día de la máxima recaudación semanal.

—¿Qué insinúa?

—No lo insinúo. Eso requiere información. Sabemos que ese golpe lo dieron Julián Juárez y su banda. Es posible que incluso él mismo sea uno de los que apretaron el gatillo y matara a sus compañeros, pero demostrar eso es tarea nuestra. Estamos aquí porque estamos convencidos de que alguien les pasó ese dato.

—Muy convencidos —recalca Miralles.

—Oigan, no. Yo jamás hubiera...

—Entonces convénzanos de lo contrario. No puede ser que el testigo directo del asesinato de dos compañeros no aporte absolutamente nada. Se supone que era usted un profesional, no un simple testigo.

—Pero es que no vi nada. Iban con las caras tapadas, y cuando empezaron a disparar, yo...

—Lo entendemos, se bloqueó... Mire, no queremos hurgar en su vida, porque hasta ahora no nos planteábamos que pudiera estar relacionado con lo ocurrido, pero nos tiene que dar algo o no nos dejará más remedio que considerar esa opción.

Se hace el silencio.

—Sus ojos —dice al fin tapándose la cara.

—Siga.

—Nunca olvidaré aquella mirada. Desde mi posición en la cabina no sabría decirle ni el color de las pupilas, pero me clavó los ojos y...

Miralles sabe bien lo que puede provocar una mirada de advertencia de un tipo como Julián, y más después de haber ejecutado a dos personas delante de ese hombre.

—Señor Alcalá, ha llegado el momento de que ayude a dar descanso a las familias de sus compañeros. Se lo debe.

Rubén parece sumirse en sus recuerdos. Los dos policías le dejan unos segundos de calma para que encuentre la paz interior que le permita sacar el coraje que le impulse a darles una pista.

—Del atraco, les juro que no puedo aportar más, porque fue todo muy rápido. Después pareció como si el tiempo pasara a cámara lenta mientras mis compañeros caían al suelo desplomados. Y después...

—Siga.

—Entonces, aquel tipo se acercó hasta ponerse

delante del furgón, me miró y disparó al cristal blindado. Aquellos ojos. Más que sus ojos, su mirada.

Vuelve el silencio.

—¿No puede darnos algo? Lo que sea que le venga a la memoria. Haga un esfuerzo.

—No me hace falta esforzarme. Huyeron en un Seat Ibiza gris. No apunté la matrícula, aunque aún la recuerdo. Cuando me preguntaron estaba de verdad bloqueado, pero al cabo del tiempo... Tienen que entenderlo, tengo nietos, tengo una familia que proteger. Les juro que pensé que tampoco harían nada con ese dato, porque sé que siempre queman los coches. ¿No fue así?

Cuervo expulsa el aire con cara de cansancio.

—¿Se acuerda de la matrícula de memoria?

—No la olvidaré en la vida. Les juro que, si alguien dio esa información, no fui yo. Jamás hubiera puesto en peligro a mis compañeros, pero yo pensé en mi familia y...

El hombre baja la cabeza y le asoma una lágrima sincera. Cuervo apunta la matrícula y la dirección de huida y le explica que unos agentes irán a su casa para que declare de manera oficial y sus palabras consten por escrito en un acta. Le prometen que no les pasará nada ni a él ni a su familia, Julián Juárez ya no debe de saber ni qué cara tiene el vigilante al que amenazó hace seis meses. Pero esa es la estrategia del miedo, que suele perdurar más allá de la memoria de quien lo provoca.

Los dos policías se marchan del piso de Rubén Alcalá y suben al vehículo policial de paisano.

Cuervo va de acompañante y parece sumirse en sus

pensamientos. Casi se puede decir que tienen un avance en la investigación. No es mucho, pero sí un hilo del que estirar. Miralles lo hace regresar al caso.

—No me suena de nada que apareciera un coche quemado después del robo. Fue una de las búsquedas que ordené. O lo quemaron fuera de Cataluña o sigue entero.

—Yo hago la gestión por si en Aragón o en las zonas de Valencia apareció uno quemado aquellos días.

—Perfecto. Busquémoslo.

50

Recoger los frutos

De vuelta a la comisaría después de mi visita al chalé de Sitges, me encuentro más animado. Al llegar a la planta de la Unidad de Investigación me fijo en la puerta cerrada del equipo conjunto. ¡Cómo me gustaría saber qué pasa detrás de esas paredes! Sopeso la posibilidad de dejar esa parte del plan y que sean ellos los que acaben con el maldito clan, pero, como no sé cómo va la investigación, no me queda más remedio que seguir con mi objetivo inmediato, que es el que de verdad me ha traído hasta aquí. Después ya valoraré qué opciones tengo.

Entro en la sala de la Unidad de Investigación y Nerea no repara en mí. Parece absorta introduciendo datos en el sistema informático. Imagino que alimenta la base de datos para la llamada inteligencia policial.

La dejo a lo suyo y me voy hasta los armeros. Ha llegado la hora de acelerarlo todo. Se me acaba el tiempo.

No hay nadie, es lo normal, pero esto se llena de agentes en los cambios de turno y en la comisaría trabajan muchos policías, por lo que puede venir alguien en cualquier momento. La cámara de vigilancia de la zona se halla en la esquina superior de la puerta de acceso, y al otro lado habrá un agente observando. Espero que como tiene más sectores que vigilar no se fije en mí. De la manera más disimulada posible, como si mi armero estuviera por allí, recojo la bolsa con la microcámara que dejé ayer. Sigue en su sitio, por lo que nadie ha reparado en ella, o al menos no ha llamado demasiado la atención. Ahora tengo grabado el paso de los agentes que trabajan en la comisaría por este lugar. Esta noche no podré dormir demasiado porque debo visionar la grabación. Espero haber logrado encuadrar la imagen lo suficiente como para poder alcanzar a mi objetivo con la nitidez necesaria como para identificar qué armero es el objetivo que asaltar. No el número, claro, que es diminuto para una filmación, pero sí cuál es su situación. Y debo ser exacto, porque no voy a disponer de otra oportunidad. Además, esto no es como en las series de la tele, en las que todo lo encuentran en segundos por la sencilla razón de que tienen que meter la historia completa en menos de una hora, y esa búsqueda suele ser secundaria en la trama. En la vida fuera de la ficción se ha de visionar en tiempo real, y eso quiere decir que los minutos que hay que permanecer frente a la pantalla son los mismos que transcurren en la grabación, a excepción de los momentos en los que no aparezca nadie, que pueden visionarse en cámara rápida. En cualquier caso, es muy laborioso y yo estoy solo en esto. No dispongo de un equipo que me ayude. A pesar de poseer una empresa de seguridad con buenos empleados, no puedo compartir mi meta con nadie. Ni siquiera con mi segundo.

La acción es rápida y discreta, pero no me arriesgo y espero por si algún compañero se acerca a esta área y tengo que dar alguna explicación. Sobre todo, el *mosso* encargado de la vigilancia de las cámaras de seguridad del edificio, tanto del exterior como del interior. Por suerte los peligros siempre acostumbran a venir del exterior, y en eso concentran los agentes su atención. Que esté en esta zona de la comisaría no debería despertar ninguna sospecha. Cuando creo que ya es seguro regresar a mi planta, lo hago por las escaleras, evitando el ascensor. Vuelvo a la sala de trabajo de la unidad para reencontrarme con Nerea. Compruebo la hora, es tardísimo. Este día no lo alargaré más, así que voy a despedirme de mi compañera, que al verme llegar hace un gesto extraño, creo que la he asustado al presentarme de repente. Le sonrío.

—¿Todo bien?

—Sí, casi acabo.

—Yo me marcho ya, Nerea. Estoy cansado del trote de la semana y me parece que hoy me iré pronto a dormir.

—Vale, no te preocupes. Hasta mañana. Por fin será viernes —dice levantando los brazos y sonriendo.

—Bueno, mujer, no habrá sido para tanto, ¿no?

—No lo decía por eso, hombre.

Recojo mi bolsa y salgo de allí.

Nerea regresa a su ordenador y, antes de abrir la pantalla de nuevo, se asegura de que no haya nadie observándola. Todos están concentrados en sus quehaceres. Gira la cabeza hacia el despacho de su jefe, que tiene la cortina abierta y está observando la sala de su unidad. Fija la vista en la *mossa* mientras da un trago a una taza que ella cree que debe de ser té. Ha visto que Manuel se ha ido. Ella le devuelve la mirada. Entonces él regresa a su mesa y Nerea se sumerge de nuevo en la pantalla del ordenador. Abre un archivo de vídeo proveniente de las grabaciones de seguridad de la comisaría. En la imagen aparece su compañero recogiendo algo que podría ser una bolsa de la zona de los armeros. Es una secuencia que minutos antes le ha pasado desapercibida al *mosso* que observa las cámaras. Ella sí está al corriente del armero que le han asignado a Manuel, así que sabe que donde está maniobrando no es donde debería estar.

—¿Qué estás recogiendo, Manuel? —se dice mientras intenta ampliar la imagen.

Respira hondo y cierra el archivo cuando otro agente de la Unidad de Investigación pasa cerca de ella.

¿Qué está tramando su compañero?

Coge el teléfono y hace una llamada.

Su instinto le dice que no le queda mucho para descubrirlo.

51

Por fin cara

Las gestiones acaban siendo más rápidas de lo previsto. Carol aprovecha un contacto en la Guardia Urbana de Barcelona que le informa de que tienen en el depósito de vehículos un Seat Ibiza con la matrícula que les ha dado el vigilante. Al parecer, su propietario no quiere saber nada de él.

Hace unos meses, desde el servicio municipal del depósito de vehículos se consideró, un hecho común hoy en día, que aquello era un caso más de lo que le sucede a la gente que no llega a fin de mes. Pasado un tiempo vale más el pupilaje que el propio coche, por lo que algunos propietarios optan por deshacerse del vehículo a cambio de saldar la deuda y ese coche va al desguace. Pero en este caso no están en ese punto. La agente consigue el teléfono del titular, que resulta ser una persona de setenta y dos años. En esa llamada entiende por qué. Con tono más bien borde, el propietario le dice a la agente que está harto de recibir llamadas del ayuntamiento para que pague el pupilaje de su coche y una multa que ya ha recurrido. El hombre insiste en que su coche está en el garaje de su casa y no en el depósito. Que ya se lo ha dicho a los funcionarios, pero que siempre le dicen que su proceso está en revisión y que con el personal que tienen aún no han podido hacer las comprobaciones.

Carol descubre que, al ser la retirada del vehículo un hecho administrativo y no penal, nadie se ha preocupado hasta ese momento de investigar que, efectivamente, tal y como le ha dicho ese hombre, existe una denuncia por el robo de unas placas de matrícula con esa numeración. Ella hace cuentas rápido para ver que han doblado las placas del coche para el robo con otro Seat Ibiza del mismo color. Con toda la información es fácil entender que en el depósito de vehículos de Barcelona está el coche con el que los Juárez iniciaron su ascenso al poder. El automóvil con el que escaparon tras el robo con asesinato en el bingo. Un coche que, por algún motivo extraño, no acabó quemado en cualquier descampado para evitar la obtención de pruebas por parte de la policía científica. Porque, como Cuervo y Miralles saben, detrás del hecho de haber abandonado un vehículo después de un atraco con dos muertos en vez de calcinarlo existe una causa sobrevenida. Ese error no lo comete un profesional como Julián Juárez. Así que, en ese momento, en la sala de trabajo del equipo conjunto están esperando a que lleguen las primeras informaciones de la científica que han enviado al depósito junto con el cabo Esteller y la agente Carol Ferrer. Ambos se han llevado las fichas decadactilares de los miembros conocidos del clan, incluyendo las de Julián y su hermano, para que, si se revela alguna huella en su interior, puedan compararse de inmediato, sin esperar al informe pericial. Han enviado al mejor miembro de la científica en dactiloscopia para que pueda hacerlo allí mismo.

Van ya por la segunda ronda de cafés de la tarde y quizá tengan que tomar una tercera. Cuervo está hablando con su compañera en un rincón de la sala de temas suyos, supone el sargento Miralles. Este se muerde las uñas. Un gesto que no consigue erradicar, pero que deja en cuanto es consciente de que lo vuelve a hacer. Tiene su teléfono en la mesa y lo observa como quien espera con impaciencia que le digan que todo va a ir bien. Se pasa la mano por la cabeza afeitada, y después por la frondosa perilla, como si ahí encontrara el pelo que le falta en la cabeza. Un gesto involuntario que ha adquirido sin darse cuenta.

Suena el teléfono de Miralles y este silba corto y suave para avisar a Cuervo, que se acerca. El sargento coge la llamada en la misma mesa, activando la función de altavoz.

Es Carol.

—Te escuchamos todos, Carol. He puesto el manos libres.

—Vale. El cabo está hablando con la científica, pero os avanzo que tenemos muy buenas noticias. Me he traído al agente Lupiáñez, uno de la científica que es un crac y ha encontrado una huella parcial de uno de los objetivos.

—Estupendo, Carol, ¿de quién?

—¡Del pez gordo! —exclama—. De Julián Juárez.

—¿Es una huella identificativa? —pregunta Cuervo—. Es decir, ¿sirve para avalar una identificación? Porque si es parcial, no sé qué pondrá en su informe.

—No os preocupéis por eso, me ha asegurado de que en el informe se identificará a Julián Juárez sin ninguna duda. La huella está en el interior del marco de la puerta. No hay muchas más. Supongo que llevaban guantes, pero que, por algún motivo, se los quitaron antes de salir del coche.

—Asegúrate, Carol. Dependemos de eso para conseguir una orden de entrada en casa de Julián.

—Mi teniente, se lo aseguro. Y si le pregunto de nuevo a Lupiáñez se va a mosquear. Lo conozco de un tema de homicidios de mi grupo y es una bestia en la científica: no validaría algo de lo que no estuviera convencido. Puede estar tranquilo, que tendrá ese informe positivo.

—Bien. Por fin una puta buena noticia, joder —dice Miralles dando un golpe en la mesa—. Vale, Carol, regresad en cuanto podáis, que Cuervo y yo nos vamos a hablar con la jueza. Y si todo va bien, en las próximas horas vamos a tener mucho trabajo.

Cuelga el teléfono y los dos mandos se dirigen a la puerta.

Por fin las cosas se ponen de cara.

Cuervo no las tiene todas aún. Sabe bien que detrás de la cara siempre hay una cruz.

52

Las cosas avanzan en todos los frentes

Antes de marcharme para casa, donde me espera un maratón de vídeo, doy un último vistazo al pasillo. Observo el movimiento de entrada y salida de agentes en la sala del grupo conjunto, que los *mossos* han denominado *fantasma*. No por hacerlo despectivo, sino porque todo el mundo sabe por qué están aquí esos agentes que casi no saludan y se relacionan poco con los demás. Todos están al corriente de que el grupo está destinado a atrapar al clan Juárez. Es demasiado difícil guardar ese tipo de secretos durante mucho tiempo, y en los días que llevo aquí he oído a otros agentes hablar de lo que se cuece ahí dentro. No de los detalles, claro, eso los investigadores lo llevan bien y cierran con llave la sala al marcharse, pero sí de lo que ellos suponen que hacen dentro o de las pruebas que puedan haber obtenido. Yo no tengo ni idea, ni el resto tampoco, pero es sabido que, cuando no se dispone de información, el que quiere tener tema de conversación fabula. A mí me da igual lo que puedan decir los *mossos* en sus chismorreos, pero no es bueno que se sepan cosas del grupo, aunque reconozco que a mí me ha caído del cielo. Por algún motivo no los han ubicado en la comisaría de Les Corts, y sí en Ciutat Vella. Algo que no estaba en mis planes y que no habría podido saber por mis fuentes sobre el clan, aunque me viene de perlas estar en el mismo edificio que los que persiguen de manera legal a los mismos que yo. En unos días dejaré de ser *mosso* para siempre, y con ello dejaré de tener acceso a toda esta información. Creo que lo mejor es cumplir mis plazos y ya veré, una vez que alcance el primer objetivo, si me meto más o me aparto. Es una opción y no puedo obviarla del todo.

Me voy a ir ya, en el momento en que surge de la sala el sargento de los *mossos* junto a un mando de la Guardia Civil, el de la cicatriz en la cara, que los chismorreos no han podido establecer si es alférez, sargento o teniente. Tienen prisa. Lo cual indica que se está preparando algo importante. Pero no va a ser inmediato, porque el resto del grupo permanece dentro.

Nerea sale de la sala de la Unidad de Investigación y me encuentra todavía aquí, cerca de la puerta de la otra sala.

—¿No te ibas? ¿Estás alargando tus horas por amor al arte? —me dice con una sonrisa.

Se la devuelvo.

—No, compañera. Solo estaba pensando. Ya estamos a jueves y me queda poco.

—Bueno, estamos de guardia el fin de semana. Cortesía del subinspector, que se ha saltado los turnos para exprimirte al máximo.

—Y ver si la cago.

—Eso seguro que también, pero yo tenía entradas para ir a Port Aventura con mis hijos y ya ves.

—Pues eso sí que lo siento, Nerea.

La *mossa* se ajusta la bolsa al hombro, que, por el peso, le baja de manera involuntaria.

—Yo me abro, Manuel. ¿Nos vemos mañana?

—Sí, claro. Aunque no pienso regalar ni un minuto que me corresponda.

Ella se para antes de irse.

—¿Te das cuenta de que eso normalmente lo dice la gente para largarse del trabajo, y no para quedarse?

Me hace gracia el comentario.

—Así de raro es tu compañero, amiga.

—Raro y efímero. Venga, anda, hasta mañana.

Se pierde escaleras abajo y yo miro el reloj. La observo mientras se aleja y respiro hondo. El momento ha llegado.

Llamo por teléfono a Marcos Raimon, mi hombre de confianza en la empresa.

—Ven con un coche y un equipo de seguimiento a la comisaría de Ciutat Vella. Tengo un encargo para ti.

Voy a necesitar algo de ayuda.

Llega la hora de la verdad.

Todo al rojo.

53
Tenemos un plan

La visita a Julia Amposta va bien. En este caso era fácil de prever. Saben que han tenido mucha suerte de que esa magistrada fuera, de verdad, una buena jueza instructora. Miralles viene de un destino anterior donde de los cuatro juzgados de instrucción que hay, una jueza carga con casi todo el peso del partido judicial. En el ámbito penal lo hace de manera casi literal. Otros dos juzgados hacen lo que les toca, ni más ni menos, pero el cuarto literalmente lo archiva todo. El primer juzgado mantiene casi treinta presos preventivos en espera de juicio; los segundos, menos de diez cada uno y el cuarto, ninguno. La carga de un juzgado con presos preventivos es muy grande, pero, paradójicamente, la jueza que tiene esa treintena de presos es la que recibe más inspecciones de sus superiores jerárquicos a causa de la saturación de su juzgado. En cambio, la que no tiene ninguno casi sirve de ejemplo, para desesperación de la primera, que es un modelo de trabajadora incansable. «Un ejemplo más de cómo funciona el país», piensa Miralles mientras baja las escaleras de los juzgados acompañado de Cuervo: los vagos siempre aprovechándose de los más trabajadores. Una comidilla entre los *mossos* de su unidad dice que, si planearan matar a alguien, sería en la guardia de la *jueza perezosa*, que es como la llaman en los propios juzgados, porque supone un archivo seguro. Por suerte, en esa investigación tan compleja han podido contar con una de las buenas, y eso puede contribuir al éxito de la operación.

Dejan a Amposta redactando las órdenes de entrada y registro en espera de determinar en qué domicilio será la entrada. La base jurídica es la misma y las pruebas tampoco varían, así que acuerdan con ella que en cuanto puedan averiguar dónde se esconde Julián la llamarán de inmediato para recoger los mandamientos judiciales, se lo comunicarán al abogado de la Administración de Justicia e irán a realizar el asalto lo antes posible. La rapidez es prioritaria, porque Julián no está mucho tiempo en un mismo sitio. Durante la investigación el grupo ha podido ubicar un almacén y dos pisos que son propiedad del clan. Y, por supuesto, la casa de sus padres en L'Hospitalet de Llobregat, donde viven su mujer y su hijo. Ese es un lugar que ningún delincuente con familia puede cambiar cuando se le antoja, porque, aunque ellos pueden vivir en la itinerancia, los niños no. Estos necesitan estabilidad y relaciones sociales. Así que sí, tienen localizada una vivienda que con toda seguridad visita Julián, lo que no saben es cuándo. Para complicarlo más, se trata de una zona muy difícil de vigilar, porque hay siempre más de dos chicos, que ellos sepan, muy cerca de la casa, observando la calle y a cualquiera que les resulte extraño. A veces alguno más, dependiendo de las franjas horarias. Cualquier intento por acercarse que no sea el de una patrulla de seguridad ciudadana haciendo su ronda es frustrado por los aguadores, lo cual les deja muy poco margen y solo permite una visión del lugar cada mucho. Significa también perder el factor sorpresa y que, si Julián está dentro, pueda prepararse para escapar. Eso, piensa Miralles, no es un problema, porque Cuervo y él han preparado un plan sin fisuras. Al menos sobre el papel, porque, como bien han aprendido con los años, la realidad siempre tiene imprevistos.

Aun así, siguen teniendo un gran problema para ubicar allí a su enemigo. No han sido capaces de establecer un patrón en las visitas de Julián a su familia, y seguro que lo hace, no tienen dudas. Pero ni siquiera han podido determinar cuándo ha realizado una sola de esas visitas. La redada, que ya han decidido que será allí, una vez iniciada, va a ser con centenares de efectivos que van a sitiar literalmente el barrio.

Han instalado cámaras de vigilancia cerca, pero, aunque son muy discretas, los niños del barrio, que también parecen trabajar para el clan, las han roto a pedradas. Incluso han roto algunos objetos de particulares que han pensado que también eran cámaras de grabación. Cualquier objeto extraño recibe su dosis de piedras.

Lo único que no controla Julián Juárez es el paso de los drones, por la simple razón de que no puede verlos ni las piedras de los niños llegarían a derribarlos. Pero la información que aportan tampoco es demasiado transcendente. Las imágenes aéreas difícilmente muestran caras a no ser que la persona mire al cielo. Julián no entra por la puerta, o eso al menos piensan ellos, y le es fácil esquivar la vigilancia aérea de la policía.

—Bien. Disponemos de las pruebas y la orden de entrada estará a punto. Lo más difícil. Pero ahora hemos de pensar cómo encontramos a Julián.

Todo el grupo está reunido en la sala, alrededor de la mesa central.

—No sé si podemos dar respuesta a eso, teniente —le dice Esteller.

—Cuervo tiene razón. Hemos hecho el trabajo más difícil, pero ahora necesitamos ubicarlo —les dice Miralles.

—Sin un lugar para vigilar la casa de su mujer lo tenemos crudo. No nos sirven las *robertas*, nadie se fiará de una furgoneta de reparto que se quede parada allí demasiado tiempo. O da igual cómo la rotulemos. Los aguadores nos empezarán a tirar piedras en cuanto sospechen.

—Bueno, pues vamos a lo básico. ¿Dónde se apostan los aguadores? ¿Lo sabemos bien?

—Eso está controlado. Las actas de vigilancia de la Unidad de Drones son muy exhaustivas. Esperad, que os lo muestro —dice Carol.

La *mossa* va hasta unas carpetas y rebusca hasta encontrar unos informes que tienen bien archivados. Los lleva a la mesa y los extiende entre el sargento Miralles y el teniente Cuervo.

Ven unas fotos desplegadas en formato DINA4 donde se observan varias calles. La casa de Julián está remarcada con una línea azul que recorre los límites. Es una planta baja con un patio trasero que da a una calle posterior, y en ese patio también se aprecia una puerta pequeña. Es decir, que realmente Julián puede entrar por dos sitios, lo que complica aún más la vigilancia.

—No sabía que tenía dos accesos. No figura en los análisis de inteligencia policial.

—Porque no hemos visto nunca salir a nadie por esa puerta y los aguadores apenas recorren esa parte. Si te fijas bien, son varias las casas que tienen esa disposición y cuyos patios dan a la parte posterior de la casa principal. Es una calle con poco tráfico y que da a un descampado.

Cuervo observa las fotos ampliadas abriendo en dos el documento, que comprueba que es muy detallado.

—Vale. Estos datos indican que tiene una pequeña red de información, llamémosla así. ¿Sabemos quiénes son?

—Gente del barrio. Muchos de ellos menores. Ya sabes, máxima protección del legislador, que nos impide muchas gestiones. Son hijos de familias pobres que seguramente reciben alguna ayuda de los Juárez. Nadie los delatará, por agradecimiento o por miedo.

—No, de ellos no sacaremos nada, seguro.

Carol sigue examinando las fotografías aéreas que adjuntan los informes. En todas se aprecia la misma disposición de las casas, solo cambian los coches que pasan por las calles adyacentes y la gente del barrio. Y ahí están siempre los aguadores, sentados o de pie, en las cercanías de la casa. Lupe se acerca a verlas con Carol y Esteller se une a Cuervo y Miralles en su objetivo de buscar un resquicio por el que llegar a esa información que les falta. Están tan cerca... y, sin embargo, parece que la meta se aleja.

De pronto, Lupe mira a Carol mientras analizan la comparativa de dos de las fotografías aéreas. Carol le devuelve la mirada con una especie de sonrisa. Rebuscan, sacan otras fotografías y se miran casi a la vez.

—Mi teniente, sargento, vengan a ver esto.

Ambos, además de Esteller, aunque no ha sido nombrado, se acercan.

—¿Ves lo mismo que yo? —le pregunta Lupe a Carol mientras sus jefes llegan a su posición en uno de los laterales de la mesa central de la sala, donde tienen decenas de documentos desplegados.

—Necesitamos más fotografías de otros días —le responde esta.

Las dos empiezan a sacar esas mismas fotografías de los informes y las van distribuyendo por la mesa, apartando todo lo que les estorba.

Los tres hombres esperan a un lado a que ellas acaben de exponer las imágenes y les digan qué han encontrado.

—¿Lo ves?

—Sí —dice Carol con una sonrisa.

—Vale, chicas, ¿qué estamos viendo?

Lupe le cede la palabra a su compañera.

—Parecen unas simples fotos aéreas casi idénticas: una hilera de casas donde no pasa nada. Sin embargo, hemos visto que en algunas de ellas sí hay una variación. Me he acordado de un amigo que trabaja en seguridad ciudadana. Me explicaba el otro día que tuvieron la visita del rey y que montaron un despliegue de tres pares de narices. Y que antes de llegar al lugar la autoridad, hacen una requisa los TEDAX, la Canina y los de Subsuelo.

—Vale. El rey lleva la hostia de protección. ¿A dónde quieres ir a parar con eso?

—Salvando distancias, ¿no es Julián un rey en el clan? ¿No necesita mucha protección?

—No hemos visto en ningún informe que a la casa de su mujer llegue un coche con protección ni nada parecido. De hecho, ese es el problema, que no sabemos cuándo va allí porque el muy cabrón se esconde como una serpiente.

—Claro —continúa Lupe—, pero mirad estas dos imágenes de días diferentes. Incluso mirad estas tres y luego esta —les indica.

—¿Lo veis? —les pregunta Carol.

—Joder.

—En ninguna fotografía se observa que tenga vigilancia, aunque seguro que dentro de algún coche hay guardaespaldas. Pero mirad: lo que sí aumentan son los aguadores. En estas imágenes —separa tres fotografías que parecen casi idénticas— se ven dos críos en la puerta de la casa y otro que va arriba y abajo en la misma calle.

Todos analizan las tres imágenes.

—Ahora, mirad estas.

Otras tres fotografías aéreas muestran a tres aguadores en la puerta más otros dos que están calle arriba, y además siempre hay un coche en la puerta, dentro del cual se puede apreciar a dos tipos, como mínimo, en la parte de delante. Las imágenes no dejan lugar a dudas, hay unos días en que la vigilancia aumenta.

Mucho.

—Bien, bien. Buen trabajo, las dos. Estupendo.

—¿Tenemos el informe de hoy?

—Sí —dice Carol con una gran sonrisa—. Julián está en casa.

54

Esto no es *CSI Las Vegas*

Mis dos perros están tranquilos y permanecen estirados en el suelo a mi lado. El otro animal sigue en su jaula en el almacén. Han comido, y ahora Rocky y Loki me acompañan mientras sigo observando la pantalla del ordenador. Es de una monotonía agobiante estar viendo una pequeña sala llena de armeros. En la imagen, captada desde una esquina, se aprecia el movimiento de agentes uniformados y de otros de paisano. Algunos abren sus armeros para depositar su arma reglamentaria y otros la extraen para el servicio. Es un no parar de agentes durante el cual a ratos pasan de uno en uno y a veces se reúnen unos cuantos. Tengo dos franjas horarias del día anterior para visionar con mayor interés porque hay un miembro del cuerpo al que tengo que robar. Así, sin matices.

Me preocupa que mi objetivo entre con algún grupo y que eso me impida ser capaz de distinguir en qué armero deposita el arma. O de cuál la extrae. Eso me es absolutamente igual. Lo único que me interesa es identificarlo. El tiempo se me ha echado encima y necesito cerrar esta parte del plan. La más importante, quizá.

Acerco el registro a la hora del cambio de turno de tarde. Mis peores augurios se hacen realidad. El sujeto que persigo entra en la zona junto a otros tres agentes. Van hablando, e incluso hacen alguna broma mientras van abriendo sus armeros para sacar el arma reglamentaria e iniciar el servicio. Puedo ubicar el lugar donde parece que opera, pero no su armero, porque me tapa un agente. Mierda. Tenía la esperanza de que fuera solo, pero a esas horas de cambios de turno es difícil. El tipo se va con los otros agentes y mi ánimo también desaparece.

Me cuesta otra hora pasar a velocidad avanzada el resto de la tarde del día de ayer para comprobar si durante el servicio regresa allí para algo. Eso no pasa y me acerco peligrosamente a mi segunda ventana de tiempo. La finalización del servicio. Estoy cansado y me cuesta mantener los ojos abiertos, pero tengo que llegar hasta el final de la grabación. Casi noto un sudor frío al pensar que volveré a verlo allí, pero seguiré sin saber qué caja de seguridad manipula. Después de tantos sacrificios y del cansancio acumulado es difícil pensar que no podré conseguir algo que tengo tan cerca. Peor aún, que no podré dar descanso al alma de mi hija. En fin, de nada sirve lamentarse ahora que he llegado tan lejos. La hora del vídeo muestra que en breve han de llegar los agentes a devolver sus armas. Le doy al *pause* y me preparo un café. Rocky me sigue los pocos metros que hay de la mesa a la cocina. Lo acaricio y él lo agradece. Doy un trago de café que me quema un poco la lengua y vuelvo a la mesa con el ordenador.

Me acomodo otra vez en la silla. Le doy al *play*.

Aparecen muchos agentes y se juntan en la zona, pero el que persigo no está. Eso es bueno, porque igual se ha retrasado por un incidente y llegará más tarde. Rezo porque eso pase y poder tener la opción de verlo mejor.

Los agentes se van y unos minutos después llega él. Pero no va solo, le acompaña otro agente. La suerte no está de mi lado. Este último tiene su armero justo entre mi objetivo y la cámara de vigilancia. No se ve nada. Solo lo puedo acotar en un espacio concreto, pero no me sirve porque allí debe de haber cuarenta o cincuenta armeros. Observo impotente cómo se van, y con ellos mi esperanza.

Me levanto de la silla y mis dos fieles amigos me miran sin comprender por qué tengo la cara compungida. Ellos solo entienden de lealtad y cariño a su manera. Me alegra no tener ni siquiera vino blanco para cocinar, porque en este momento sería muy malo para mí tener algo de alcohol al que darle sin conocimiento. Mi pensamiento se va a una solución drástica, cogerlo desprevenido y torturarlo, no sería la primera vez, pero eso me haría tener que huir de inmediato y dejar la otra parte del plan para que el grupo conjunto lo finalice. Hay que barajar todas las opciones, pero el sentimiento de derrota está saliendo a la superficie.

Entonces sucede algo inesperado. Loki ladra. Nunca lo hace si no hay alguien merodeando la casa y él está dentro conmigo y con Rocky a su lado. Vuelve a ladrar. Cuando voy a ver qué le pasa me quedo pasmado. El vídeo, que ha seguido reproduciéndose, muestra cómo el cabo Amadeo Hernández está accediendo a su armero. Saca su arma y se la lleva. No tendría que hacerlo porque ha acabado el servicio, pero lo hace.

Mientras acaricio el lomo de Loki puedo ver claramente el armero al que tengo que acceder. Un sentimiento entre alivio y euforia contenida me invade.

La esperanza ha vuelto.

55

Todo o nada

La furgoneta de mando estaciona a unos quinientos metros de la casa. La ubicación escogida es un solar apartado donde a veces algunos jóvenes del barrio celebran botellones en sus coches cuando las discotecas se ponen inaccesibles para ellos o no pueden afrontar el precio de las copas. Cuervo y Miralles permanecen callados. El jefe de la Unidad de Drones les está enseñando la pantalla por la que van a ver las imágenes en visión nocturna de la casa de Julián Juárez. La jueza Amposta les ha dado luz verde en forma de órdenes judiciales para entrar, no solo en la casa de Julián, sino también, porque han podido acreditarlo mínimamente, en las casas colindantes. Tanto Cuervo como Miralles han sido transparentes con ella. Los indicios de que Julián es el verdadero propietario de las dos casas que tocan a la suya son endebles. Todos saben que es muy probable que un tribunal superior, quizá la propia Audiencia de Barcelona, dé por nulo lo que encuentren en esos registros, pero también tienen claro que el objetivo de las entradas no es hallar pruebas para incriminar al clan Juárez. El objetivo es detener a Julián. Disponen de pruebas suficientes para imputarles a él y a su grupo los cargos de homicidio, organización criminal, tráfico de drogas, extorsión y algunos más que añadirán si la investigación termina bien. Solo con eso ya pueden descabezar el clan, lo que en la práctica significa el fin de los Juárez.

El dron silencioso, a una altura considerable, les muestra imágenes con una definición extraordinaria de la calle y los tejados en visión nocturna. En otra pantalla se observan imágenes de los cuerpos de calor, y en ellas pueden verse a los aguadores. De noche solo hay dos, y uno está claramente durmiendo. Nada anormal, puesto que de noche la calle es una caja de resonancia y se oyen hasta los pasos. En el coche aparcado delante de la casa tampoco parece que haya movimiento, pero están seguros de que dentro hay dos tipos armados.

El equipo de asalto lo lidera el Grupo Especial de Intervención de la policía catalana. Algunos de ellos van de paisano y otros con su uniforme negro, chalecos antibala, cascos con gafas de visión nocturna y armas largas tipo subfusil de la marca HK. También han apostado un francotirador con un vigía de cobertura a unos trescientos metros de distancia, en el único punto de acceso elevado que han podido encontrar sin levantar sospechas. Si hay disparos y no tienen otra opción abatirán a quien represente un peligro.

La noche es tranquila y la luna está en cuarto menguante, lo que favorece que puedan acercarse sin más luz que la que proporcionan las farolas de la calle. Son las dos de la mañana y en la unidad móvil de mando, a la que se ha apuntado el inspector Márquez como jefe del Área de Investigación Criminal de Barcelona, notan la tensión. Se oye por la emisora, a través de los auriculares que llevan puestos, el mensaje que están esperando. El GEI está en posición esperando órdenes para llevar a cabo el asalto.

Miralles observa el monitor con las imágenes del dron. Se rasca la cabeza pelada y nota que necesita un afeitado porque asoman algunos pocos cabellos que le quedan en los costados de la cabeza. Luego lleva la mano hasta la perilla. Reina la calma, esa que precede a la tormenta. No pasan ni coches a esas horas. Tampoco tienen la confirmación oficial de que Julián esté allí. Nadie la tiene ni se la darán. Pero están convencidos de que sí se halla dentro gracias a la comparativa de la visión aérea de sus aguadores de esa misma tarde. Cuervo y Miralles aceptan que pueden estar equivocados, pero en este oficio rara vez se goza de total seguridad en nada, así que han ido a ver a la jueza. La han convencido de que es el momento y esta ha accedido. Se lo van a jugar todo a una carta. La guerra que los Juárez llevan a cabo contra otros grupos mafiosos por el control de la marihuana y el hachís debe terminar.

Los dos policías se miran y casi a la vez se dan el OK. Miralles aprieta el botón de la emisora policial.

—Adelante.

Sin saberlo con total seguridad, han acertado.

Dentro de la casa, Julián, ajeno a la jugada de la policía, duerme junto a su mujer.

Por un descuido, tiene los mensajes silenciados,

así que no se entera de los avisos que van entrando a ratos en el teléfono móvil. Deberían alarmarle. Sin embargo, sigue durmiendo plácidamente.

Su vida está a punto de cambiar para siempre.

La de otros, también.

56

El asalto

A Julián le medio despierta el sonido de una explosión controlada, pero de primeras le parece que viene de muy lejos. Es como un eco que no es real, y espera a que su sueño se vaya por otros derroteros para poder seguir descansando. Lo que sí le parece muy real es el grito casi seguido de su hijo desde su habitación. Una palabra que le despierta de golpe. «¡Papá!» Julián se levanta sobresaltado y, al bajar de la cama a toda prisa, tropieza con una de las patas y cae al suelo. Entonces empiezan los golpes y lo comprende de inmediato.

—¡¿Qué pasa?! —grita su mujer.

—¿Tú qué crees? La pasma.

Julián corre hacia la habitación de su hijo mientras los golpes se repiten en la puerta. Está acorazada y reforzada, por lo que, por suerte o previsión del cerrajero, ni los golpes ni el explosivo que han utilizado los agentes han podido con la cerradura ni las bisagras. O al menos han aguantado el primer embiste. Quienes pretenden entrar tardarán aún un poco en lograrlo, pero no pueden demorarse. Ese poco no es infinito. Kevin ya se está vistiendo cuando su padre entra en el cuarto. Él aún va en pijama, pero el niño está bien aleccionado a pesar de su corta edad.

—Estoy bien, papá. No te quedes aquí, ¡corre! —le grita. Julián se queda un momento sin reaccionar. No sabe si por la situación o por el coraje de su propio hijo asumiendo una situación que ningún niño de trece años tendría que asumir.

—Es la policía. Ve a la habitación del fondo. No os harán nada, me buscan solo a mí —le ordena cuando reacciona.

Kevin asiente y sigue a Julián hasta la habitación de sus padres, donde su madre también se está vistiendo.

Más golpes en la puerta.

Julián se pone unas zapatillas deportivas y una chaqueta, y, cuando va a coger los tejanos para poder cambiarse después, se detiene.

Silencio.

—¡Mierda! —exclama.

—Qué pasa, papá.

—Id rápido al fondo. Van a utilizar más explosivos.

Julián se pone a toda prisa los vaqueros y sale corriendo por la puerta del patio, cubierto con lonas. Los drones, el helicóptero o lo que sea que hayan traído no le pueden ver a través de las lonas, pero no tiene claro si las cámaras térmicas le detectarán al ser solo unas piezas de tela.

Lo detectan.

Cuervo y Miralles observan la pantalla y ven cómo una figura humana aparece en el patio en una forma de color rojizo. Lo han previsto. Tienen a dos equipos de ARRO preparados para asaltar cualquiera de las dos casas colindantes. Solo tienen que esperar a ver qué dirección toma. Ninguno de los dos tiene dudas de que aquella forma humana que observan es Julián, por lo que van a ordenar el asalto. La tensión es máxima y Miralles, que sujeta la emisora portátil, está preparado para dar la orden.

Grupo A o Grupo B: solo tiene que ver hacia dónde se dirige Julián. Nadie parece respirar mientras la imagen térmica está quieta e indecisa.

De pronto, la figura que aparece en la pantalla desaparece.

Así, sin más.

Los dos policías se quedan unos segundos intentando comprender qué está pasando.

—A la mierda —dice Cuervo.

Sale de la furgoneta y corre hacia la casa. Miralles le sigue mientras da órdenes a través de la emisora portátil apremiando a que derriben la puerta.

Los dos se apresuran hasta la entrada principal. Efectivos de paisano del grupo especial tienen en el suelo asegurados a los dos tipos del coche, pero los aguadores parecen haberse esfumado. Al llegar a la puerta la encuentran en el suelo medio rota —finalmente, los efectivos del GEI han logrado abrirla con la segunda carga de explosivos—, por lo que pasan por encima. Van a estudiar esa puerta después, como siempre hacen tras todas las operaciones para detectar errores. Esa obertura no lo ha sido, pero al tardar más de lo previsto le han dado margen de maniobra al objetivo.

—Zona segura —oyen a través de los auriculares una vez que el GEI comprueba las habitaciones.

Pasan corriendo el primer pasillo. Van encontrando a los agentes del grupo especial en cada puerta asegurando las estancias. Siguen el pasillo principal hasta que llegan a una habitación, casi al final de la casa, donde reconocen a la mujer y al hijo de Julián. Los dos están sentados y abrazados en un sofá. No se han resistido, por lo que no han tenido que inmovilizarlos.

Cuervo los obvia y sigue observando el cuarto. Es el más alejado de la puerta principal, y supone que es donde tenían que ir para evitar que alguien los confunda con algún hombre de Julián y se produzca una tragedia. Miralles mira a la mujer, a la que conoce del barrio, de cuando eran solo unos críos y Marisa era una de las niñas guapas a la que todos miraban. La que se enamoró del más malo y ahí sigue con él. Ella le mira y también le reconoce. Comprueba que no queda rastro de la niña que él recuerda cuando levanta la barbilla sin apartarle la mirada en señal de superioridad. Como si a Miralles le importara lo que pueda pensar esa mujer. La pareja de un sujeto que hizo que se tuviera que alejar de su propia familia para mantenerla a salvo. Que amenazó a sus hijos. Se queda con las ganas de decirle lo que piensa, pero no hay tiempo para ello, y Cuervo empieza a moverse en cuanto ve que pierden el tiempo. Los dos policías se disponen a salir.

—¡No le encontraréis nunca, maderos! —les grita el hijo de Julián.

Lo ignoran y avanzan hacia el patio trasero, donde han visto por última vez la imagen térmica de Julián. Oyen golpes que provienen de las dos casas colindantes. En cuanto Julián ha desaparecido de la pantalla, Miralles ha ordenado el asalto de las dos casas. Esperan en el patio hasta que por las dos casas asoman los cascos de los hombres del ARRO. Se suben a la valla para tomar contacto visual con los dos jefes del grupo conjunto en el patio intermedio.

—Negativo en la casa A.

—Negativo en la casa B.

Los dos investigadores se miran.

—No puede haberse esfumado como el mago Pop —dice Miralles.

—No sé quién es ese, pero estoy de acuerdo.

Empiezan a revisar el patio y el corazón de Cuervo da un vuelco cuando observa la tapa de lo que parece un pozo de los que antiguamente servían para dar agua a las casas. Levanta la tapa apuntando con la pistola y con la cobertura de Miralles.

—Mierda. Es un puto túnel.

En el otro lado del túnel, a unos treinta metros de distancia de la casa, Julián se arrastra a duras penas. Es la parte final, donde faltan unos dos metros que los albañiles aún no han podido ensanchar lo suficiente, aunque sí tiene los puntales necesarios para que no se venga abajo. Le había costado encontrar un albañil experto que se aviniera a la construcción de esa extraña petición, pero el dinero, en particular en épocas de crisis, es un estímulo poderoso.

Julián abre lo que parece una simple tapa de alcantarilla para llegar a la calle. Está sucio y cansado y el aire que recibe en la cara le sabe a gloria. Sale como puede, pero su cara se transforma cuando ve un coche de los Mossos justo delante de él. Se lleva la mano a la chaqueta, donde guarda su arma. No ha podido empuñarla antes porque tenía que arrastrarse en esa parte final. Hay un policía de pie esperándole. La luz del coche le enfoca directamente y solo puede vislumbrar la figura de lo que parece un uniforme de los Mossos y el arma apuntándole.

—Deja la mano libre y no hagas tonterías, Julián.

Este se incorpora y cierra la tapa de la salida. De hecho, al hacerlo puede oír movimiento detrás de él en el túnel. Si quiere escapar tiene que darse prisa o va a acabar en ese lugar al que juró que no volvería.

Un policía con un coche patrulla está allí de pie delante del hombre más buscado por todos los cuerpos policiales de España.

Julián se queda parado un momento. Debe tomar una decisión, porque tiene claro que no va a volver a la cárcel. Calcula el tiempo de reacción en poder coger su arma y disparar. Tiene que hacerlo. Pero algo le detiene.

—¿Quieres hacer el puto favor de subir al coche? —le dice el policía.

Julián reacciona y se acerca al agente, que le entrega una chaqueta de un uniforme de la policía catalana para que se la ponga por encima. Después se sube al coche. Se apagan las luces de emergencia azul y se van de allí con tranquilidad.

Instantes después es Cuervo el que abre la tapa de la salida. Sale a la calle, también sucio y manchado de tierra, y saca su arma de la funda para protegerse de un ataque. Espera a que suba Miralles.

La calle está desierta y solo se ven las luces de los coches patrulla por la zona buscando a Julián Juárez.

Cuervo mira al cielo con la esperanza de que el dron les pueda indicar hacia dónde puede haberse escapado, pero el operador no ha prestado atención a uno de los muchos coches patrulla que había en la zona y que ha recogido a Julián.

Miralles cuelga el teléfono y, sin decir palabra, niega con la cabeza.

Se ha vuelto a escapar.

Han fallado.

57
Yo a lo mío

A estas horas de la noche no hay mucho personal en la comisaría. Los agentes de las diferentes unidades que no hacen turnos solo mantienen los servicios de guardia, por lo que a las tres de la mañana solo quedan trabajando los de las patrullas y los de investigación de guardia. Sé que no es el mejor momento para entrar, más que nada porque no es mi horario de trabajo, pero no tengo elección.

No puedo perder el tiempo. Compruebo que por el pasillo no viene ningún agente y los locutorios están casi vacíos, pero en esta comisaría parece que siempre hay personas que presentan denuncias.

Es el momento.

Me dirijo a la zona de los armeros. Veo los diversos bloques de pequeñas cajas de seguridad de color azul que ocupan casi la totalidad de una de las paredes, y hay tantos como *mossos* trabajan en la comisaría. Es una zona muy vigilada y transitada. No debo estar más tiempo del necesario.

Sin mirar a la cámara de seguridad que cubre la zona desde la altura, saco un puntero láser y lo oriento al centro de la cámara. Eso dejará a ciegas el dispositivo, y, si los *mossos* de la recepción están liados o relajados, siendo la hora que es, no repararán en que la imagen del monitor que da a esa zona muestra un color gris.

Ya. Tengo que darme prisa, así que me dirijo al armero situado cinco por arriba y tres a la derecha de la pared. Es el 23. Saco una herramienta que me proporcionó mi amigo Marcos y en unos segundos la cerradura queda abierta. Sé por mi trabajo que no hay ninguna inexpugnable. Solo hay que saber qué tipo de cierre necesitas quebrar y en internet obtienes el mejor método en menos de un día. Por quinientos euros puedes abrir casi cualquiera. Es decir, no existe una ganzúa universal, pero sí una ganzúa para cada tipo de cerradura. Y la que he tenido que abrir ni siquiera es de las difíciles. Se supone que nadie va a robar un arma en una comisaría de policía, así que tampoco se necesita que sea la más segura del mercado. En cualquier caso, mi objetivo no es robar un arma.

Al abrir la puerta de seguridad de la caja confirmo que la pistola no está. Hernández la ha sacado unas horas antes; no sé por qué lo ha hecho, pero aún no ha regresado. Cojo un cargador que hay al principio y meto la mano hasta el fondo. Es un hueco estrecho, puesto que solo han de caber un arma de fuego, los útiles para su mantenimiento o para la defensa extensible y las esposas. Pero es evidente que no deja de ser una especie de caja de seguridad vigilada las veinticuatro horas al día instalada donde no hay presuntos ladrones al acecho.

Hasta esta noche.

Puede que esté llevando a cabo el primer robo en un armero de la historia de los Mossos. Por un momento pienso en lo peor, porque con la mano palpando dentro del armero, sin poder ver el interior, no encuentro lo que he venido a buscar. De repente toco algo. Es un objeto pequeño y respiro. Saco una libretita y una llave USB. Ya lo tengo. Paso la mano por los bordes interiores para no dejar nada dentro, meto de nuevo el cargador de recambio y cierro sin dejar muestras de la apertura. Miro bien mi botín, como si fuera un tesoro, aunque no es ni de lejos nada de eso. No obstante, contiene aquello por lo que intenté y he conseguido regresar a los Mossos y a esta comisaría. Respiro hondo y miro al cielo, donde espero que esté mi hija viéndome en este momento.

Tengo en mi poder la única copia que hay del vídeo sexual de Olivia. El hijo de puta de Lucas se los pasaba a su amigo Amadeo Hernández para que le guardara a buen recaudo las pruebas de las extorsiones que cometía. Las escondía en el lugar más seguro que encontró. Más que en una cámara de seguridad de un banco. Un lugar protegido por los más de cuatrocientos policías que trabajan allí. No puedo demorarme. Tengo lo que buscaba.

Por fin.

Doy dos pasos hacia la puerta y quito el puntero láser, caminando como si nada para entrar en el vestuario. Allí me siento en un banco y reviso la libreta. Contiene números y direcciones. Vuelvo a contemplar la llave USB. No sé si lo que siento es alivio, pero soy consciente de que ahora tengo que asegurarme de lo que hay dentro.

Pero está en mi poder.

Por fin, me repito.

Miro al techo de nuevo como si no estuviera y pudiera llegar hasta el cielo y ver la cara de mi hija.

Aún no he acabado.

Me levanto y salgo de la comisaría, a la que tengo que regresar en pocas horas.

Si esto es una partida de ajedrez, he ejecutado, sin duda alguna, una jugada de jaque al rey.

58

Yo también sé golpear fuerte

Unas manos con guantes de látex empuñan un pequeño soldador de estaño. Están soldando una pequeña placa eléctrica llamada Arduino. A efectos prácticos solo es una especie de cronómetro en cuenta atrás, y no hace falta ser licenciado en Ingeniería Aeronáutica para armarlo, aunque eso siempre ayuda. No es más que un temporizador como el que lleva el riego automático por goteo que puede tener cualquier persona en el jardín de casa. Salvo que en este caso su utilidad va a ser bien distinta. No se trata de una bomba. Ni la persona que lo maneja ni la que le ha ordenado manejarlo tienen intención de hacer daño a nadie. Al menos en este caso.

Cuando ha terminado, coloca la pieza entera en una carcasa. Mira la hora en su reloj y piensa que aún le sobra algo de tiempo. No demasiado.

Una hora más tarde camina por el pasillo de la comisaría de Ciutat Vella con el paquete en una bolsa. Debe tener cuidado con el sistema de vigilancia interior, ya que este graba todos los movimientos internos de los agentes y trabajadores del edificio. Son muchos y eso es una ventaja, porque su presencia allí es habitual. Por suerte para su misión, en los espacios internos que no son sensibles no hay cámaras. No puede haberlas en todos los pasillos, así que al llegar a la puerta en cuestión solo tiene que mirar a ambos lados para comprobar que nadie observa mientras entra en un lugar donde no debería estar. Las llaves de los despachos son individuales, pero hay siempre una llave maestra para las emergencias; está guardada en una zona de seguridad vigilada, aunque si sabes cómo hacerlo no es imposible acceder a ella y obtener una copia. Para alguien externo al cuerpo policial sería una verdadera misión imposible conseguirla. Para quien trabaja allí, que tiene por defecto la confianza de sus compañeros y mandos, es solo cuestión de oportunidad.

A él no le hace falta ni eso.

Tiene una copia de la llave de ese despacho.

Una vez dentro, observa el interior y los mapas delincuenciales. Y el diagrama de relaciones del clan Juárez en una de las pizarras. Las fotografías de todos los sospechosos en las paredes. Y el archivador de expedientes a un lado. Pero no es ese su objetivo. Este está al fondo.

Se dirige rápidamente hacia el patinete eléctrico, cedido por el grupo de *furas* para hacer seguimientos, y respira hondo: no puede demorarse. Saca un destornillador eléctrico. Desmonta la batería y saca la que él lleva en la bolsa para cambiarla. La operación dura apenas unos minutos.

Lo deja como estaba y sale al pasillo. Es el momento de mayor peligro, porque si pasa alguien por allí no podrá justificar su presencia. Ha tenido suerte. Quizá la que acompaña a menudo a quien se busca la vida sin pensar en que lo puedan coger. Sale con tranquilidad de la comisaría de Ciutat Vella y empieza a caminar mirando la hora. Ha saludado a los agentes que hacen puerta y ha quedado grabado por las cámaras de la entrada, pero eso no es importante. Simplemente se trata de no estar allí cuando suceda.

Una hora más tarde el sargento Miralles se dirige a la comisaría. Quiere comprobar una cosa que no entiende sobre la fuga de Julián Juárez. Está tentado de llamar a Cuervo, pero piensa que este agradecerá un poco de calma después de lo vivido horas antes.

Entra y saluda a los *mossos* de la recepción después de identificarse, pues él no trabaja habitualmente en ese edificio y algunos agentes no le conocen. Se mete en el ascensor con una sensación extraña.

Sale al pasillo y se dirige a la puerta de su sala de trabajo para el caso del clan Juárez.

Lejos de allí alguien comprueba el reloj del teléfono de manera insistente, como si con eso pudiera hacer que el tiempo pasara más deprisa. Está en un bar y tiene el teléfono, al que no le quita el ojo, en la mesa, tanto para vigilar la hora programada para el iniciador en el patinete como para ver entrar los mensajes con las novedades de alguno de los grupos de compañeros en los que participa. Se pide un whisky. Lo necesita.

Mira de nuevo el móvil.

Los mensajes no entran.

El cabo Esteller pide otra copa.

Miralles entra en la sala y enciende las luces. Es un cuarto interior sin ventanas, por lo que al abrir la puerta se ventila un poco la estancia. El aire está cargado, así que la deja abierta un rato. Se sienta en el ordenador del fondo y lo enciende. Nota que no solo su cabeza necesita un afeitado, su cara también, y él, una ducha. Mientras oye el sonido de los ruiditos del ordenador iniciándose, observa en la pared el diagrama con la fotografía de Julián en lo más alto. Las flechas que bajan de él hacia sus lugartenientes delatan la estructura piramidal que, como cualquier empresa, tienen las organizaciones criminales. Con todos sus tentáculos. El ordenador ya se ha encendido, pero sigue emitiendo un zumbido. Se estará cargando algún programa.

El zumbido se hace más fuerte.

Miralles mira la pantalla y observa la torre. No proviene de ahí.

El zumbido.

El patinete eléctrico de los *furas*. Esteller ha debido de olvidárselo.

El zumbido se intensifica.

Algo en su interior le empuja a correr hacia la puerta. Resbala y cae al suelo, pero no deja de moverse arrastrándose para alcanzar la salida de la sala. Al llegar a la puerta una explosión hace temblar toda la planta del edificio, aunque se concentra en esa sala. Los cristales de la sala de al lado se rompen en mil pedazos. Miralles, desde el suelo y con un pequeño fuego en la chaqueta, observa atónito cómo arde el interior de la sala del grupo. No tardan en llegar otros *mossos*, alertados por la explosión, pistola en mano. Pero allí no hacen falta armas de fuego, sino extintores. Llaman de inmediato a los bomberos. Miralles intenta entrar, pero nota que alguien se lo impide. No oye nada por el efecto de la explosión en sus tímpanos. Le cuesta comprender que una *mossa* intenta apagar el fuego de la manga de su chaqueta. Está en shock. Al final se sienta en el pasillo y ve cómo sus compañeros intentan apagar el incendio con extintores. Los documentos se pueden recuperar, aunque algunas pruebas no.

No es una cosa extraña que las baterías de los patinetes exploten, ni siquiera hace falta que estén conectadas a la corriente para que una defectuosa estalle. Por eso los han prohibido en el transporte público. «Pero ¿por qué estaba ese allí?», se preguntará las siguientes horas.

La mala suerte se ha cebado con ellos.

Con el caso Juárez.

Pero, sobre todo, con él.

Cuarta parte
Todos a escena

Yo, señor, no soy malo, aunque no me faltarían motivos para serlo.

Camilo José Cela,
La familia de Pascual Duarte

59

Decisiones vitales

Cuando el cabo Amadeo Hernández ve el brillo del cañón del arma, sus ojos no pueden creerlo. No quieren creerlo. Nunca pensó que iba a morir así. No puede repeler la agresión porque el cinturón impide que llegue a tiempo a su pistola, que está medio atascada entre la parte que separa los asientos delanteros del coche patrulla —él está sentado en el lado del conductor— y la pierna. Pero la adrenalina le da una oportunidad. Recuerda a la velocidad del rayo que se ha quitado el cinturón de seguridad, así que podría llegar a la empuñadura. Mantiene la mano derecha tocando la palanca del cambio automático y está a pocos centímetros de la culata de la pistola. Él es rápido desenfundando, y prepara mentalmente la acción mientras intenta asimilar qué hace allí. Todo va rápido y solo tiene en la cabeza llegar a su arma de fuego. Además, lleva una bala en la recámara. Solo necesita una distracción para poder hacer el movimiento, desenfundarla a tiempo y apretar el gatillo como si no hubiera un mañana. Porque puede que para él no lo haya.

Ahora o nunca.

En esos segundos, y con sus pensamientos a toda velocidad, casi puede ver la punta de la bala que se esconde en el cañón del arma que lo apunta. Su experiencia le dice que es un calibre pequeño, seguramente un 22, suficiente para que un disparo en la cabeza sea letal. Ha visto algunos en su carrera policial. Entonces su mente le recuerda cómo ha llegado a esa situación.

La llamada se ha producido a las dos de la mañana, mientras se dirigía a la casa de Julián Juárez sin saber muy bien cómo iba a acabar aquello. Sus pensamientos le decían en muchas ocasiones que se diera la vuelta y regresara a la comisaría.

Amadeo Hernández lo sabe bien. Hay pocas cosas que sus compañeros odien más que a un policía corrupto, porque ensucia el uniforme.

Por eso, a veces, las semanas que le toca tener en casa a su hijo, no sabe cómo mirarlo cuando este, a sus diez años, le dice que quiere ser policía como papá. Que quiere ser de los buenos y detener a los malos. Es en momentos como ese cuando se le parte el alma, porque él no siempre ha sido un agente corrupto. Era un buen policía. Pero llegó el divorcio de la madre de su hijo. El sueldo da para lo que da, y es muy justo para pasar una pensión y vivir en una ciudad como Barcelona. Es muy jodido vivir en la Ciudad Condal. No llegaba a fin de mes. Hasta que una vez, mientras dejaba a su hijo con su madre, se metió en un bar de los de toda la vida a tomarse una cerveza y allí se encontró con su amigo de la infancia. Su amigo Lucas Juárez. Su primo Julián era un hijo de la gran puta ya desde pequeño, pero Lucas era un buen tipo. Al menos con los de su género, porque desde muy joven hizo lo que quiso con las mujeres. Las chicas se derretían por él y encontró la forma de sacarle provecho al asunto. Como suele suceder, estos tipos no tratan así a sus amigos, la mezquindad la dejan para el sexo contrario.

Se hicieron inseparables.

Un día, Lucas, viendo los apuros que pasaba su amigo, le propuso un pequeño negocio. Uno que no requería que pasara información ni que hiciera algo ilegal. Le iban a dar una dirección y los datos de un vehículo y solo tenía que detenerlo. Iría repleto de drogas, así que iba a representar un triunfo policial y prestigio para él. Y, además, le iban a pagar por eso. No tuvo claro ese punto, pero no pensó que ese hecho tuviera algo malo. Todos ganaban. Así que aceptó y de allí salió su primera medalla policial. Y luego vendría otra aprehensión. Y otra medalla. Pero entonces llegó la solicitud de información, nada importante, solo una matrícula de un coche que resultó ser de un narcotraficante. En aquel momento, Amadeo comprendió que no podía negarse a hacerlo, porque casi sin darse cuenta podía hacer frente a sus deudas, pagaba a tiempo la pensión a su ex y podía vivir mejor de lo que lo había hecho nunca. De la noche a la mañana, el cabo estaba al servicio del clan Juárez. Y de ahí no hay escapatoria posible.

Pero entonces apareció el cuerpo de Lucas calcinado y, aunque al principio se asustó, Amadeo casi lo vio como una salida. Su amigo era su puente con el clan. Si él no estaba no tenía por qué seguir las órdenes de un tipo al que detestaba. Solo necesitaba algo de tiempo. Al final, en ese submundo que se levanta detrás de las leyes y del que la sociedad no quiere saber, uno siempre encuentra aquello que busca hasta que una de esas leyes te pasa por encima. En ese punto, un mensaje le dice que debe ir a la comisaría y estar preparado porque algo se está cociendo con el tema Juárez. No sabe si alegrarse o pensar en lo peor, si Julián, atrapado, lo dejará caer. No es de su familia, solo es amigo de su primo, pero recuerda que tiene una póliza. Tiene una libreta con anotaciones en su armero. Sabe mucho del clan y puede añadir muchísimos años de prisión a una probable condena. Respira hondo, casi se atreve a sonreír pensando que quizá aquello es un golpe de suerte.

No tiene ni idea de que alguien ha abierto su armero, donde guarda todas esas pruebas, y lo ha jodido para siempre.

60

Consecuencias

El coche patrulla se detiene en una zona con poca visibilidad. No puede ir mucho más allá porque, aunque la gente de a pie no entiende de distritos de patrullaje, los agentes saben bien quiénes son sus compañeros de comisaría. En ese momento, si alguna patrulla se para a saludar a quien cree que es su compañero, se encontrará con un cabo que no conoce, al ser de otro distrito, que además va con un tipo capaz de dispararles sin pestañear si eso le facilita la salida. Y ese es un límite que el cabo Hernández no está dispuesto a sobrepasar por muy corrupto que le considere Julián Juárez. Una cosa es ganarse la vida bien sin hacer daño a nadie, al menos de manera directa, y otra ser cómplice de asesinato.

—No te puedo llevar más lejos sin levantar sospechas.

—¿Qué cojones ha pasado? ¿Por qué no sabíamos lo de hoy?

—¿Cómo que por qué? ¿Crees que los del grupo especial nos informan? Me he enterado de chiripa de lo de la redada y casi no llego al aviso.

—He sabido lo de ese grupo, pero he tenido un

problema con los mensajes. ¡Para qué cojones os pago! —grita antes de hacer una pausa y tomar aire—. Mi hermano no responde.

—Creo que han hecho varias entradas simultáneas. No sé si tu hermano...

—Mierda. Esto no me lo esperaba. Al menos tan pronto. Alguien ha rajado y supongo que el hijo de puta de Miralles estará detrás.

—También está un picoleto que dicen que es muy cabrón. Uno con una cicatriz en la cara.

—Puede, pero sé seguro que es Miralles.

—Yo no sé decirte más.

—¿Para qué cojones os pago tanta pasta? —insiste.

—Creo que sería mejor que bajases el arma. En este momento necesitas a gente de dentro que te informe.

—¿Crees que eres el único puerco al que tengo en nómina? Tú eras muy rentable con mi primo vivo, pero ni mantenerlo con vida has podido, inútil. Estoy muy por encima de polis corruptos de mierda. Y ya me las veré con el otro que me envía los mensajes tarde.

—Bueno, bueno, Julián. Bajemos esos humos. Yo de quien era amigo era de tu primo Lucas. Era como mi hermano. Lo tuyo es de refilón. Y no es que no agradezca la pasta, pero no nos confundamos. Te hago algunos favores, pero yo no trabajo para ti. Yo...

Para de hablar cuando ve el cañón del arma apuntándole a la cabeza. No tiene mucho tiempo para reflexiones. Solo para intentar salir de esa situación con vida; aun así, esa esperanza le hace pensar en sacar su arma, en ser más rápido, en intentar...

Una bala atraviesa la sien del cabo Hernández cuando aún abre la boca para seguir hablando en busca de esa opción. Una pequeña parte de sus sesos ensangrentados acaban estampados en la ventana del conductor junto a restos de sangre de color muy oscuro. Al ser de un calibre pequeño, las salpicaduras no regresan hacia el arma por lo que Julián apenas se mancha con algunas gotas rojas en el cuello y la camiseta sucia. «Un tiro limpio», se dice.

Baja del coche y se aleja sin apenas inmutarse. Odiaba a ese cabrón, y en ese momento de su vida tiene que dar un par de escarmientos si no quiere que el clan se venga abajo. Ese policía no será el último si su hermano está detenido. Pero de saber eso ya se encargarán los abogados, que para eso les paga.

Mientras se aleja caminando tranquilamente de la zona recibe un mensaje: «Hecho». Se lo envía su otro policía en nómina. Julián, a pesar de haber pasado una noche desastrosa, sonríe por un momento.

Coge su teléfono y marca un número.

—¿Mari? ¿Todo bien por allí?

—Sí, mi amor. Estaba durmiendo. ¿Qué pasa?

—Hemos tenido problemas y no localizo a mi hermano ni a Jesús, pero veo que la casa de Sitges sigue siendo segura. Iré para allí cuando pueda.

—Vale, ya me levanto y te espero.

—No, no hace falta, que no sé cuánto tardaré en llegar. Duerme, ya te llamaré más tarde.

Maribel cuelga el teléfono aún sentada en la cama. A su lado, un hombre corpulento sigue durmiendo como un bebé. Algo que solo consigue cuando está con ella. Acostado al lado de quien ama. El único lugar del planeta en el que se siente seguro sabiendo que él es quien acostumbra a dar pesadillas a los demás.

—Cariño. Jesús, despierta.

La Mole se incorpora y mira su teléfono móvil. Tiene catorce llamadas perdidas. Abre los ojos sin comprender aún qué está pasando. La mira y, aunque sin decir nada ya sabe qué significa esa mirada apagada, ella lo dice.

—Julián viene para aquí.

61

Donde llega el rastro del humo

Aún sale humo cuando el intendente jefe de la comisaría accede a la sala. Allí están Miralles y Cuervo en cuclillas en un rincón. Parecen intentar recuperar algunos de sus documentos. Los dos miran hacia la puerta para ver quién entra, pero solo Miralles se levanta para ir a saludar al mando policial. Cuervo parece ceder la explicación a su compañero, ya que él, de todas maneras, no pertenece a su jerarquía.

—¿Qué dicen los bomberos?

—Los bomberos, con todo mi respeto, intendente, me importa un pito lo que digan. He llamado a los TEDAX, ellos sí que nos dirán algo importante. Si había un acelerante o un dispositivo, lo encontrarán.

—No le entiendo. Me han dicho que se ha producido un fuego por la batería de un patinete que guardaban en el interior.

—Mire, seguro que viene de ahí, pero, por favor, no insultemos a nuestra inteligencia. ¿Ayer reventamos la casa de Julián Juárez y a las horas se incendia la sala del grupo que le persigue? No, señor, esto es un puto mensaje.

—¿Un mensaje?

—Hemos allanado su casa y él responde. Se cuela en la nuestra y demuestra que nos puede tocar cuando quiera —interviene Cuervo mientras remueve documentos quemados sin moverse de su posición.

—Lo que estáis insinuando requiere la mano de alguien de dentro. ¿O me estáis diciendo que el propio Juárez se ha metido aquí a quemar esta sala?

—La primera opción —vuelve a contestar Cuervo.

—Eso le viene bien, ¿eh, teniente? *Mossos* corruptos. Ya me llegaron sus reticencias sobre este equipo conjunto.

Cuervo se incorpora y lo mira unos segundos antes de contestar.

—Mire, respetaré su rango y no le diré lo que pienso de lo que acaba de decir, pero sí le puedo asegurar que no me divierte en absoluto saber que tienen agentes corruptos. Nosotros también los tenemos, y yo en particular los odio, lleven el uniforme que lleven. Y le he dedicado demasiadas horas de mi vida a este caso para que ahora me venga usted con esto.

Se quedan en silencio.

El intendente se gira hacia Miralles.

—Haga inventario y miren qué pueden salvar. Quiero un informe de daños, y si los TEDAX determinan que esto no ha sido un accidente lo quiero saber el primero. ¿Queda claro?

—Como el agua.

El jefe de la comisaría se marcha de la sala.

—Has sido algo borde con el jefe, Cuervo, aunque sí, su apreciación no ha sido muy brillante, lo reconozco.

—Espero que no te suponga un problema, Miralles, pero yo no le debo pleitesía al jefe de otro cuerpo policial, solo el respeto que también espero para mí, como yo lo he tenido contigo durante el caso.

—Te aseguro que no es mal tío, no me esperaba eso que te ha dicho. Imagino que los políticos de turno le estarán apretando y lo ha pagado aquí.

—Se tiene que salir de casa cagado, Miralles, si no, te arriesgas a tener que bajarte los pantalones en algún lugar poco higiénico y sin papel para limpiarte.

—Sí, buena analogía.

Miralles vuelve a remover papeles incinerados antes de girarse de nuevo hacia Cuervo.

—Los documentos se pueden reponer, de hecho, casi todo está informatizado. Tendremos que volver a recoger algunas declaraciones y poco más, pero ¿qué crees?

—Esperaremos a los TEDAX, pero no tengo dudas de que nos han jodido.

—Estoy de acuerdo, así que apoyo tu teoría. Ha marcado paquete.

—No te desanimes. Eso es bueno.

Miralles mira a su alrededor y observa las paredes negras por el humo y el suelo, aún lleno de papeles chamuscados y restos de agua que los bomberos han dejado al marcharse.

—No sé si ahora mismo puedo verle el lado bueno.

—Mira. En toda comisaría con tantos efectivos es normal que haya algún agente o mando corrupto.

Son una pequeña minoría, pero existen y no podemos ocultarlo, solo combatirlos hasta exterminarlos como las sabandijas que son. En este caso, si nos confirman la mano de alguien en el incendio, querrá decir que Julián ha quemado, de manera literal —dice señalando la sala—, una baza muy importante. Ahora sabemos con seguridad que ese *mosso* corrupto le pertenece y miraremos con lupa a los agentes. A todos.

—Me parece bien.

—Eso sí, no me voy a fiar ni de mi sombra.

—Hay que elaborar una lista de *mossos* que puedan encajar en ese perfil. No puede ser muy larga.

—No conozco a los *mossos* de esta comisaría. Esa era una de las bazas que buscaba al ubicar aquí al equipo conjunto. Que no nos conocieran en exceso. Pero tengo amigos, claro. Y, ahora que lo dices, me han dicho que esta semana justamente se ha incorporado un sargento que fue expulsado hace años.

—Pues las casualidades no existen.

—De acuerdo, empezaremos por él.

62

Una muerte sorprendente, o no tanto

Los Mossos aún están montando el cordón policial cuando Nerea y yo llegamos a la escena del crimen. Mientras hacíamos una gestión hemos escuchado cómo informaban por la emisora del hallazgo de un coche patrulla con un *mosso* muerto en el interior. El vehículo está bien estacionado y a simple vista se puede ver la sangre salpicando la ventanilla del conductor. Dentro se ve al policía muerto con la cabeza apoyada en ella.

Nos bajamos del coche y Nerea duda en acercarse. De hecho, ella no quería venir, pero esto se está acelerando y quiero ver qué ha pasado con Amadeo Hernández. No hace ni cinco horas que he reventado su armero y ahora está muerto. Necesito verlo con mis propios ojos.

—Esto no es de nuestra competencia. Vendrán los de homicidios y, si tocamos algo, nos meterán la bronca —insiste Nerea.

—No vamos a tocar nada, pero nos pagan por mirar, compañera —respondo mientras me acerco al vehículo policial.

Me pongo unos guantes de látex y abro la puerta

del acompañante intentando no contaminar ni borrar con ese gesto posibles huellas del asesino, aunque sé perfectamente quién es el autor de este asesinato.

Veo la cara sin vida del cabo y por un momento siento lástima. No por él, pero sí por su familia. Por sus padres, si aún viven, que tendrán que enterrar a su hijo. Por si tenía mujer y descendencia. Me pregunto si haber robado esos objetos de su armero puede haber provocado esta muerte, pero no ha tenido tiempo de saber que ya no tiene la llave USB ni la libreta. Mientras miro su expresión de pánico me acuerdo del tipo del narcopiso, con su gorra de béisbol, cuando le enseñé aquel recorte de diario que cogí de casa de Lucas. Aún no sé por qué la tenía enmarcada, pero fue muy útil. Recuerdo bien cómo su dedo tembloroso no señaló a ninguno de los dos detenidos, que unos agentes conducían al juzgado. La punta de aquel dedo se dirigió hacia uno de los *mossos* que los llevaban en custodia. Allí pude saber qué cara tenía aquel *mosso* que buscaba y que tenía en su poder algo que tanto quería, como supe gracias a una confesión de Lucas que no me costó conseguir.

Ahora observo su rostro sin vida. Solo un trozo de carne que en pocos días estará pudriéndose o haciéndose cenizas. El destino de todos los seres vivos.

—Manuel —me dice mi compañera.

Me giro para ver cómo estaciona un coche de la secreta como el que llevamos nosotros. De él bajan el sargento Miralles y el guardia civil de la cicatriz en la cara. Los dos se dirigen hacia nosotros.

—¿El sargento Manuel Longán?

—Yo mismo.

—Bien. Tenemos que hablar con usted.

—Sí, no hay problema, claro. ¿Qué quieren?

—No, aquí no. Vaya yendo a comisaría. Nosotros vamos en breve hacia allí.

Nerea se queda parada sin saber bien qué debe hacer, y eso no pasa desapercibido a Miralles.

—Le puedes acompañar si quieres, pero la entrevista será con él. En privado.

—Vale —dice Nerea—. No deja de ser mi compañero y no lo dejaré solo.

Nos montamos en el coche y dejamos el escenario. En el camino a la comisaría apenas hablamos, pero no dejo de tener una sensación extraña. No me da pena la muerte del cabo Hernández, porque no dejaba de ser un corrupto que además tenía en su poder un pendrive que yo tenía que conseguir de cualquier manera. Pero algo me dice que debo tener mucho cuidado con los mandos del equipo conjunto. Estoy cerca de acabar mi misión y no quiero que se tuerza en el último momento. Ya que me invitan, voy a intentar averiguar qué saben y así decido cómo acabo todo esto.

Subimos hasta la planta donde se ubica nuestra unidad y me siento a esperar acontecimientos. Cerca de allí, una cinta policial impide acceder a lo que era la sala del equipo conjunto, que he sabido que ha ardido hace unas horas. No puede haberlo hecho el cabo Hernández, así que o es un accidente, cosa que dudo, o hay otro *mosso* en nómina de los Juárez, como sospechaba. Eso me genera más dudas de por qué quieren hablar conmigo. Puede que me hayan visto asaltar el armero del cabo Hernández, pero tengo lo que quería, por lo que, ocurra lo que ocurra, lo peor ya ha pasado.

Miralles y el guardia civil llegan unos minutos después. Yo estoy sentado en mi silla, junto a Nerea, que no se separa de mí.

—Sargento Longán, puede venir al despacho del jefe de la unidad.

Me acerco tranquilo hasta ellos. Como en anteriores entrevistas o declaraciones, se lo han cedido a los investigadores del grupo.

—Siéntese, por favor.

Lo hago y espero a ver qué quieren de mí.

—¿No le parece extraño todo lo que está ocurriendo esta semana justo cuando usted se ha reincorporado al cuerpo? —pregunta Miralles para iniciar la conversación.

—Eso suena a acusación. ¿Necesito un abogado?

—No le hemos puesto las esposas ni acusado. Pero podemos hacerlo —me dice Cuervo.

—No, no pueden.

—No nos tiente.

—Sinceramente, me da la impresión de que están dando palos de ciego, y eso me decepciona.

—¿Le decepciona? ¿Se puede saber qué es lo que le decepciona?

—Bueno, parece o dicen que son ustedes la élite, y Julián Juárez sigue por ahí libre como un pájaro.

Los dos mandos se miran sin decir nada. No entienden bien cuál es mi papel en todo esto. No pueden.

Miralles abre una carpeta y repasa algún tipo de informe que no puedo ver.

—Esta semana ha sido usted un miembro de la Unidad de Investigación ejemplar, no lo discuto, pero veo que sí ha estado haciendo cosas extrañas. Sobre todo, en la zona de los armeros.

Eso sí me sorprende, pero intento no inmutarme. Me preocupa un poco que quizá intenten cachearme y me quiten el pendrive, que llevo aún en el bolsillo. Si veo peligrar la situación destruiré el aparato. Lo tiraré al suelo y lo pisaré con todas mis fuerzas. Nadie accederá a él, eso lo tengo muy claro.

—Se ha quedado callado. ¿Eso de los armeros le ha inquietado? ¿Nada que decir?

—¿Y qué podría querer yo de los armeros? ¿Le falta el arma a algún agente?

—No que sepamos. Aunque tendríamos que abrirlos todos para comprobarlos y ya sabe que eso requiere demasiados permisos, tardaremos en hacerlo.

—Pues es una zona de paso, así que tendrán que investigar también a los cuatrocientos agentes que trabajan aquí, si es que de verdad a alguien le han robado el arma.

—Puede que no fuera un arma lo que buscara —dice Cuervo.

—No sé a dónde quieren ir a parar, pero es tarde y estoy cansado. Si esta conversación ha de girar en torno a mi paso por una zona vigilada de la comisaría, me parece que hemos acabado.

—Bueno, hay unos minutos de ayer noche donde la cámara no grabó nada. Solo niebla. ¿Y quiere saber a quién graba antes de que eso ocurra?

—Pues supongo que a mí. Qué quieren que les

diga, las cosas se rompen a mi paso. ¿No lo pone en mi expediente?

Me levanto de la silla y ni Miralles ni Cuervo me lo impiden. No tienen nada más que una sensación extraña basada en la experiencia y en el hecho contrastado de que las casualidades no existen, pero no les he dado, ni tienen, motivos racionales para detenerme.

Pero ¿por qué sospechan de mí? ¿Qué los ha llevado a revisar las imágenes de los armeros si nadie ha podido denunciar nada y a quien le he robado va hacia el depósito de cadáveres?

Nada más salir del despacho veo que mi compañera me espera en la puerta, al final de la sala. Esta, en un gesto involuntario, desvía la mirada hacia el suelo al cruzar sus ojos con los míos y allí obtengo mi respuesta.

63

Era inevitable

Óscar Miralles sale de la comisaría con el gesto de la derrota, y no parece que eso vaya a cambiar en las siguientes horas o días. Julián Juárez se ha escapado.

Otra vez.

El muy hijo de puta se ha vuelto a fugar de una trampa que parecía sólida. Un cabo de los Mossos de la comisaría donde trabaja durante el caso ha aparecido asesinado y en este momento no sabe por dónde tirar. Todos sus esfuerzos se han centrado en atrapar al jefe del clan.

Y sus energías.

Y su vida particular.

Hace varios días que no ve a sus hijos. Ni siquiera ha podido por videollamada. En realidad, le da miedo que Julián, ahora que sabe con certeza que él va detrás de su clan, se quiera vengar y les haga algo a sus hijos como respuesta. O como escarmiento. No quiere ni pensarlo, pero esa idea está ahí, por lo que a cada paso que les ha acercado a Julián, él se ha ido alejando de aquello que más quiere. A eso le han hecho renunciar su trabajo y el camino vital que ha elegido.

Miralles estaciona el coche en la calle Rocafort. Es una zona azul y tendrá que retirar el coche por la mañana antes de las ocho. Le pone un ticket que le da un par de horas de margen.

Ha tenido algo de suerte: ha encontrado ese hueco a escasos cien metros de su piso. Cierra el coche y echa a andar. Son las cinco de la mañana. Necesita descansar, aunque sea unas horas. El sentimiento de derrota es inmenso, casi tanto como el cansancio, que ya aflora de manera irremediable en sus ojos. Mira al cielo entre los edificios de la gran Ciudad Condal. Está despejado, pero hace algo de frío. Se sube la cremallera de la chaqueta hasta arriba. Se ajusta la mochila al hombro y se frota los ojos cuando ya llega al portal de su edificio.

Puede que sea ese cansancio el que le impide estar atento al encuentro que le espera casi llegando a la puerta.

Sin embargo, lo sabe.

Algo le está alertando hace horas, pero no ha estado atento a su propio instinto.

Le ve los ojos, en la oscuridad de la noche, bajo la iluminación de las farolas. Los reconoce al instante. Los ha visto demasiadas veces de niño y en el trabajo, en las fotos que había en la sala de trabajo de su grupo antes de que se quemara. Julián Juárez está delante de él. Óscar no puede desenfundar porque su arma está en la cintura, oculta debajo de su chaqueta, y el tipo que tiene delante la lleva en la mano.

Es rápido. No hay intercambio de palabras.

Al estilo Juárez.

Tres disparos.

Silencio.

Lo último que oye el sargento Óscar Miralles antes de perderse en la oscuridad son los gritos de alguien en la calle y unos pasos que salen de allí a la carrera.

Después, el silencio y la negritud de la nada.

64

Pasillos de alma en pena

El teniente López Cuervo camina por los pasillos de baldosas verdes con una sensación descorazonadora. Una que no pensaba que volvería a tener en la vida.

Cuando su capitán le dijo que iría a trabajar en un equipo conjunto con los Mossos, no saltó de alegría, ni mucho menos. Había evitado en muchas ocasiones entrar en ninguno. Ni con los Mossos ni con la Policía Nacional. Es simple. No quería depender de nadie que no vistiera su uniforme. Pero la cosa ha cambiado. No esperaba que los disparos a Miralles de hace tan solo unas horas le afectaran tanto. Supone que es tan simple como saber que podría haberlos recibido él. Y no descarta que eso aún pueda suceder si no está atento. El peor enemigo de un policía es la relajación. Eso no le va a suceder a Cuervo, que siempre está alerta, pero sabe que es imposible estarlo siempre y en todo momento, como le ha pasado a Miralles. Cuervo entiende que no lo puede controlar todo, y menos que eso le pase a un compañero. Y ahí reside esa extraña sensación que lo envuelve. Han disparado a un policía con otro uniforme, pero la sensación amarga es la misma que sintió hace un par de años cuando, durante una actuación con un intercambio de tiros, el que los recibió también vestía de verde.

Sigue recorriendo los pasillos blancos de suelos de baldosa verde. Hay familiares de enfermos por los pasillos y víctimas diversas. Los deja atrás sin que le hagan perder el paso. Cuervo siempre tiene claro hacia dónde va, y esa situación no se distingue de otras. Nota que necesita una ducha y cambiarse de traje. También arreglarse la barba.

Cuando llega a la sala donde las enfermeras tienen su lugar de encuentro, no hay ninguna disponible. Está vacío, pero ve que una está discutiendo con dos tipos con traje. Son policías, sin duda. No están muy conformes con lo que la mujer, de unos treinta años, les dice con total convencimiento. Reconoce a uno de ellos como un mando de la comisaría de Ciutat Vella. Al otro no, pero también debe de serlo. Espera paciente a que acabe la conversación y los dos tipos se marchan ignorando al teniente, al que no han reconocido. Tampoco tienen por qué, y Cuervo no es de los que le hacen la rosca a nadie. Cuando la enfermera regresa a su silla, el teniente se acerca.

Le muestra su placa insignia, a lo que la mujer responde con un soplido.

—¿Otro policía? ¿Cómo les tengo que decir que aquí también hay normas que cumplir?

—Señorita, no pretendo soliviantar su jornada laboral, pero, si me atiende, solo le robaré unos segundos.

—Vale, disculpe. Es que hay gente que por llevar placa se cree con derecho a invadir el espacio de los demás. Perdone. Ha sido una semana dura.

—Solo quiero saber si el sargento Miralles, de los Mossos, ha salido de quirófano. Ya vendré a verlo cuando esté en planta.

La mujer lo mira unos segundos.

—¿Cómo me ha dicho que se llamaba usted?

—No se lo he dicho, pero mi número de placa es...

—No, no, espere, es usted... ¿Cómo era? —dice buscando una palabra—. Ah, sí, es usted... ¿Garza?

—Pues no, pero casi. Soy Cuervo.

La mujer sonríe por primera vez.

—Oiga, ¿eso es un código entre ustedes?

—No, no, me llamo Cuervo de verdad. Es mi apellido. ¿Por qué lo dice?

—El paciente por el que pregunta está descansando en la UCI, pero ha dicho que no quería ver a nadie que no fuera, pues eso, a Cuervo, y algo de una cicatriz. Pensaba que estaba delirando. Discúlpeme ahora usted, no pretendía ofenderle.

—No se preocupe, llevo toda mi vida con eso, y lo llevo con orgullo, Cuervo es el apellido de mi madre. Y lo de la cicatriz está superado.

—Acompáñeme, pero le ruego que sea breve. Su compañero ha tenido suerte y la operación no ha sido muy complicada, pero el posoperatorio siempre requiere tranquilidad.

—De acuerdo.

El teniente sigue a la enfermera hasta una esquina donde, en una habitación sin puertas, se halla el paciente.

El sargento Óscar Miralles está medio adormilado cuando Cuervo entra en la habitación. Aun así, puede ver que dibuja algo parecido a una sonrisa.

—¿Cómo estás, compañero?

—No sé, ¿cómo me ves?

—Como a un superviviente. No todos pueden decirlo. Por lo que sé, principalmente el chaleco interior antibalas te ha salvado la vida.

—Y mi brazo.

—Sí, eso me han dicho también.

—Ya ves, Cuervo, el gesto de protegerme parece que desvió la bala que iba hacia la cara hasta el hombro, supongo que al impactar con el reloj. Eso sí, ya no podré jugar al golf.

—Es instintivo protegerse la cara. Y no sabía que jugabas al golf.

—No he jugado nunca, pero, ahora, si me da por ahí, ya no lo podré hacer. No sé, no me hagas caso que estoy todavía con los efectos de la anestesia.

A Cuervo se le dibuja una especie de sonrisa.

—Es broma, compañero. Gracias por venir. ¿Qué sabes de mi asesino en grado de tentativa?

—¿Pudiste verlo bien? Todos podemos pensar en quién ha sido, pero ya sabes cómo va esto, necesitamos un reconocimiento.

—Fue Julián, sin un ápice de duda. No se escondió, el muy hijo de puta. Quería que le viera la cara. Supongo que porque pensaba que iba a palmar.

—No creo que vuelva, porque es la persona más buscada de España, pero hablaré con tus jefes para que te pongan protección. Si no lo hacen te pondré yo de la mía.

—Por eso no te preocupes, me la pondrán. Pero mis hijos...

—Hay que extenderla a tu familia, claro. Si hubiera querido hacerte daño de verdad, eso es lo que habría hecho, pero hasta Julián tiene sus límites, supongo, aunque no hay que subestimarle.

—Gracias, Cuervo. Al final, a pesar de todo, lo que tengo no es demasiado grave, parece que lo peor de estas heridas son las infecciones, pero unos días aquí no me los quita nadie. Estás al mando. ¿Qué tal está el grupo?

—Carol y Lupe muy preocupadas, las llamaré enseguida, pero Esteller está desaparecido.

—¿Desaparecido?

Cuervo no contesta, pero no hace falta.

—Vale, ya nos ocuparemos de eso. Joder.

La enfermera aparece por la entrada y se queda allí, indicando con su presencia que tiene que acabar la visita.

—Descansa y no te preocupes por eso, que te mantendré informado de las novedades que haya. Mañana volveré a pasar.

Cuervo se marcha de allí mientras Miralles parece entrar en los brazos de Morfeo antes siquiera de que deje la habitación.

Han perdido esa batalla, pero se jura a sí mismo que no van a perder la guerra.

65

El refugio

Julián llega agotado al chalé de Sitges. Aún no ha podido contactar con su mujer, sobre todo para saber cómo se encuentra su hijo. Imagina que los Mossos ya se habrán marchado, porque hace unas horas de su encuentro con uno de los policías que han estado en su casa, pero ella habrá destruido los teléfonos como le ha explicado siempre que tiene que hacerlo.

«El muy cabrón de Miralles ha recibido su merecido por ser una rata traidora con la gente con la que creció en el barrio», piensa. Es consciente de que en realidad nunca fueron lo que se dice amigos, pero venían del mismo lugar, y, a su modo de ver, al detener a gente como él está traicionando sus raíces. Por supuesto, a ojos del mayor de los Juárez, el peor de los delitos que Miralles ha cometido es entrar en su domicilio, donde vive su familia. Ha traspasado una línea que no podía tolerar y merecía el máximo castigo.

Apaga el coche y se queda un momento en la calle. No lo entra en la propiedad. Espera unos instantes para observar el entorno. Es una zona tranquila con poco tránsito. Mira los vehículos que hay aparcados en busca de algún indicio de la pasma. No saben nada sobre ese chalé, pero no está seguro del todo. Con esas ratas nunca conviene fiarse, se dice.

Cuando cree haber comprobado que la zona es segura sale del vehículo y entra en el chalé. Maribel sale a recibirle. La cara de ella le indica que, además de necesitar una ducha, su aspecto también le delata. Aún no se ha podido cambiar ni asear tras matar al Puerco después de arrastrarse por aquel túnel de tierra excavado en su casa para escapar. La idea se la dio un narco en la prisión. Una estancia que para algunos acaba siendo una universidad de lujo para cometer delitos. Ese túnel le ha salvado la vida a él, y puede que a su mujer e hijo, porque tiene claro que no regresará a prisión, y en un intercambio de disparos puede pasar cualquier cosa.

Vuelve a mirar a Maribel, cuya piel morena, limpia y hermosa contrasta con la de quien es su dueño.

—¿Qué ha pasado?

—Nada. Prepara una maleta, esta casa no será segura en poco tiempo. Nos vamos.

—Pero, cielo, explícame algo. ¿Qué pasa?

—La pasma, eso ha pasado. Mi hermano no contesta y Jesús tampoco. Les he dejado mensajes, pero nada.

—Bueno, quizá también tienen dificultades.

Julián no dice nada más. Se quita la camiseta y se va directo al baño. Maribel puede oír cómo abre la ducha. No sabe cómo ha aguantado la conversación. Jesús se ha marchado pocos minutos antes de que regresara Julián. No quería irse y se ha demorado demasiado por la insistencia en no dejarla sola. El amigo de la infancia de Juárez sabe bien de lo que este es capaz y teme que ella pague la redada de la policía.

Mientras Maribel sopesa sus opciones recibe un mensaje en el móvil: «No me he ido. Estoy fuera. Si necesitas ayuda, grita». Lo lee y lo borra de inmediato. De manera inconsciente, mira a la puerta del baño para comprobar que Julián sigue dentro. Se guarda el teléfono en el bolsillo trasero, de donde sobresale, y espera a que Julián salga de asearse.

Este, en el baño, se conecta a través del móvil a las imágenes de la entrada de la puerta del chalé para asegurarse de que la casa es segura. Pasa las imágenes a cámara rápida mientras ve cómo transcurren las horas sin observar nada interesante.

Hasta que algo llama su atención.

Cuando sale, Julián encuentra a Maribel sentada en una silla del salón mirando el mar. Ella observa que se ha puesto ropa limpia y ha mejorado su aspecto. Sin embargo, su expresión ha cambiado. Se acerca a la mujer y le acaricia la espalda.

—¿Y a dónde vamos?

—¿Vamos? No, tú no vienes.

—¿Yo no voy?

—Te expliqué con claridad qué pasaría si me traicionabas.

Maribel se echa a temblar. Ha debido de ver algo de Jesús en el baño, aunque no sabe qué.

—No, no lo he hecho —consigue decir a duras penas.

—Maldita zorra. ¿No tenías bastante con esto? —dice señalando el chalé y la puerta al jardín trasero, que a su vez da al mar.

Cuando Julián pone la mano en la culata de su arma, Jesús, la Mole, aparece por la entrada. Es normal que no llame porque tiene llaves de la casa, así que no sorprende a Julián.

—Ah, Jesús. Menos mal. No te localizaba. Ni a mi hermano. Pensaba que habríais caído en la redada, pero veo que solo se ha centrado en mí.

—No estaba en mi casa, Julián. Y después de saber lo de la pasma en la tuya he tirado el móvil y he venido aquí.

—¿Y dónde has estado hasta ahora?

—He dado vueltas para asegurarme de que nadie me seguía para no traerlos hasta aquí.

—Vaya, has callejeado toda la noche hasta ahora. Muy listo.

Maribel sigue temblando.

—¿Y a esta qué le pasa? —pregunta la Mole fingiendo indiferencia.

—La puta esta, que nos ha traicionado.

—¿Cómo sabes eso?

—No soy estúpido, Jesús, o no estaría donde estoy. He revisado las cámaras de seguridad del chalé y ¿a que no sabes quién sale hablando con ella hace unos días? El poli viejo ese que conocimos en el bar de la señora Lucía. Nos ha vendido.

—No, no es cierto, Julián. Yo nunca te traicionaría.

—¿Estás seguro?

—Lo puedes ver tú mismo. Sabes que lo único que no tolero es la traición. Que aparezca por aquí ese poli y nos caiga encima una redada tan bestia no puede ser casualidad, ¿no crees?

Se hace un silencio que rompe la Mole, que empieza a ver que la situación se le está yendo de las manos.

—¿Y qué vas a hacer?

—Sabe demasiado, ¿no crees? —le contesta mirando a Maribel, que está aterrada.

—¿Qué sabe ella que no sepa la pasma?

Julián se gira hacia su amigo.

—¿A qué viene esa preocupación por esta zorra?

—Solo digo que lo que sabe es indiferente y que solo hace falta mirarla para saber que no dirá nada. ¿Quieres seguir dejando cadáveres a tu paso?

Julián le observa mientras analiza una conversación que se le hace extraña viniendo de un tipo sin escrúpulos como la Mole. Su mejor amigo. No acierta a entender por qué se preocupa por una mujer a la que apenas conoce. ¿O sí?

—No me estás escuchando, joder. Ella ya ha hablado con la pasma. No me arriesgaré —contesta sacando su pistola de la cintura.

Maribel empieza a pensar que ha llegado su final, pero un hilo de esperanza ilumina su mirada al ver a Jesús.

Julián se gira para ver que la Mole tiene su arma en la mano. Le apunta a él. Tenía un terrible presentimiento que ahora se confirma.

—Vaya. ¿Me traicionas? ¿Por esta puta?

—Es puta porque tú la has convertido en eso. Pero no lo es.

—Me lo hubiera esperado de muchos, pero no de ti. Eras como mi hermano.

—Tú también, Julián. Sabes lo que he hecho por

ti. Por eso te pido que la liberes, nos podemos ir todos sanos y salvos de aquí. Esto no tiene que acabar mal.

—Y ¿qué se supone que haréis? ¿Vivir felices para siempre?

—Eso es cosa nuestra.

Julián muestra una media sonrisa que lo es todo menos eso, pero coge su pistola por el cañón y la deja en el suelo. Acto seguido la empuja con el pie hasta la Mole, que la recoge sin dejar de apuntar a quien ha sido su amigo desde la infancia. Entiende que la de Jesús no debe de haber sido una decisión fácil, pero, como leyó una vez, la traición solo conoce dos motivos básicos; el dinero y el amor. *Dinero* puede asimilarse a poder, y *amor* a sexo, pero no dejan de alejarse de esa máxima. No es por dinero, eso Julián lo tiene claro, y solo por sexo su amigo nunca le hubiera apuntado con un arma, así que aquello debe de ser amor de verdad. Jamás lo hubiera podido prever. La cara del aún jefe del clan Juárez es un poema: la viva imagen de la decepción.

Con las dos armas, la Mole guarda una en la cintura y después le ofrece la mano a Maribel, que se acerca con cautela. No por él, claro, pero no se fía de un Julián que ha sido su dueño. Y ella sabe bien que nadie se deshace de una posesión de manera altruista y que, además, Julián desprecia ante todo la traición que le atribuye. Se lo ha escuchado muchas veces, cuando algunas noches se quedaba con ella. Pero ahí está, con su pelo al uno, su tatuaje en el cuello, que a ella le da grima, y una mirada de odio que solo puede venir de sentirse vencido y traicionado.

La Mole, por su parte, es consciente de que no pueden demorarse. Conoce bien a su amigo y sabe que, si ese momento le ha pillado de sorpresa, no le durará. De haber sido consciente de sus planes seguro que le habría preparado alguna trampa, no tiene dudas, porque lo único que no tolera Julián Juárez es precisamente eso, la traición. Algo que Jesús, la Mole, nunca ha buscado. Habría podido hacerse rico si hubiera querido quedarse el dinero de Julián, pero eso jamás hubiera sucedido; sin embargo, fue la mirada de Maribel la que lo desarboló. No pudo evitar enamorarse de ella a pesar de haberlo intentado. A pesar de haberse apartado para no verla. Pero no se puede luchar contra los sentimientos, y el horizonte de Jesús no se vislumbra siquiera sin ella.

La coge de la mano y se dirigen a la puerta. Julián está de pie en medio del salón contemplando cómo se van su mejor amigo y su amante. La Mole sabe bien que su casi hermano no se va a conformar así como así. Se detiene y se gira hacia atrás.

En el exterior de la casa de Sitges no se mueven ni las ramas de los árboles. No se oye nada más que el rumor lejano del mar. Los vecinos están lejos y no pasan demasiados coches por la zona, por eso los dos disparos que resuenan en el interior de la casa se apagan en un silencio sepulcral. La traición suele estar vinculada al dinero o al amor, y a veces también lleva asociada la palabra *muerte*.

66

Un sonido muy reconocible

Cuervo conduce por las calles de la localidad de la costa catalana observando las mansiones de la gente rica. Lo hace siguiendo las indicaciones del teléfono y de su aplicación GPS. Alguien le ha pasado una dirección de Sitges desde un número desconocido. La ha recibido junto a un mensaje en el que simplemente pone «Aquí está lo que busca». Ha estado tentado de llamar al resto del equipo conjunto para ir a comprobarlo, pero al final no se lo ha dicho ni a Lupe. No sabe bien qué hace ahí, sin ningún apoyo, comprobando una dirección que bien pudiera tratarse de una trampa. Tal vez sea el propio Julián quien le ha enviado el mensaje, ya que ha tenido acceso, a través del *mosso* corrupto —que, según todo apunta, es el cabo Esteller—, a mucha información. El patinete delata a Esteller, pero más aún que desde la explosión esté desaparecido. También sopesa que Julián le haya mandado una información falsa para darle tiempo y desaparecer mientras él mueve a todos sus efectivos en una redada, además en una zona bastante exclusiva. No, se dice, él mismo hará las comprobaciones y, si ve cualquier cosa sospechosa, activará los recursos necesarios. Además, se lo debe a su compañero Miralles, al que, si bien no puede catalogar como amigo, sí considera un compañero leal y comprometido como él. Por no mencionar la carga que arrastra, y en eso también han coincidido. No en las circunstancias, pero sí en el hecho de tener que vivir apartado de sus hijos por culpa de ese maldito trabajo del que no es capaz de desprenderse. Un oficio que ama y odia a partes iguales. Pero así es la vida y así la acepta.

Llega hasta la dirección que marca el mensaje. Es una casa con vistas al mar. Hay algunos coches estacionados a lo largo de la acera, pero ninguno le resulta sospechoso. Consigue aparcar unos cien metros calle abajo. En la zona no hay más sitios libres porque supone que las plazas para aparcar en la famosa localidad catalana deben de ser escasas y, aunque calcula que el centro de la población está a unos diez minutos caminando, las playas, incluso en esta época, deben de tener visitantes. El clima lo permite, y estos últimos años, con eso del cambio climático, aún más.

Empieza a andar hacia la casa, que es más bien un chalé. Por entre los huecos que hay entre las viviendas, a pesar de las vallas y los árboles de los jardines, se puede distinguir el mar. Qué maravilla de sitio para vivir. Un lugar que jamás se podría permitir con su sueldo de guardia. Él es originario de Sevilla y vive en un piso en la comandancia de Barcelona. Y la verdad, allí está a gusto. Esto es otro nivel, la gente que vive aquí lo hace en un lugar donde puedes pensar que estás de vacaciones todo el año. Aunque también asume que somos una especie tan extraña que puede que haya personas que se cansen hasta de eso.

La puerta de la casa parece robusta, pero no una de esas blindadas ni con refuerzos antiokupa que los traficantes colocan para evitar que quien, por mala suerte, las asalte sean solo las fuerzas del orden, que siempre es mejor a que lo haga una banda rival. La policía en este país no te tortura, en cambio, los miembros de otros grupos criminales no tienen miramientos a la hora de extraer información de la manera más cruel.

Observa que, en la parte posterior del chalé, por las copas de unas palmeras que se elevaban por encima del tejado, debe de haber también un jardín, que imagina con su propia piscina. No parece una casa bunkerizada, más bien es un chalé de lujo. Ahí, en la misma puerta, que ni siquiera tiene mirilla con portero automático e imágenes, empieza a pensar que le han tomado el pelo y le han robado un buen rato de su tiempo. No es descabellado que un tipo como Julián tenga un chalé así, pero se le hace difícil entender para qué, si no es como refugio. Aun así, hay algo que no le encaja. Por qué esa y no la de al lado. No tiene sentido tenerla ahí, y, sin embargo, ahí está.

Se aparta un poco para hablar y saca el teléfono móvil.

—Lupe, ¿tienes acceso al registro de la propiedad?

—Yo directamente no, mi teniente, pero hay un contacto que sí.

—¿Con quién estás?

—Con Carol.

—¿No estás en la comandancia?

—No, aún estamos en la sala de la comisaría de Ciutat Vella intentando recuperar nuestras cosas de entre los escombros chamuscados. Me han jodido los cascos inalámbricos, los muy hijos de puta.

—Bien, pues ya que estáis ahí, miradme la propiedad de un par de casas que os pasaré, y, en cuanto las tengáis, venid las dos a Sitges a la dirección que os enviaré por mensaje.

—Así lo haremos. ¿Qué tiene, mi teniente?

—Aún no lo sé, pero hay algo que no me huele bien. Tenemos que comprobar una cosa.

—A sus órdenes. Mi teniente —duda antes de preguntar—, ¿sabe qué ha pasado con el cabo Esteller?

—No, pero todo indica que es lo que te imaginas.

Lupe cuelga el teléfono y mira a Carol, que ha oído la conversación. Las dos respiran hondo y se pone manos a la obra sin mediar palabra.

Cuervo guarda el teléfono en el bolsillo y camina por la acera buscando una grieta o espacio por donde ver el interior, no en vano, por un pequeño hueco puede ver que hay un patio delantero antes de la puerta de entrada que también rodea la casa. Todo parece bien cuidado. La valla exterior, de no más de dos metros, también rodea la propiedad y hace de separador con la casa colindante.

Entonces sucede.

Con la claridad de quien ha oído ese sonido miles de veces en la galería de tiro, Cuervo oye lo que sin duda son dos disparos que proceden de la casa.

67

No lo hagas

Cuervo sabe bien que no debe entrar allí sin refuerzos. Eso únicamente pasa en las películas que ve las pocas veces que decide desconectar y sentarse en el sofá con alguna de esas policíacas. ¿Cómo pueden avanzar solos atravesando puertas sin saber qué hay al otro lado? En ese momento, la realidad le demuestra que cuando se está delante de algo que puede llevar a la muerte de una persona, y dos disparos son símbolo de eso, un policía vocacional no puede quedarse esperando. Cuervo había criticado mucho unas imágenes que venían de Estados Unidos, en las que se veía cómo unos policías esperaban, no se sabe bien a qué, cuando un perturbado había abierto fuego en una escuela infantil. Decían las noticias, y la imputación posterior de algunos de los policías lo demostraba, que de haber accedido de inmediato al colegio podrían haber salvado algunas vidas. Para eso les pagaban, pero, más importante, nadie los había obligado a escoger aquella profesión. Sin embargo, los agentes estadounidenses se habían quedado en la entrada, cosa que se apreciaba bien en las imágenes de grabación interior de la escuela durante horas sabiendo que había un loco armado dentro. Era como ver a un bombero correr porque viene el fuego teniendo una manguera y agua suficiente para poder apagar un incendio cuando hay vidas en juego. Así que, ante esa perspectiva, Cuervo envía un mensaje a Lupe casi a la carrera y se dirige a la puerta de la casa. Saca su arma, que siempre lleva en doble acción, sin seguro y con bala en la recámara, y se dispone a inspeccionar la entrada. La puerta está cerrada, como es lógico, así que se acerca hasta el vallado que hay en uno de los lados, a la derecha. Guarda la pistola en la funda para tener las manos libres y se sube levantando la cabeza por encima de la valla metálica para ver el interior. Descubre una especie de pasillo con baldosa de piedra que lleva a la parte posterior. Lo salta sin dejar de controlar el entorno. «No entrar en visión túnel», se repite a sí mismo. Una vez superado ese obstáculo vuelve a sacar su arma y avanza apuntando hacia delante. Llega a la parte trasera, donde hay una piscina y una espectacular vista del mar que no puede apreciar a causa de la adrenalina.

Nadie fuera.

Los disparos venían de dentro.

La puerta de acceso a lo que parece la cocina está abierta. Hay otra puerta, a la derecha, que debe de dar al salón o al comedor; sin embargo, piensa que, ya que está abierta, mejor entrar por esa, que al menos le ofrece algo más de protección. Más a su derecha hay dos puertas acristaladas, pero no se arriesga a mirar por si quien está dentro le ve y pierde el factor sorpresa.

Una vez en la cocina, avanza con su arma apuntando hacia lo que la visión le muestra delante de él. Deja atrás esa estancia para llegar a un pasillo pequeño que debe de conducir al salón. Allí ve algo que no le gusta. Hay un monitor colgado en la pared que, divido en pequeños cuadrados, muestra diversas imágenes de cámaras de seguridad de varias zonas de la vivienda, como el perímetro exterior. Él acaba de pasar por uno de esos lugares antes de llegar al interior de la zona vallada por el jardín. Deben de estar camufladas porque no las ha visto, o puede que sí haya entrado en visión túnel y las haya obviado, centrado en un posible peligro que hubiera delante de él. Si hay alguien dentro atento a la entrada de extraños le ha visto seguro. Entonces, al fijarse en una de las imágenes, ve lo que no querría encontrar. Hay dos cuerpos tirados en el suelo de lo que parece el salón.

Respira hondo.

Ya está dentro.

No hay vuelta atrás.

Abre la puerta poco a poco. No parece que haya nadie, pero las pulsaciones vuelven a subir de golpe. En el suelo hay dos cuerpos. Un hombre y una mujer. Están inmóviles. Antes de avanzar y comprobar que la casa es segura da un golpe de vista al salón. Lo hace desde la seguridad del pasillo que viene de la cocina. Además del salón, a su izquierda hay un lavabo con la puerta cerrada, o eso supone que es por lógica en la distribución de la casa, y unas escaleras más allá que suben a la segunda planta. Allí deben de estar los dormitorios. Demasiado espacio para que un solo policía pueda asegurarlo, piensa, pero Lupe y Carol están de camino y quizá traigan refuerzos. Puede que no sea mala idea esperar, al contrario de lo que hacen en las series. Nada más lejos de la realidad.

Sí, mejor esperar.

Entonces ocurre lo que suele pasar cuando un policía cree tener la situación controlada. La chica se mueve. Levanta la cabeza con esfuerzo en busca de ayuda y se encuentra con la mirada de Cuervo, que se mantiene en el pasillo expectante. Y allí él comprende que, a pesar de que la operativa dicta que no tiene que moverse y ha de seguir asegurando su posición de seguridad en espera de refuerzos, un policía nunca puede dejar de prestar auxilio a una persona que lo necesita. A veces, hasta personas anónimas lo hacen. En incendios, en el mar o en situaciones tan extremas como en atentados terroristas. Gente que arriesga la vida, y a veces la pierde, cuando intenta socorrer a alguien a quien ni siquiera conoce. Un verdadero acto de heroísmo de quien no tiene la obligación laboral de sacrificarse. Así que a Cuervo no le queda otra opción que acercarse a comprobar cómo está la chica, que a simple vista tiene una herida en la espalda. La mujer le mira con la súplica de quien intenta aferrarse a la vida con desesperación. En cada bocanada de aire, sus pulmones, seguramente dañados por la herida de bala, inhalan aire en busca de esperanza.

Un paso adelante intentando salvar una vida que puede costarle la suya.

No lo duda ni un momento.

La cara de la chica sigue siendo de terror, a pesar de que Cuervo se inclina a examinarla y es evidente que, aunque no se identifica como guardia, sus gestos cuidadosos le indican que no quiere hacerle daño. Todo lo contrario.

Enseguida comprende el motivo de la mirada aterrada. También que las instrucciones operativas para situaciones como esa no se las explican porque sí. Tienen una base de estudio sobre otras acciones para salvar la vida de los policías y los civiles en escenarios extremos. Un error que le puede costar caro.

Levanta las manos cuando nota el cañón cilíndrico en la nuca. La chica cierra los ojos llorosos con expresión de derrota final. Quizá ella solo haya querido advertirle, pero por sus heridas y el estado de shock no podía hablar. Y en ese momento ya es demasiado tarde.

—¿Quién cojones eres tú?

Cuervo se levanta poco a poco de la posición de cuclillas que ha adoptado para socorrer a Maribel, cuyo nombre desconoce.

—Soy el teniente López Cuervo, de la Guardia Civil.

Julián parece confuso por un momento. Entonces Cuervo se gira y puede observar la cicatriz en su cara y lo reconoce.

—Vaya, tú eres de ese equipo de la pasma que me busca, ¿verdad? Me han hablado de ti.

—Así es. Espero que el hijo de puta que te ha hablado de mí se pudra en el mismo agujero donde lo harás tú.

Julián muestra una mueca en forma de sonrisa.

—¿Cómo me has encontrado? ¿Ha cantado el otro puerco?

Ahora es Cuervo quien se muestra confuso. ¿A quién se refiere con otro? Puede que Esteller lo haya vendido, pero... Entonces cae en la cuenta de que quizá Amadeo Hernández podría no haber muerto evitando la huida de Julián, sino por todo lo contrario. Casi en ese momento entiende cómo pudo desaparecer de las calles sin dejar rastro.

—No sé a qué puerco te refieres, pero si se trata de un policía que tienes en nómina, me parece acertado el apodo. Y al menos Hernández no ha podido ser, ¿no crees?

El teniente observa la expresión de Julián al escuchar el nombre del cabo que ha aparecido en el coche patrulla asesinado. A pesar de que su situación es de extremo peligro, no puede dejar de hacer su trabajo, y en ese momento su cerebro necesitaba atar cabos.

—Las preguntas las hago yo —responde Julián zanjando el intento del teniente.

Por un momento el mayor de los hermanos Juárez parece dudar. Pero Cuervo no tiene opciones de llegar hasta él, que se mantiene a una distancia prudencial. No, no tiene opciones. Está a su merced. «Vaya futuro», piensa. A merced de un asesino sin escrúpulos.

Un gemido desde el suelo rompe la tensión del momento. El hombre que yace en el suelo cerca de la mujer se remueve. También tiene una herida en la espalda y le cuesta respirar. Tiene claro que Julián les ha disparado a traición, o, por lo menos, por la espalda. Cuervo y Julián se miran, y no hacen falta palabras para indicarle al teniente que no se mueva de donde está. La Mole empieza a moverse hacia su amada. Cuervo lo reconoce mientras intenta arrastrarse con dificultad. Es uno de los lugartenientes del clan. El hombre se impulsa lentamente y su expresión transmite dolor. Maribel oye los movimientos de su amado y también se gira hacia él alargando la mano. La Mole lo ve y estira el brazo para buscar el de ella. Se mueve con gestos lentos y con un esfuerzo enorme. Cuervo asiste impotente a la escena. Una explosión le sobresalta. El cuerpo de la Mole recibe un tiro en la espalda, cerca del que ya tenía. Sin embargo, el tipo sigue arrastrándose hacia la chica.

—Déjalo, joder. Este es tu amigo.

—No, no es mi amigo. Era mi hermano desde que tengo memoria, pero me ha traicionado.

La Mole, a pesar del evidente dolor, continúa moviéndose hacia Maribel, que llora amargamente viéndole cada vez más cerca.

Otro disparo.

La Mole, con tres balas encajadas en la espalda, sigue su camino hacia ella. El tipo es muy fuerte, no cabe duda. Consigue cogerle la mano y ella la aprieta entre lágrimas. Comprende que ese futuro que habían planeado se desvanece allí mismo, en aquel suelo frío. En los ojos de Jesús puede ver una expresión de calma, casi una sonrisa, al poder tocarla por última vez. Ella le devuelve la sonrisa, que significa un amor sin fisuras. Se miran y se podría decir que se despiden hasta encontrarse en otra vida. Hubieran permanecido así eternamente. Pero un disparo resuena de nuevo en la casa, y esta vez los ojos de la

Mole se quedan abiertos para siempre. La bala se incrusta en la cabeza y esta se estrella contra el suelo en un recorrido de pocos centímetros. Maribel continúa sujetándole la mano en un mar de lágrimas.

El teniente se queda helado. Ha estado en varios tiroteos, y, como todo policía de calle, ha visto muchos cadáveres. Demasiados. Pero en ese momento ha sido testigo directo de una ejecución. Algo para lo que nadie con la cabeza en su sitio debería estar preparado. Una vez, hace años, en una misión en el extranjero, presenció, desde la distancia que le ordenaron mantener, una lapidación. Han pasado años y, en ocasiones, aún es capaz de recordar los gritos desgarradores de la mujer, presuntamente adúltera, que se había ganado, según su cultura o su religión, qué más da, una muerte atroz por ese delito. Una muerte sin juicio que la plebe le aplicó sin piedad alguna. No eran pocas las mujeres que también lanzaban las piedras contra una mortaja blanca que en pocos segundos se tornó roja, y eso era aún más incomprensible. Ahora, en un chalé de Sitges, revive esa sensación de impotencia y rabia a partes iguales. Como entonces, experimenta la muerte ajena, con la salvedad de que en este caso no es una turba, sino un asesino, el que ejecuta la pena.

Así es la vida.

Y también la muerte.

En la autopista, dos mujeres policía de cuerpos diferentes pisan el acelerador con la prisa de la ignorancia acerca de lo que está sucediendo en el chalé donde las ha mandado el teniente.

Están llegando a Sitges. Lupe va en el asiento del acompañante guiando a su compañera, que conduce uno de los coches de paisano de los Mossos d'Esquadra. La señal ha estado activa hasta hace unos minutos, pero la han perdido. El teléfono de Cuervo no da señal. Están seguras de que esa es la calle, pero no conocen el número, porque les había dado tres direcciones consecutivas de casas, así que la búsqueda va a ser complicada, porque la vía en cuestión, que bordea la costa poblada de chalés, es muy larga. Otros vehículos policiales se van a unir a la búsqueda, pero qué indicaciones les van a dar si ni ellas saben qué está pasando. No pueden hacer otra cosa que recorrer la calle y buscar el coche del teniente, que por fuerza tiene que estar aparcado cerca del chalé. Después deberían revisar cualquier elemento que les resulte extraño. Y todo eso sin una orden de entrada que avale una simple comprobación, porque el acceso a vivienda ajena por el llamado «estado de necesidad» requiere precisamente esa necesidad de impedir un daño contra la vida. No pueden aplicarlo a discreción. Lupe está muy preocupada, y más desde que el teniente no contesta al teléfono. Carol también expresa preocupación, pero se centra en conducir. Las últimas horas han sido un desastre. El sargento Miralles en la UCI y el cabo Esteller desaparecido. Aún están a veinte minutos de la calle donde la señal de su jefe ha dejado de emitir, imaginan que cerca o en una de las tres casas cuyo titular les ha pedido que comprobasen.

No muy lejos, otra agente de los Mossos conduce su coche en la misma dirección que las dos miembros del equipo conjunto. Nerea comprueba el navegador, ubicado en el cristal del coche con un extensible. En el suyo sí hay una señal que sigue emitiendo y le marca una dirección de destino. Y esta se está moviendo en lo que parece el exterior de un chalé.

68

Me toca

Me ha costado más de la cuenta saltar la valla, lo reconozco, pero ya estoy dentro de la casa. A veces olvido que casi tengo sesenta y cinco años; de hecho, los cumplo mañana. Llego por el pasillo hasta lo que parece un salón y oigo voces. Justo antes hay un monitor que me permite ver qué pasa sin tener que asomar la cabeza y que me la vuelen. Veo dos cuerpos en el suelo y a dos hombres que se mantienen a distancia. Son los que hablan. La chica parece haber perdido la conciencia. Los hombres son el teniente de la Guardia Civil y el hijo de puta de Julián. Decido escuchar lo que dicen porque lo que no voy a hacer es entrar a lo loco. Lo haré cuando esté preparado.

—Puede que ya haya habido suficientes muertes —dice Cuervo.

Julián levanta la cabeza para mirarle.

—¿Lo dices por estos? —responde mirando a Maribel, que aún respira, aunque a duras penas—. Nunca hay demasiadas muertes. La gente muere cada día.

—Muy bien, ¿y ahora qué?

—Bueno, necesito saber qué tenéis exactamente contra mí.

Cuervo no puede evitar mirar los cuerpos tendidos en el suelo: un hombre asesinado a sangre fría y una mujer que está siguiendo el mismo camino de manera lenta. Con la carrera que lleva Julián, le espera una más que segura prisión permanente revisable. Y a él, siendo un testigo directo de una muerte, la visita de sus familiares a su tumba. Ya no tiene nada que perder.

—No hará falta ni que testifique yo para que te imputen estos dos, supongo que eres consciente.

Julián chasquea la lengua.

—Eso es problema mío. Contesta a mi pregunta.

El teniente, por ganas, le hubiera mandado a la mierda, pero si consigue ganar tiempo, quizá Lupe y Carol lleguen a tiempo. No sabe si antes de que su teléfono móvil se rompiera contra el suelo hace unos minutos, amenazado por Julián, han podido ubicar la casa con exactitud, porque, en caso contrario, su única opción es hacer el ruido suficiente para que los encuentren, y esa opción es muy remota. No tiene muchas más alternativas.

—Está bien. Repasaré tus hazañas hasta llegar a estos dos cuerpos. Tu antiguo amigo, el camarero de Badalona. Dos muertos en el furgón blindado del bingo. Un delito de incendio en una nave del polígono de L'Hospitalet de Llobregat. Todo eso lo tenemos acreditado por indicios y pruebas. Después sospechamos de la muerte de un gran jefe de la introducción de drogas en España, el del clan de los marroquíes, del cual te beneficiaste. Y, por supuesto, algunos delitos de narcotráfico que aflorarán en cuanto atemos cabos. ¿Voy bien?

—No sabes la de cosas que te faltan —ríe Julián.

—Con eso ya te vas a pudrir en la cárcel.

—Nunca volveré a la cárcel.

Lo va a matar. No puedo permitir eso.

Un ruido alerta a los dos hombres, que se giran hacia la cocina. Julián intenta levantar el arma para preparar una respuesta, pero se encuentra el cañón de una pistola apuntándole a la cara. He sido más rápido. De manera inconsciente, levanta los brazos con cara de sorpresa mientras me acerco sin dejar de enseñarle el cañón de mi pistola orientado a su cabeza. Con la otra mano, le cojo el arma y, de inmediato, me aparto para coger distancia de seguridad. No olvido que el tipo sabe artes marciales.

—¿Quién cojones eres tú? —pregunta Julián.

—¿Ya no me recuerdas? Nos tomamos un café no hace demasiado.

—Joder, eres el puto viejo del bar. Por cierto, estás en las cámaras hablando con esta puta —dice señalando a la chica que yace herida en el suelo—. Ahora sí que estoy flipando.

Ignoro su comentario. Cuervo me reconoce y relaja la expresión. Hace el gesto de moverse, pero se lo niego con la cabeza.

—Lo último que quiero es hacerle daño, teniente, pero, por favor, no se mueva.

El guardia civil se queda quieto donde está y parece confuso en este nuevo escenario. Miro a Julián, que está intentando asimilar que ha perdido la ventaja. Supongo que piensa que necesita un nuevo plan o, al menos, una oportunidad.

—Teniente, para que vea que no tengo malas intenciones con usted, registre a este hijo de puta y quítele el arma que lleva escondida en la cintura. Por lo que he visto en las imágenes de seguridad de la casa la suya de dotación ha ido a parar debajo del sofá. Ya la recuperará después. Primero vamos a desarmar a esta escoria. Antes ha disparado a los dos del suelo a traición con esa arma que llevaba escondida. Ah, y vigile también si lleva un cuchillo.

El teniente se acerca a Julián y de su espalda saca una pistola y me la enseña.

—Guárdesela en la cintura o, si le entra, en su funda, pero no la sostenga en la mano. Espero que vea que es un gesto de buena voluntad. Le aseguro que no estoy en el otro bando.

Cuervo no entiende a qué estoy jugando, y es normal que tenga dudas, pero compruebo que de momento se conforma con, al menos, tener un arma con la que defenderse en caso de que la cosa se complique. Al menos su situación ha mejorado con respecto a la de hace unos minutos. Una vez guardada en la cintura, porque no es el mismo modelo que la suya y no le cabe en la funda, sigue registrando a Julián y, efectivamente, encuentra un cuchillo escondido en el cinturón.

—Parece sorprendido. Ya le dije que tengo una empresa de seguridad y sé muchas cosas. No ha sido difícil acceder a través del wifi a la red que controla las cámaras de vigilancia de esta casa. Lo he visto guardándoselo antes de entrar.

—La chica —le interrumpe el teniente.

—Sí, vaya y tapónele la herida.

—Hay que llamar a una ambulancia.

—Lo haremos, pero, de momento, manténgala con vida. Tengo una conversación pendiente con este mierda.

Cuervo se acerca a la chica y comprueba sus constantes vitales. Respira con dificultad, pero lo hace. No tiene orificio de salida, por lo que la bala sigue dentro. Veo que le tapona el de entrada para que al menos no pierda más sangre.

—En ese repaso que te ha hecho el teniente, te has dejado a alguien importante —le digo.

Julián me mira con indiferencia en espera de que aclarare a qué me refiero.

—¿Te suena una chica que se llamaba Olivia? Imagino que no.

—La única Olivia que conozco es la novia de Popeye, viejo.

Un sonido sordo se oye de repente y acalla la sorna de Julián de cuajo. Es el disparo de un arma con silenciador.

Una bala de mi pistola le arranca un trozo de la oreja izquierda a Julián, que se lleva las manos a ella, se agacha y se retuerce de dolor en el suelo. El teniente abre los ojos sorprendido.

—Levántate, hijo de puta. Si vuelves a hacer otro chiste quizá se me vaya la bala aún más a la izquierda. No se preocupe, teniente —le aclaro a Cuervo—, solo pretendía rozarle, pero hace años que no hago tiro y, sinceramente, si le vuelo la cabeza no me importará. Eh, tú —le digo a Julián—, levántate.

Lo hace con un reguero de sangre que emana de su oreja, amputada casi por la mitad. Ahora sabe que no estoy para bromas.

—Repito la pregunta: ¿te suena una chica que se llamaba Olivia?

—No. Lo de las chicas era cosa de mi primo, hijo de puta.

—De Lucas, sí, lo sé. Fue de mucha ayuda para saber de tu organización. Si te soy sincero, pensé que me costaría doblegarlo, pero largó como un pajarillo.

—Mientes, viejo cabrón. Lucas nunca me vendería.

—¿Ah, no? ¿Y cómo crees que supe quién era quién en la organización? ¿O dónde comes tus albóndigas favoritas, o dónde estaba esta casa de seguridad?

—Te cargaste a mi primo, hijo de puta. ¡Te mataré, cabrón! Estás mintiendo. Seguro que le dio por el culo a esa Olivia tuya.

Respiro hondo y reprimo con dificultad las ganas de meterle una bala en mitad de la frente.

—Tienes un hijo, ¿verdad? Entonces lo entenderás. Nadie debería sobrevivir a sus hijos. No es ley de vida.

—Te repito que no sé quién es esa Olivia. Supongo que es tu hija, pero no la conozco.

—Lo era, hasta que tus acciones la llevaron al suicidio.

—Pero si no sé ni quién es.

Miro a Cuervo, que sigue apretando la herida de Maribel.

—Mi hija trabajaba en una gestoría y tuvo la mala suerte de conocer a su primo Lucas. Este la grabó teniendo sexo y la extorsionó para que les diera información sobre la recogida de dinero del bingo. Lo que nunca imaginó ella es que eso llevaría a la muerte a dos personas. No pudo con ese peso y se quitó la vida. Todo lo que he hecho desde entonces ha sido para estar aquí ahora. Para llegar al responsable final —digo esto último mirando a Cuervo—. Y no se sorprenda, teniente, como le he dicho tengo una empresa de seguridad. Eso me ha dado recursos. Y además no me rijo, o al menos no tanto, por las leyes a las que usted debe obediencia. Sé de lo que hablo. Recuerde que yo también fui policía. Bueno, técnicamente aún lo soy.

Veo por su expresión que el teniente comprende ahora lo que no podía entender cuando me entrevistó hace apenas un día. Ni siquiera me pudo relacionar con Lucas Juárez, que, como familiar del clan, debe de estar en el organigrama. Solo tenían un cuerpo calcinado y una documentación medio quemada a conciencia para darles una pista. Apostaron por un choque entre clanes. Una cosa bastante normal entre las bandas de narcotraficantes. Los Juárez, que la policía sepa, han efectuado varios asaltos y, como mínimo, han sufrido un ataque, en el que mataron a tres de sus camellos en Ciutat Vella. Bueno, eso creen ellos, aunque, después de esto, puede que Cuervo ate cabos conmigo. En la guerra siempre hay bajas, el problema es cuando eso afecta a personas inocentes, como había pasado con mi hija.

Julián no quiere acabar en la cárcel, y eso es lo

que le espera si no hace nada. Empieza a ponerse nervioso. Lo noto en su mirada. Siempre se ha dicho a sí mismo que prefiere la muerte, pero ese pensamiento no es tan radical cuando de verdad te enfrentas a ella. El instinto de supervivencia es muy poderoso si existen demasiadas razones para vivir. Él dispone de mucho dinero, familia y posesiones a las que es difícil renunciar. Pero las opciones son escasas. Estoy algo mayor, pero sigo a una distancia suficiente para evitar un ataque cuerpo a cuerpo, y ahora, además, el guardia civil lleva un arma. No puede ver demasiadas opciones y eso le debe de estar desesperando. Desde luego, no es lo mismo pensar que mejor muerto que en el trullo de nuevo que saber que en este preciso instante eso puede suceder. Joder, que el hijo de puta ha logrado acumular millones en pocos meses. Puede que le confisquen algunas propiedades, pero Julián, que apenas tiene estudios, ha aprendido muy rápido. Le explicaron bien cómo esconderlo, cómo camuflarlo y cómo blanquearlo. Puede permitirse los mejores abogados y puede que su estancia en prisión no sea larga. Casi puedo leer esos pensamientos en su cabeza. Eso sí, no se va a olvidar de los dos cabrones que le van a privar de libertad. Eso seguro. Cuervo y yo tenemos unas dianas pintadas en la cabeza si logra salir.

—Está bien, sé leer las situaciones y sé que no tengo opciones de escapar, así que por qué no me esposan, me leen mis derechos y me dejan llamar a mi abogado. Y no me voy a olvidar de ninguno de los dos.

Es tan previsible, el muy hijo de puta.

Cuervo y yo nos miramos.

—Sé lo que estás pensando, Manuel, pero no lo hagas. No cargues con esto también. Lo de tu hija es suficiente pena sin tener culpa.

—No tienes idea de lo que cargo ya, Cuervo.

—Pues no cargues con más. Hasta ahora, que yo sepa, solo me has salvado la vida y la de esta chica si logramos que venga una ambulancia.

—Por eso no hay problema —le digo tirándole el móvil, que recoge en el aire con la mano libre—. Llama. Pero lo de este... No sé si me puedo arriesgar a que vaya a la cárcel. Conociendo bien el sistema, y sabiendo lo que ha hecho, no tendría que salir más, pero tiene dinero. Sabes qué significa eso.

—Por mucho dinero que tenga, te aseguro que no saldrá. Te lo juro. He visto a este hijo de puta matar a sangre fría a su amigo. Soy testigo directo. No escapará.

Me hace dudar, la verdad. Pero Julián sonríe.

—¿Se puede saber qué te parece tan divertido?

—Puta pasma, me dais risa. Es cierto, el teniente este es mi prueba de cargo, pero yo tengo recursos para muchas cosas. No solo puedo pagar abogados. Seguro que el picoleto tiene familia, puede que también hijos, así que solo tengo que hacer unas llamadas y seguro que el de la cicatriz se olvida de lo que ha visto por sus hijos, seguro que le convenzo...

Un disparo se incrusta en la frente de Julián, que no tiene tiempo de acabar la frase. Cae muerto al instante.

El cañón de una pistola humea en el salón mientras Cuervo y yo nos miramos. Él está como en shock, paralizado mientras observa el arma para asegurarse de que lo que acaba de pasar es real. Del cañón del arma que guardaba, la que pertenecía a la Mole, sigue saliendo un hilo de humo que poco a poco disminuye. Observo a mi compañero de trabajo, que por su cara no acaba de entender lo que ha hecho. Guardo mi arma en la funda y camino hasta Cuervo, que no reacciona. Lo hago mostrando mis manos desnudas.

—No sé qué ha pasado. Ha mencionado a mis hijos y yo...

—No se preocupe, le entiendo más que nadie. Si me permite —le digo cogiéndole el arma de la mano suavemente.

Cuervo me mira y no se opone. Está desconcertado. Cojo la pistola y le paso un pañuelo. La limpio y la pongo en la mano de la Mole.

—Sargento Longán, yo no puedo encubrir esto, soy un teniente de la Guardia Civil.

—Mire, Cuervo, no le conozco demasiado, pero yo no cargaría con esta escoria. Por lo que a mí se refiere, usted no ha hecho nada. Las cámaras de seguridad no han grabado nada, se lo aseguro, están desconectadas, así que le dejo a usted la opción de decir lo que le parezca más correcto y le deje dormir por la noche. Haga esa llamada y que al menos esa chica sobreviva. Que de todo esto salga algo bueno.

Observo el cadáver de Julián por última vez. Aquí acaba el clan Juárez, y aunque yo no he terminado del todo, siento un alivio al saber que el último responsable de la muerte de mi hija no hará más daño a nadie. Solo tengo una última cosa que resolver.

—¿Sabe? Durante un tiempo pensé que si le detenían se haría justicia, y mi hija creo que lo hubiera preferido.

—Claro. Es usted quien me ha enviado la dirección de esta casa al móvil.

—Ya le he dicho que tenía recursos.

—Pero yo... —Cuervo clava sus ojos en el cuerpo sin vida de Julián Juárez.

—No se martirice demasiado. Después de la charla que hemos tenido, le aseguro que no hubiera dejado que Juárez saliera de aquí con vida.

Cuervo me mira sin mucho entusiasmo, pero asiente y con ese gesto de su cara nos despedimos. Poco más puede hacer. Ni siquiera olvidar que de no haber aparecido yo probablemente el que estaría en el suelo sin vida sería él.

Antes de salir por la puerta, me giro por última vez y veo que Cuervo marca el número de emergencias.

Una vez fuera de la casa, mientras me alejo, me giro y veo que se acercan a la carrera dos mujeres pistola en mano. Supongo que son las agentes del grupo de Cuervo y Miralles.

Camino calle abajo. El sonido de las ambulancias cada vez es más lejano para mí. Me paro un momento y abro una de las aplicaciones de mi teléfono móvil para ver a través de las cámaras cómo en el interior de la casa un médico atiende a la chica con el teniente Cuervo aún allí. Me falta poco para terminar la misión. Solo queda algo pendiente en mi agenda negra. Y sé qué debo hacer. Pero a veces los planes no salen como uno quiere.

Ante la puerta de mi coche, alguien me espera. Es la agente Nerea Quesada.

69

Ajustes en el juego

No es una sorpresa del todo. Sé que mi compañera es muy perspicaz. Nerea está plantada delante de la puerta de mi Volvo y me impide acceder.

—No eras solo la niñera de un viejo, ¿verdad, compañera?

—No. Soy de Asuntos Internos.

—Claro.

—¿A dónde vas, Manuel?

—Estoy dando un paseo, compañera.

—Bueno, pues, mejor dicho, ¿de dónde vienes? —pregunta, quedándose en silencio mientras oye las sirenas de los vehículos de emergencia que dos calles más arriba resuenan sin parar—. No he podido saber en qué chalé estabas. Imagino que has encontrado el rastreador que te puse hace unos días porque hace un rato ha dejado de emitir tu señal, así que he buscado tu modo de huida.

Es buena.

—¿Modo de huida? No sé de qué me hablas. He venido a pasar un día por esta bonita localidad. Me encanta Sitges.

—No me trates de idiota, Manuel.

—Pues no hagas preguntas que sabes que no tendrán respuestas.

Nos quedamos en silencio un momento. Nerea no se aparta de delante de la puerta y, aunque tengo algo de tiempo, no puedo quedarme allí demasiado rato.

—Hemos detenido a un agente corrupto que trabajaba para los Juárez. El cabo Esteller. Parece que se presentó voluntario al equipo conjunto para poner al día a Julián.

—Ah, ¿sí? ¿Tenía a otro en el ajo? Este no me suena.

—¿Pensabas que solo tú estabas trabajando en el caso? Hace unos meses me asignaron a la comisaría de Ciutat Vella porque teníamos información de unos agentes corruptos. Pero de repente llegaste tú y aprovecharon mi situación para ver qué te traías entre manos.

—Ya ves que poco —le digo mientras ella responde con una mueca de desaprobación—. ¿Quién es ese tal Esteller?

—El cabo Esteller estaba pillado por los huevos por el clan Juárez por una deuda de juego. En cuanto ha sabido de la muerte del cabo Hernández se ha presentado en la comisaría para confesar. Se ha cagado vivo, y supongo que ha pensado que mejor en la cárcel que en manos de Julián. Ya lo teníamos enfilado, pero una confesión siempre ayuda. Es el que puso una batería preparada para incendiarse en el monopatinete de la sala del equipo conjunto en el que él mismo había estado trabajando. No creo que se pueda ser más ruin.

—Pues seguro que, en la agenda del teléfono de Julián, aparece como «Puerco». O él o Hernández.

—¿Y eso?

—Es un pálpito —le digo atando cabos de la conversación con Julián de hace solo unos minutos. Aunque creo que así llamaba a todos los policías corruptos que tenía en nómina.

Vuelve el silencio.

—¿Qué vas a hacer ahora?

—Pues, la verdad, me parece que me tomaré libre el día que me queda antes de jubilarme oficialmente, celebraré mi cumpleaños y así tú podrás llevar a tus hijos a Port Aventura. ¿O no tienes hijos, y solo era parte de tu tapadera?

—Tengo hijos. En realidad, no te he mentido en toda la semana. Otra cosa es que no te haya contado toda la verdad.

—Bien visto, pero el solo hecho de que te asignaran como compañera ya es una mentira, ¿no crees?

—Eso es cuestión de perspectiva. Yo obedezco a mis superiores, ya sabes cómo funciona esto.

—Vale. ¿Y ahora?

—Tengo órdenes de que me acompañes a la comisaría de Les Corts. Mis jefes quieren hacerte algunas preguntas. Ha aparecido el cuerpo de Abel Juárez torturado en un descampado de L'Hospitalet.

—Pues me alegra saberlo, pero no he tenido nada que ver. Debe de haber sido cosa de alguna banda rival. Se ganaron enemigos a patadas, ¿no crees?

—También podríamos hablar del cuerpo calcinado en un coche cerca de tu casa en El Prat. El que, en espera de confirmación, parece ser el de Lucas Juárez.

—No sé de qué me hablas.

—Vamos, Manuel, no insultes mi inteligencia, por favor.

Miro a Nerea a los ojos.

—¿Sabes?, cuando te miraba veía a mi hija. No sé por qué, no os parecéis físicamente, de hecho, en casi nada, pero, no sé, supongo que algunos gestos tuyos...

Nerea baja la cabeza, pero se rehace y vuelve a mirarme.

—No voy a ir contigo, Nerea.

Ella tensa el rostro.

—Manuel, también sales en una grabación cerca del narcopiso de Ciutat Vella la noche que mataron a tres miembros de la organización de los Juárez. Estabas en esa zona. Después de lo de hoy, ¿crees que mis jefes no atarán cabos?

No contesto, pero tampoco aparto los ojos de los de ella.

—Mierda, pero ¿qué has hecho, Manuel?

—No dispongo de mucho tiempo, porque aún hay algo importante que debo hacer, pero te voy a explicar por qué he trabajado esta semana en la comisaría de Ciutat Vella. Creo que te lo mereces. Después, juzga tú misma.

Le hablo a mi ya excompañera del mensaje que me dejó mi hija, de la extorsión que la llevó al suicidio. Le explico quién es para mí Lucas Juárez, primo de los hermanos Juárez, o quién era para mi hija Olivia. Le hablo del cabo Hernández, amigo íntimo de Lucas, que le guardaba escondido en su armero una llave USB. Le digo que pude averiguar que este guardaba en ese aparato los vídeos, no solo de mi hija, sino también de muchas otras mujeres que cayeron en la trampa de Lucas. Que me llevé y destruí todos los dispositivos que encontré en la casa de Lucas Juárez para que esos vídeos no salieran a la luz ni los viera nadie más, pero que me faltaba el que guardaba en lugar seguro el cabo Hernández. El único delito que le confieso es el de haber allanado ese armero, aunque tengo claro que Nerea sabe que hay mucho más que no le cuento; de hecho, ha relatado casi todos mis crímenes. Pero no tiene pruebas. Al menos no aún, y por eso duda.

Los dos nos quedamos de nuevo en silencio.

—Hice una promesa y la he cumplido. Nadie verá vídeos íntimos de mi hija. Tampoco los de esas otras mujeres.

—Por los informes, sabía lo del suicidio de tu hija, pero nunca hubiera pensado que podía haber un culpable.

—Uno al que nadie iba a buscar para rendir cuentas. Sin indicios criminales, compañera. En esas tres palabras se queda la memoria de una hija. ¿Qué harías tú por tus hijos, Nerea? Pregúntate eso, porque esa fue la pregunta que me hice yo.

—Cualquier cosa.

—Cualquier cosa —repito.

Nerea se lo piensa unos segundos y, finalmente, se aparta de la puerta del coche.

La abro sin prisa, pero antes de entrar me doy la vuelta para mirar a mi compañera por última vez.

—No dejes de perseguir a esa escoria corrupta que ensucia nuestro uniforme, pero, si quieres un consejo, no apliques leyes que después no te dejen dormir por las noches bajo el pretexto de cumplirlas por obligación.

—Ese consejo es difícil de cumplir, compañero.

—Llegará un día que no te quedará más remedio. Eres joven, pero no ingenua. Y te quedan muchos años por delante. No siempre estarás persiguiendo ratas internas. A la gente corriente le pasan cosas para las que las leyes no tienen prevista una solución. Cuando me recuperé de mis adicciones, monté mi empresa y tuve suerte en mis inversiones; entonces busqué a la señora que malvivía entre aquellos gitanos desalmados. Y digo *aquellos* porque sé que la mayoría no lo son. Nunca he sido racista. Sabes a qué me refiero, ¿verdad? Seguro que lo tienes en tu informe sobre mí.

Ella asiente.

—¿Qué fue de ella?

—Había fallecido.

—Lo siento.

—Bueno, lo hizo en su casa, y como no tenía descendencia el piso fue a parar a Cáritas. No se salieron con la suya. Cuídate mucho, Nerea.

—Tú también.

Me giro para irme, pero me acuerdo de algo que tenía pendiente y que quizá pueda resolver aquí. Me vuelvo hacia Nerea mientras saco un papel de la cartera.

—Ve a estas coordenadas.

—¿Qué encontraré?

—Mejor no te lo digo, pero lleva una pala.

Me mira con los ojos abiertos.

—No es cosa mía, pero te ayudará a cerrar alguna pregunta sin respuesta de las que te harás estos días.

Ella me mira y ahora no sé bien qué pasa por su cabeza. No me conviene que piense demasiado en ese papel, así que me despido con un gesto de la cabeza.

Me monto en el coche y me marcho de allí para no volver.

La vida que he conocido se ha terminado para siempre.

70

Todo principio tiene un final

Mientras Vera pasea por la playa de arena blanca la observo a través de mis gafas de sol. Ella se gira y sonríe. No sabe bien por qué nos hemos ido al Caribe, pero como no es la primera vez que viene, no me ha costado convencerla de cogerse unas vacaciones. Tendré que hablar con ella, claro, pero no he encontrado la forma ni el momento. Le sonrió. Al final se ha hecho amiga de mis perros y ella de ellos. Los animales saben adaptarse bien e identifican a quienes los quieren o los acabarán queriendo. Rocky permanece a mi lado mientras ella se aleja ligeramente con Loki, que la sigue a unos metros. No podía dejarlos en España, porque allí, tarde o temprano, yo hubiera acabado pagando por los pecados que he cometido, y seguramente ellos en una protectora, así que me los he traído.

Y no, no me arrepiento.

De nada.

Miro el horizonte y este es de un azul maravilloso. El sol se está poniendo y estoy tumbado en una hamaca delante de mi pequeña casa en Punta Cana. No es muy grande, pero aquí sí te puedes comprar por un precio razonable una casa en la misma orilla de la playa. La adquirí hace tiempo y aquí he pasado mis vacaciones los últimos años.

No hay mejor sitio para un retiro.

No sé si mi hijo escuchará la grabación que le he enviado, aunque espero que lo haga. La última parte será la que más le cueste entender, pero así son las cosas y así las he aceptado. Intento rememorar lo último que grabé en el teléfono móvil, que le llegará por mensajero si no lo ha hecho ya. Creo que decía algo así:

> He llegado al final con una sensación de calma, hijo. Ya no me queda nada allí. Decidí que Lucas Juárez recibiera el peor de los castigos, eso creo, para alguien como él. Porque todos acabamos recibiendo el correctivo acorde al hecho cometido. Espero que algún día lo entiendas, y sí, me encantaría poder conocer a mis nietos en persona. Poco más me queda por decir, solo algo tan repetido que aun así nunca pierde su valor. Te quiero, hijo.

La vida es una constante toma de decisiones, y lo único importante es aprender a vivir con ellas. Porque por más que lo intentemos siempre acabamos errando. Ya lo dicen, errar es aprender, y no hay límite de edad para seguir haciéndolo.

Veo a Vera en el horizonte, mi fiel amigo a mi lado me mira mientras gruñe o solloza de manera sorda, casi parece un gemido. Intento acariciarlo, pero no me encuentro demasiado bien. Logro tocarle el lomo. El mar tiene un color ocre y el sol se está poniendo.

Qué vista más maravillosa.

Veo una chica que sale del agua y se dirige hacia mí. Cómo se parece a mi Olivia. Si la razón y el sentido común no me dijeran que eso es imposible, diría sin dudarlo que es ella.

Me sonríe.

Noto un dolor que me oprime el pecho y mi brazo izquierdo está rígido. Me cuesta respirar. De repente el dolor desaparece y me encuentro en calma. No siento pena, solo una agradable liberación.

Epílogo

Son las diez de la noche cuando el segundo vehículo se acerca a la casa. No hace demasiado que la conductora del primero ha llegado sin comprender qué hace allí. Hay luna llena en un cielo despejado repleto de estrellas. Cuando se baja del coche ve a un hombre que no conoce, aunque le suena mucho su aspecto. Nerea aún no comprende el motivo que la ha llevado hasta allí.

Daniel Longán observa a la mujer que está en la puerta de la casa de su padre, en los huertos de El Prat de Llobregat. No la conoce, pero enseguida sabe que es una compañera de trabajo. Los policías suelen reconocer a los suyos por sus gestos o por sus precauciones ante desconocidos. La situación es de verdad extraña.

—Hola —dice Daniel.

—Hola.

El hombre mueve los hombros en señal de pregunta.

—Ahora que estoy cerca, ya veo el parecido. Eres el hijo de Manuel.

—Sí, aunque te podría decir que solo biológico, pero esa es una historia para la familia. ¿Quién eres tú?

—Me llamo Nerea Quesada y he trabajado esta última semana con tu padre.

—Vaya. Su última compañera.

—En realidad soy de Asuntos Internos.

—Ah. Y él no lo sabía, claro.

—Lo supo al final.

—Vale. Pero ¿qué haces aquí?

—Si te digo la verdad, no lo sé. Al llegar a casa después de toda la movida encontré una carta donde me decía que estuviera aquí hoy a esta hora. Dentro había una nota de tu padre, así que he decidido venir. Ha sido todo muy misterioso, porque tuvo la oportunidad de dármela en persona. Y ahora, literalmente ha desaparecido, aunque dicen que tiene una casa en el Caribe.

—Y has venido sola. ¿O en las sombras hay un equipo del GEI por si aparece?

—Estoy sola.

—Yo no sé aún por qué he venido. También recibí una carta, pero no tenía claro acercarme, solo he venido a dar de comer a los perros. Ellos no tienen culpa. No sé qué haré con ellos. Me vino a ver un abogado, mi padre me ha dejado esta casa, pero me va a ser complicado tener que venir cada dos por tres a cuidarlos —le dice mientras abre la puerta.

Al abrirla no se acerca ningún perro a recibirlos. De hecho, ahora caen en la cuenta de que no han oído ladridos detrás de la valla al llegar.

Los dos se miran y Daniel le hace una señal en forma de invitación para acceder al patio interior.

Entran con cautela. Se van directos a la casa, obviando el almacén, porque es evidente que allí no hay perros a los que alimentar. Está abierto, y, si los hubiera, en ese momento estarían ladrando a los intrusos.

Dentro de la casa está todo recogido y limpio. Nada extraño. En la mesa del salón comedor Nerea encuentra un sobre cerrado dirigido a ambos.

Le hace un gesto a Daniel y este se acerca. Ella, a pesar de que también aparece su nombre, le entrega el sobre al hijo de quien ha sido su compañero esa última semana. Este lo abre y mira a Nerea, que está expectante.

Empieza a leer en voz alta.

> Querido Daniel, espero que mis acciones de estos días pasados no te hayan perjudicado ni lo hagan en el futuro. Lo importante es que me gustaría que comprendieras lo que ha pasado esta semana. Quiero pensar que Nerea está contigo mientras lees esta carta de despedida. Como espero que te hayan informado mis abogados, te lo dejo todo. Mi casa, mi piso de Barcelona y una parte de las acciones de mi empresa. También hay una cuenta con dinero para mis nietos, que podrán disfrutar en cuanto acaben sus estudios universitarios. Algo que les ayude a empezar cuando de verdad lo necesiten. En cuanto a por qué estás junto a mi última compañera en el cuerpo leyendo estas líneas lo entenderás en breve. Quería despedirme de los dos, y espero que Nerea te pueda explicar mis motivos. Solo necesitaba dar paz al alma de tu hermana. No creo que ella hubiera aprobado lo que

he causado, pero me pidió un favor y lo he cumplido. Te quiero, hijo.

Daniel menea la cabeza sin entender y mira a Nerea.

—Mejor nos sentamos un rato y te lo cuento todo.

Daniel duda un momento, pero se sienta en el sofá. La *mossa* empieza a contarle lo que le pasó a su hermana. Le habla de Lucas Juárez, del clan encabezado por el primo de este. De la extorsión que sufrió Olivia. Del pendrive que contenía sus imágenes íntimas, que Manuel había podido recuperar y destruir. Que su padre había averiguado dónde estaba guardado ese pendrive y que eso explicaba por qué había querido volver a trabajar en los Mossos, y en concreto en aquella comisaría. Le cuenta todo lo que ella entiende, incluso las sospechas sobre su implicación en la muerte de tres traficantes en un narcopiso, aunque sigue habiendo flecos de los que tirar y a los que ni siquiera ella sabe responder. Pero lo que le importa a Daniel está explicado.

La cara del hombre es un poema. Se pregunta por qué su hermana recurrió a su padre y no a él, pero él mismo sabe la respuesta. Ella no hubiera querido que su hermano cargara con aquella pena y la había descargado en su padre. Le sigue contando lo que había ocurrido durante la semana que habían trabajado juntos y cómo había acabado, con la despedida en esa zona de Sitges.

Al finalizar los dos quedan en silencio. Daniel derrama una lágrima.

—El muy cabrón nos ha engañado a todos, pero lo ha conseguido —le dice Nerea.

—Pero ¿dices que ha matado a gente?

—Aún no podemos probar su implicación en algunas muertes, pero no le ha temblado el pulso, te lo garantizo.

—Joder, papá.

—Se ha asegurado de que nadie pueda ver las imágenes de tu hermana. Y ahí sí ha tenido suerte gracias a la codicia de Lucas Juárez, que imagino que esperaba poder sacar algo más de Olivia y aún no las había colgado en la red, de lo contrario hubiera sido imposible eliminar los vídeos. Y a Juárez le pareció que el armero de su mejor amigo era el lugar más seguro para guardar unas pruebas que, de haberlas encontrado nosotros, lo hubieran llevado a la cárcel muchos años.

—Mierda. No tenía ni idea.

—Lo sé.

—¿Y qué se supone que debo hacer ahora?

—Nada. Es posible que te llamemos para tomarte declaración, pero yo misma testificaré, y así figura en mi informe, que no sabías nada de lo que planeaba tu padre. Y Manuel se ha esfumado de la faz de la tierra.

Daniel se queda un momento pensativo.

—Venga, vamos, te ayudo a cerrar.

Los dos salen al patio donde en otros tiempos los perros de Manuel corrían sin descanso esperando la visita de su amo. Alejados del ruido de la ciudad, la noche es tranquila, solo perturbada por el sonido de alguna lechuza. Caminan hasta la puerta para ir a buscar sus coches, que están estacionados fuera. Antes de despedirse se paran un momento.

—¿Por qué crees que nos ha reunido aquí a los dos?

—No lo sé. Aunque la semana ha sido intensa, no le conozco tanto. Supongo que quería que te explicara el porqué de todo esto. Y confió en mí.

—Sí, supongo. En todo caso, gracias.

Permanecen un momento en silencio. Pero algo lo rompe. Y no es una lechuza.

—¿Has oído eso?

—Sí. Parece uno de los perros. Viene del almacén.

Se miran y vuelven a entrar en el patio. Abren la puerta del garaje.

—Está muy oscuro.

—Espera —dice ella.

Un sonido más nítido se oye al fondo. Nerea busca el interruptor hasta que lo encuentra. Un grito de Daniel la asusta.

—¿Qué pasa, Daniel?

El hijo de su excompañero está pálido. La *mossa* se gira para ver qué le ha asustado y entonces lo ve.

Al fondo, en una especie de jaula grande, hay un animal. Solloza.

Los dos se acercan.

No es un animal.

A Nerea no le hace falta comprobar la identidad del hombre que los mira con la vista perdida y emitiendo sonidos guturales como si no tuviera lengua. También tiene cortes llenos de cicatrices infectadas que hacen que tenga la cara totalmente desfigurada.

Daniel está horrorizado.

—¿Quién es este tipo? —le pregunta—. Por Dios, papá. ¿Qué has hecho?

—Llama a una ambulancia.

El hombre saca su teléfono móvil y la *mossa* intenta abrir la puerta de la jaula. Mientras el teléfono busca la señal, Daniel mira a Nerea en busca de una explicación. Ella se frota la sien intentando analizar la situación y comprende por qué está allí. Pero no puede ser: el cuerpo quemado en el coche, los dos jardineros desaparecidos según algunos testigos y las denuncias de sus familias. «Joder, Manuel, la has liado buena, compañero», piensa.

—Nerea, ¿quién es? —insiste mientras espera que le atiendan en el teléfono de emergencias.

—No tengo dudas. Es Lucas Juárez.

En ese momento Nerea lo entiende todo. Esa misma mañana, comprobando las coordenadas que le había dado Manuel en un papel, han encontrado el cadáver de un chico enterrado con su DNI y, con él, la documentación de otro. Han podido saber, por sus antecedentes, que se dedicaban a las plantaciones de marihuana. Todo parece indicar que se trata de uno de los dos jardineros de la plantación de Cornellà que pertenecía a los Juárez. Le queda claro que el cadáver hallado en el coche calcinado es el del otro chico. No sabe muy bien, aunque le había creído, si Manuel les dio pasaporte también a ellos o simplemente había aprovechado la oportunidad para despistar a todo el mundo y que nadie buscara a Lucas Juárez, pero, al menos, al llevarlos hasta donde estaba el cadáver les dará algo de paz a las familias, que no vivirán sin saber qué les ha pasado a sus seres queridos, aunque la realidad de la pérdida les duela el resto de sus vidas.

Las ambulancias no tardan en llegar a atender al primo de Julián, que a pesar de sus heridas sobrevivirá. Lo hará en prisión si pueden demostrar su relación con el clan. Y, en cualquier caso, con unas heridas físicas visibles el resto de su vida.

Nerea sale a la entrada de la casa y pasa entre los coches policiales y los de emergencias médicas. En la calle mira al cielo oscuro de la noche. Respira hondo y solo tiene ganas de llegar a casa y abrazar a sus hijos.

Daniel llega a casa unas horas más tarde. Ha estado hablando mucho con Nerea y supone que tendrá que volver a hacerlo en breve después de encontrar a ese hombre encerrado como un perro en una jaula. El tipo tenía, además de la cara desfigurada, una pierna gangrenada, y duda de que no se la tengan que amputar. Ha sido una locura, pero tiene un sentimiento extraño, porque aquel sujeto es uno de los responsables de la muerte de su hermana. Se pregunta muchas veces, y lo seguirá haciendo durante largo tiempo, qué habría hecho de haber recibido él, en lugar de su padre, la carta de su hermana. No sabe si le hubiera dejado con vida, aunque deforme de cara y cuerpo, a Lucas, un sujeto que, según le había explicado Nerea, se dedicaba a seducir a las mujeres y aprovecharse de ellas. Daniel puede imaginarse a su padre apuntando con su pistola a Lucas y tentado de apretar el gatillo. Puede pensar que ese pensamiento le habría acompañado desde que debió de capturarlo y mientras lo mantenía encerrado en una de aquellas jaulas sacándole toda la información del clan Juárez. Al final había optado por algo quizá peor que la muerte para alguien como ese tipo. Puede que solo le estuviera precipitando a acabar sus días como un deforme, y, de esta forma, abocarlo hacia el mismo camino que había recorrido su hermana. De hecho, cuanto más lo piensa más cree que eso es lo que hará el tal Lucas en cuanto sea consciente de la vida que le espera. Hay sentencias peores que la muerte.

Necesita madurar todo lo que ha pasado durante las últimas horas, pero ya no le parece tan descabellado fumar la pipa de la paz con su padre. Ha estado enfadado con él toda la vida, y puede que, al fin y al cabo, todos, alguna vez, merezcamos una segunda oportunidad.

Muchas cosas en las que pensar.

Su mujer le espera en la puerta. Desde lo de su hermana, Daniel es incapaz de sonreír, y eso está afectando al matrimonio. Lo de esta noche no le va a ayudar en breve, pero tal vez le haya permitido tocar fondo, y después el camino solo puede ser hacia arriba. Ella está teniendo mucha paciencia porque le quiere, pero necesita que las cosas cambien. No parece que vaya a ocurrir hoy, pero le ve llegar con una expresión diferente.

—Ha venido un señor que dice que trabaja en la empresa de tu padre, bueno, dice que ahora también es tuya, a traerte un sobre.

—¿Qué?

«Más sorpresas no, por favor», piensa.

—Es abultado. Creo que hay una carpeta.

Daniel lo abre y, efectivamente, hay una carpeta con documentación de la empresa y varias escrituras de propiedades. Encuentra también un teléfono de un modelo antiguo con un pósit amarillo en el que tan solo pone *play*. Es la letra de su padre.

Lo sostiene entre las manos un momento y abre un cajón del escritorio para buscar unos cascos de la misma época que aquella antigualla. Los conecta, abre el terminal y busca la aplicación de grabadora. Es sencillo porque ni está bloqueado ni tiene casi aplicaciones. Observa el aparato y duda.

Respira hondo y piensa en Olivia, si estará en paz allí donde esté. Mira al techo como si sus ojos pudieran traspasarlo para observar el cielo, que imagina estrellado y muy iluminado.

Le da al *play*.

Agradecimientos

Esta novela no hubiera llegado a buen puerto sin la ayuda inestimable de muchas personas, así que desde estas líneas quiero darles mi más sincero agradecimiento. Siempre he pensado que escribir es una tarea solitaria, pero llegar a la publicación de un libro es un trabajo de equipo.

A Juanjo Rodellar, mi lector cero número uno. Gracias por tus consejos y por estar siempre disponible para leer mis textos.

A mi amiga Carol, jefa de turno en el Distrito de Ciutat Vella. Gracias por el recorrido y esa estupenda jornada patrullando por el Raval. Ya puedo decir que he trabajado también en las calles de Barcelona. Los primeros capítulos salieron de esa tarde.

A la gran Charo González. Tus aportaciones me ayudaron mucho.

A David Rodellar, porque si quiero que algo explote siempre puedo recurrir a los TEDAX (los tengo en el piso de arriba), pero para dispositivos peculiares necesitas algo extra, así que gracias por ayudarme a explosionar esa sala (en la ficción). No, no conozco a un terrorista por mi trabajo, David es ingeniero aeronáutico.

A mi amigo y fotógrafo favorito, Rafa Ariño. Gracias por tus estupendas fotos.

A mi agencia literaria Editabundo con Pablo Álvarez al frente, a todos los miembros de la agencia y en especial a David de Alba, María Ridao y María Jesús Fernández por su trabajo en la edición preliminar de la novela.

A mis editoras. A Anna Soldevila por la oportunidad y a Martina Torrades porque la novela ha mejorado, sin duda, gracias a sus aportaciones. También a María García y a Juan Vera Sugrañes por su trabajo profesional y eficiente con el texto.

No puedo dejarme a Lorenzo y Noemí que, a pesar de la distancia y el día a día de cada uno, siempre están ahí.

A mi mujer, Esther, sin ella y su paciencia conmigo, esto no sería posible. Y también a mis hijos Ethan y Dani porque, aunque me apasiona escribir, les quito ese tiempo a ellos.

Y, siempre, a todos los lectores, porque gracias a ellos conservo y aumento cada día mis ganas de crear historias.

RAFA MELERO ROJO